Heibonsha Library

プロレタリア文学セレクション

平凡社ライブラリー

Heibonsha Library

プロレタリア文学セレクション

荒木優太編

平凡社

本書は平凡社ライブラリー・オリジナル版です。

目次

第三部　女性にとって革命とはなにか？ 237

パラレタリア文学③

凡例

一、原則として、表記は新字体・現代仮名づかいに改めた。

一、振り仮名は基本的に初出にならった。

一、振り仮名は原則として平仮名に統一し、読みやすさを考慮し、適宜付け加えた。

一、地名や人名などは基本的に初出のままとした。

一、本文中には現在の人権意識や国際感覚からみて不適切な語や表現、また、歴史的に不正確な記述がある。これらは、執筆者が故人であること、また、当時の著者の意図を正しく理解するためにもそのままとした。

一、明らかに誤記と思われる箇所は適宜改めた。

第一部　文字という重労働

［エッセイ］
雲母片

宮本百合子

わかい、気のやさしい春は
庭園に美しい着物を着せ
——明るい時——

林町の家の、古風な縁側にぱっと麗《うら》らかな春の白い光が漲《みなぎ》り、部屋の障子は開け放たれている。室内の高い長押《なげし》にちらちらする日影。時計の眩《まば》ゆい振子の金色。縁側に背を向け、小さな御飯台に片肱をかけ、頭をまげ、私は一心に墨を磨《す》った。

時計のカチ、カチ、カチカチという音、涼しいような黒い墨の香《にお》い。日はまあ何と暖かなのだろう。

「ああちゃま、まだ濃くない？」

母は、障子の傍、縁側の方に横顔を向け、うつむいて弟の縫物をしていた。顔をあげず、

「もう少し」

丸八の墨を握ったまま、私はぴしゃ、ぴしゃ硯《すずり》を叩《たた》いて見た。自分の顔は写らないかと黒い美しい艶《つや》のある水を覗《のぞ》いた、そしてまた磨《す》り始める。

何処《どこ》かで微《かす》かな小鳥の声。

見えないところに咲いている花の匂《にお》いが、ぽかぽかした、眠くなる春の光に溶けて流れて来るようだ。

彼方側《あっち》の襖《ふすま》の日かげがゆれて母が立って来た。

「もういいだろう?」

私は、墨で硯の池の水を粘らせて見た。

「どろどろでなくっていいの?」

「この墨は、灰墨じゃあないから、そんなにどろどろにはならないよ。半紙は?」

「ここ」

私は、七歳で、真白い紙の端に墨の拇印《ぼいん》をつけながら、抓《つま》んで半紙を御飯台の上に展《ひろ》げた。

母は、傍から椎の実筆を執り池にぼっとりした! 岡でくるくる転《ころが》して穂を揃《そろ》えた。その筆を持って、小さく坐っている私の背後《うしろ》に廻った。

「さあ筆を持って。――そうじゃあなく、その次の指も掛けて、こう」

「こう？」

「そうよ。いいかえ。一番先にいろはと書いて見よう、ね。よく見ていて、次には一人で書くんだよ」

母は、生れて始めて筆を握った私の手を上から持ちそえ、

「ほら、点。ズーッと少しまげて、ちょん。これで片方。こっちは、やっぱり始めに力を入れて、外へふくらがして――ちょん。」口でいいながら、三寸四角位の中に一ついの字を書いた。

指の覚えもなく、息を殺して白い、春の光に特に白い紙の面を見つめていた私は、上から自分の手を捕まえた母の力がゆるむと、溜息《ためいき》をついた。

黙って字を眺め、首をねじ向けて後に中腰をしている母の顔を仰見た。

母は、私のおかっぱの頭越しにやはり字を見、

「――変な形に出来たこと」と独言《ひとりごと》した。

「さあ、今度は百合ちゃんの番。書いて御覧。下手でもいいのよ」

私は、体じゅう俄《にわか》に熱くなり、途方に暮れながら、被布《ひふ》の房を揺すって坐りなおした。筆を握ったが、先の方が変にくたくた他愛がなく、どんな風に動かしていいかわからない。正直に

いえば、母が、どっちから、どう書き出したかも、余り珍しく熱心に気をとられているので判らない。

暫《しばら》く躊躇《ちゅうちょ》した後、私は思い切って力を入れ、硯に近い右の方から、ぐっと棒を引いて先をはね、穂先もなおさず左側に向い合ってもう一本の棒を引いた。

ひどく力を入れた上に、墨がつきすぎていたので、見る間に紙ににじみ、折角《せっかく》書いたところは、一面真黒な墨のぬかるみになってしまった。部屋にさす日の光はいよいよ明るい。母は、

「まあいやだ!」といって、楽しそうに笑った。

「どうしたの? これは字じゃあない。たどん[*1]じゃあないの。たどんやさん! さあ、もう一遍。今間違ったよ。そっちからではなく、こっちから。この棒の方から。さあ始めて」

半紙の下には、六つに仕切った罫《けい》の下敷があった。筆を握って瞬きもせずそのはっきりした四角な区切りを見つめていると、ひとりでに手が動いてどうしても右から先に落ちる。はっとする間もなく、私は次の一字も右側から先に書き出してしまった。

後から覗いていた母は、黙って、私の手を肩越しに摑《つか》んだ。そして、力を入れ、先刻《さっき》の言葉がまた聞えるように思う程、はっきりはっきり定りどころをきめて、もう一度、いの字を書いた。そして、たった一言いった。「さあ。」

私は、すっかり上気《のぼ》せあがり、胸がどきどきしてよく眼が見えないようになった。母の心持

が押しかぶさるようにこわく、苦しく、重く迫って来た。母が心の中で怒り、何故書けないのか、馬鹿さん、と思っているのはよくわかる。上手に書きたく、褒《ほ》められたいのだけれども、筆というものは、何という手に負えないものか。その上、私の心には字というものの感じがはっきり写らず、母の書いてくれるいの字も、いという音には相違ないのだけれど、眼で見れば、少し真中で曲った蟹《かに》の鋏形《はさみがた》の二本の棒としか見えない。それが、どうして、私共の喋《しゃべ》る言葉のいなのか。大切な、間違えてはいけない字だと、凝《じ》っと見れば見る程不可解な、まごつく、奇怪な二本の棒になって来る。而《しか》も、私がこんなものさえ上手に書けなくては、学校へなど到底行けないとおっしゃったではないか。ああ、あんなにいい袴《はかま》や草履《ぞうり》が出来たのに！

私は、涙を出し、がむしゃらになって、この変ないを組伏せそうに、ぐっ、ぐっと筆をこじった。今度もやっぱり我知らず右の方から。母は、背後《うしろ》から傍に来、坐ってじっと私の顔を眺めた。

見ると、母の眼も、明るい日の中であやしく閃《ひらめ》いている。

「どうしたの？　百合ちゃん。お前そんなに馬鹿なの？　どうしてちゃんといの字位が書けないのだろう」

母の沈んだ、恥しそうな情けなさそうな声をきくと、私は堪《たま》らなくなった。私は、筆を紙の上に放り出し、始めはしくしく、やがて声を出して泣き出した。

私は、馬鹿と乞食とが世の中で一番いやな、恥しいものだと思っていた。もうじき学校に行くそのお稽古《けいこ》に書く字が、どうしてだか書けない。字の書けないのはきっと馬鹿だろう。自分もその馬鹿であったのかと、絶望しきって涙の止《と》め途《ど》がなかったのであった。

明治三十九年の春、児童心理学をまるで知らない若い感情家の母と、幼い未開人めいたその娘とは、暖い十畳の日だまりで、神の微笑《ほほえみ》そうな涙を切に流した。

霜のない地面から長閑《のどか》な陽炎《かげろう》が立つ。

雀が植え込みの椿の葉を揺るささやかな音。程なく私は縁側に出、両脚をぶら下げて腰をかけた。膝には赤い木皿に丸い小さいビスケットが三十入っている。

柱に頭をもたせかけ、私はくたびれてうっとりとし、ぼんやり幸福で、そのビスケットを一つ一つ、前歯の間で丹念に二つにわって行った。

初出　『女性改造』三月号、改造社、一九二四年
底本　『宮本百合子全集』第一七巻、新日本出版社、二〇〇二年

＊1——たどん：炭団のこと。木炭粉末に、フノリ、糖蜜、壁土用糊料のツノマタなどを混ぜ、球形に固めて乾燥した固体燃料。火鉢、こたつ、あんかなどに用いる。

宮本百合子（みやもと・ゆりこ）　一八九九（明治三二）～一九五一（昭和二六）年
東京市（現・東京都）生れ。本名は中條ユリ。日本女子大学中退。在学中、「貧しき人々の群」を『中央公論』に発表。天才少女出現とうたわれた。荒木茂との結婚離婚を経て、その経験を長編『伸子』にまとめた。一九二七年にロシア文学者の湯浅芳子とソ連へ留学。帰国後は日本共産党に入党、宮本顕治と結婚した。弾圧が厳しくなるも非転向の態度を貫き、戦後はその政治的姿勢において高く評価される。自伝的長編に『二つの庭』『道標』などがある。

［小説］

誰かに宛てた記録

小林多喜二

前書――

小樽の地理が分っている人は、迎陽亭の前の花園橋を渡って、水天宮山の鳥居まで突かけてゆくと、左に、そこからすぐ妙見町に下りる少し斜めな坂があるのを知っている筈である。七、八間そこを下りてゆくと、堺小学校に入ってゆく道のそばに、小学生相手の文房具店がある。その前で自分はその紙片を拾ったのである。自分は、そこで辷《すべ》って転んだという単純な、そんな偶然な理由でそれを拾ったことをつけ加えておく。勝手な臆測は無用だと思う、そのためにだけでも、このことは云われなければならないと思っている。

用紙は小学生の使う綴方用のザラザラした安西洋紙で、一番上になっている一枚は、自分が拾う前に何度も誰かの足駄の歯にふまれたり、馬橇が通ったりしたために、何時間も丁寧に手入れをしたりして調べてみたが、然し殆んど字が分らずに終ってしまった。自分は残念でたまらなかった。何故なら、その一枚目に当人の名が書いてあり、誰かに宛てたその人の名前も書かさってあったからである。

自分は一字も訂正することなしに、これをここに載せるであろう。何故か。それは読んで貰えれば分ると思う。ただ全部鉛筆で書かれているために、所々薄くなって字体がはっきりしないところとか、全然字が抜けていたり、又反対に重複しているところなどでは、自分が筆を加えたということをはっきりさせるためにすべて括弧に包んで挿入して置いた。

文章には殆んど句読点がないと云っていいのである。然しそれは非常に読みづらくさせることでしかないので、自分が（自分流に）句読点をつけて置いた。会話の場合のカッコも同断である。

最後に、自分は本当のところ、これはこのまま——印刷になどはせず、見て貰いたい気がしている。この用紙と、たどたどしい字を一字、一字、それ独特な字にふれながら読むのでなくては駄目だと思う。然し勿論それは出来得ないことであるが。

んで行きました。みんな一れつにならんで、おいしゃさんのいるところへ、一人つづつめ（て）行きました。おいしゃさんははだかぬぎになった生徒のむねをこつこつたたいたり、うしろ向きにしてはきかいをあてたり、目をひっくりかえしたりして、そばにいる人に何かいっていま

(した。)私のばんにきました。私はあかくなって、からだがふるえて、こまっていました。わたし、なんだかはずかしくて、はずかしくてならなかったんでし(す。)

私ははだかになるのがどんなにいやであったか分りません。先生のおはなしを聞いていながら、からだじゅを、なんびきものしらみが走ってあるいているのが分ります。わたくしはそっと、ふところの中に手をいれてやって、手さぐりでけんとうをつけて、おさえる(ん)です。そして、一生けんめいゆびのさきで、なんべんもなんべんもこすって、つぶすんです。すると、又からだのほかの方で、ざわざわと走りだすんです。私はそれで、じぶんではだかになるときに、からだにしらみがついているのではないか、とおもい(六字不明)しません。いつかのたいかくけんさのとき、私のまえにならんでいた人のくびに、しらみがやはり歩いていたのをみました。そのとき、それがちょうどじぶんであって、よその人にでもみられた時のように、私はまっかになった(の)です。

そればかりでなくて、じゅばんがぼろぼろしているし、ほかの人たちとならんでいると、じぶんのからだが、ほ(以下二行ほど不明)おいしゃさんはなんべんも、あたまをふったりしては又そうします。ほかの人よりくわしくみるんです。わたしはむねがどきどきしてきて、かおが赤くなったのが分るぐらいでした。もう、おいしゃさんの(不明)わからないし、なきたくなってきました。

おいしゃさんは私をわきの方へおして、そばにいた人になにか云いました。私はそれをきこうとおもっていいました。が、あんまりどきどきしてい（た）ので分らなかった。（た）ところが、それから私に、みんなおわってから（ら）じぶんのところへきなさいと云いました。

おいしゃさんは、あとで私にいろいろなことをききました。一日のうちに、ごはんをたべるのが一回あったり、なかったりしてあとはいつもかぼちゃかいもだと云いましたら、おいしゃさんはびっくりしたかおをしていました。そして（五字不明）んで、とききました。私は「二人います。」とこたえると、「お母さんが二人もかい。」と、びっくりしてききかえしました。

「お母さんが二人、へんだなあ。」って。

「ほんとうのと」と私がいいかけると、「ほんとうのと、うそのかい。」と云うんです。私はあたまでうなずきました。おいしゃさんはだまって、しばらく私のかおをみていたが、「もらわれたんだね。」と、そして「どうだね、うそのお母さんはしんせつにしてくれるか。」

「お母さんはいつでも早く大きくなれって云っています。」私はそだてのおやをわるく云うものでない、と云われていました。

「ほお、なんぼそうでも、一日一回ぐらいしかごはんをたべさせなかったら、だめでないか。」

「お母さんは、そして大きくなったらやくに立つようにって、いつでもうたをおしえてく

（れ）るんです。」私はどうしてかせきこんでいました。

「うた（?）」

私はうなずきますと、

「なんのうた、どうようかい。」

私はそこでつまって、だま（不明）いてゆくおいしゃさんが、ひどくにくたらしくなりました。私はだまって、おいしゃさんのかおをみながら、ひとにわる口でも云うように、

「やすぎぶし[*1]やおけさ[*2]。」

「へえ、そしておまえうたえるのかい。」

私はなお、つっかかるように、「なんぼでも。」と云いました。おいしゃさんは二度、「へえ。」って云いました。

しかし、おいしゃさんがうたってみれ、と云っても、私はうたわないつもりでいました。よほどまえ、私がほんとうのお母さんのとこへいって、そこに（い）る弟の健二（と）あそんで（で）いながら、しらないで、しらないうちに、ひくいこえで、「月はよるでて、あさかえる（……）」と、うたっていま（した。）私はなにかで、うしろをみたら、はんぶんあいたしょうじのところによりかかって、お母さんが、じっとこっちをみていた。私は、お母さんの目に（な）みだ（が）いっぱ（ぱ）いにたまって、ひかっ（っ）ているのをみました。はっと、私はした。

「お前は、おまえは（……）」私をみると、お母さんは何か云いました。が、どもって云えないんです。（不明）きのかおがわすれることができません。

「どうして、そんなうたがためになるかなあ。」とおいしゃさんはひとりごとを云いました。

私はだまっていました。

「そのうそのお母さんはどんな人（？）」

私はなおだまっていました。お母さん（義母のこと――小林註）はいつでも私が大きくなると、売るといっています。私はそういわれるたびになきました。私はそれがどんなことであるか分りません。けれども、きっと、それがおそろしいことであることだけは、分っています。お母さんはいつでも早く大きくなれ（っ）て云います。私はそれがどんなにおそろしいか。そして、そのときに、私が売られるときに、そのうたがやくに立つ（ッ）て、お母さんはいっています。

「お父さんは（？）」こんど、お父さんのことをききました。私は「何人も。」って（答）えました。けれども、云ってしまってから、いわなければ、とおもいました。おいしゃさんはびっくりして、いろいろなことをききにかかりました（た。）が、私はひと言もいわずに立っていました。が、そのうちに、なんだかかなしくなって、私はとうとうないてしまいました。おいしゃさんは「よしよし、なかんでもいい。よしよし」といいました。

先生トハ、モウオ別レデス。デスカラ、私ハナンデモ云イマス。オイシャサンニ、イエナカッタコトデモ云イマス。私ハホントウノトコロ、ジブンニハオ父サンガナンニンイルンデショウ。オ母サン（養母のこと——小林註）ノトコロヘハ、マエバンノヨウニ、チガッタオ父サンガキテ、サケヲノンダリシテ、オ母サンヲダキアゲタリ、ツットバシタリ、ソレニヨッパラッテルオ母サンヲナグッタリスルオ父サンモイルンデス。ナンボ、ナンデモ先生ニデモ云エナイヨウナコトヲ、オ母サンモシャベレバ、オ父サンモドナル、ソシテ、ソレバカリデナシ（この次五、六行不明）エマセン。ソシテアサカ、オヒルゴロニカエッテユキマス。ハジメテノオ父サンハイツデモ、オバサント云ッテイルカクマキヲキタ人ニツレラレテキマス。コノマエナド、オマワリサンガ入ッテキテ、オ母サントオ父サンヲツレテ行ッタキリ、一シュウカンモカエッテコナイトキナドアリマシタ。

（不明）バシャヤノオ父サンガキテイタト（キ）、私ニイツデモオミヤゲヲモッテキテクレルフネノオ父サンガキテ、大ケン（ク）ワニナリ、オ母サンモタタカレテ、ソレカラ三日バカリカオヲ青クハレラカシ、ネテシマッタコトモアリマシタ。私ハトナリノウチデフルエテアリマシタ。（オリマシタ。）私ハ、ソコノウチノオシ入レノ前ニ立ッテ、トナ（リ）デ、モノノコワレルオトガシタリ、オ母サンノナキゴエガキコエタリスルタビニ、ジブンデ、コエヲダシテナキマシタ。

オイシャサンハ、アトデ私ニ手紙ヲモタシテカエシテクレマシタ。「オ母サンニ見セルンダヨ。」ト云イマシタ。私ハドッチノオ母サンカトオモイ、ミチミチカンガエマシタ。ガ、モラワレテルオ母サンニハ見セルキガセズ、ホントウノオ母サンノトコロヘモッテ行ウトカンガエマシタ。シカシ、ソレデモ、ホントウハ、マダ私ハ分ラズニイタノデス。

　ホントウノオ母サンノ所ヘユクノニ、私ハイツデモ、ナンドモナンドモカエルノデス。（カンガエルノデス。）オ母サンハヨロコンデクレマス。ケレドモ、一ショニイルオ父サン（この女の子から見れば義父——小林註）ノコトヲオモウト、私ハキモチガワルクナリマス。オ父サンハ私ガユクト、ダマッテイマス。私ハドウイウワケカ、ソウヤッテルオ父サンヲミルト、カラダ中ガフルエテキマス。ドウシテ一言モ云ワナインダロウ。ココロガヒャッコクナルヨウデス。（私）モヘンニナッテシマエマス。スルト、ソレガミンナ、チ（ャ）ントオ母サンニワカリマス。オ母サンハミテイラレナイホド、オロオロしだしマス。私ハキョネンコロマデハ、ソンナコトチットモ分ラズニイマシタ。オ母サン（養母のこと——小林註）ガ二日モカエラナイノデ、ハラガヘッテドウニモデキナクナッタトキ、ヨクオ母サン（本当の母親——小林註）ノトコロヘユキマシタ。私ハオ母サンヲウラノ方ヘヨンデ、コッソリソウ云イマス。デモ、オ父サンガイルト、オ母サンハ何ントカ、カントカ云ッテ、私ヲムリヤリカエシマシタ、ナン（ソ）ニモワカラズ、私（ハ）ウチマデ、シャックリシャックリカエッタモノデス。ソンナトキ、ドンナニホントウノオ母サンヲニククオモッタカシレマセン。

一度、コンナコトガアリマシタ。私ガイツモノヨウニ、ウラデ、オ母サンニオナカガスイテキタコトヲ云ッテイマシタ。オ母サンハウロウロシテ、ウチノナカノ方ヲキニシタリシテイマシタガ、オビノ間ニ手ヲイレテ、一生ケンメイニサガスト、五センガ一枚デテキ（マ）シタ。ソレヲ私ノ手ニニギラシテクレマシタ。ソノトキ、イキナ（ナ）（リ）オ母サンノヨコッツラヲナグッタンデス、イツノマニキテイタカ、オ父サンガ。ソシテ、ソレカラオ母サンノカミノケヲツカンデ、ウチノ中ニ引キズッテ行キマシタ。オ母サンハドンナニフンダリ、ケラレタ（タ）リシ（テ）モ、ジットシテイマシタ。ソノ時、オ母サンノカオノイロハマッ青デシタ。私ハ、モラッタ五センヲなげだすと、オ母サンノカラダニカブサルヨウニ、ダキツイテ、大ゴエデナキダシ（シ）テス（シ）マイマシタ。

ソシテ、ソレカラ私ハナンニモカモ分ッテシマイマシタ。私ハナルベクオ母サンノトコロヘハキテハイケナイ、ソウナンベンモ、ナンベンモカンガエマシタ。

シバラクタッテカラ、ユウガタ、オモテデ、トモダチトアソンデイルト、ダレガ（カ）カタヲタタイタノデ、フリカエッテミルト、オ母サンデシタ。ウチノオ母サン（養母のこと——小林註）ニミラレタラ、タイヘントオモッタノデ、ビックリシマシタ。オ母サンハ「ハラガヘッタロウ。」ト云ッテ、カクマキノナカカラ、マダユギ（ゲ）ノタッテイルイモヲダシテ、ソレヲ私ニクレルト、カエッテ行キマシタ。ソレカラトキドキコンナコトガアリマシタ。

私はおいしゃさんのわたしてくれたてがみを（を）もって、ふじかんの方にあるお母さんのうちにゆきながら、お父さんがいなければいいとおもっていた。いたら、よらないでかえろうともおもっていました。ところが、いなかったのです。私はこころがたんというほどほっとしました。ながいあいだこなかったので、お母さんははんぶんなきながら、よろこんでくれました。そしてあすあたりもって行ってやろうとおもって、とっておいたのだといって、みかんとおまんじゅをだしてくれました。それから私とお母さんはそのてがみをもって、となりのうちに、よんでもらうに行きました。となりの大きい兄さんが、よみながら、私のかおをみて、「たいへんだ、みっちゃんがえいりょうふりょうだから、うちでじようになるものをたべさせるようにすれって、かいてある。」そう云います（し）た。きのよわいお母さんは、わけは分らないが、もうおろおろして、私の手をぎっちりにぎりながら「えいりょうふりょう」って何かってききました。なかなかお母さんには、その「えいりょうふりょう」というのが云えな

（この次に続かなければならない何枚かがどうしても見つからないのは、残念である。仕方ないことである。しかし兎に角抜けた分が一枚位であってくれればいいと思っている。――小林註）

わかりません。どこでも、いきなり「だめだめ」って云います。「おきゃくさんのじゃまに

なるんでないの。きのうも、おといもきたくせに。うすぎたない。」しかし、私はまえばんあく（る）かなければならないのです。私は、こころではそう云われるたびに、うろうろしながら、たっているのです。お客さんのうちでは、しらんかおをして一生けんめいびいるをのみながら話してる人や、きぶんがわるくなったなんて、こそこそいっている人や、あります。

先生、わたしこんなことをかきながら、ひとりであかくなっています。でも、かきます、みんなかくつもりです。

私はひとりひとり「おじさん、ちりかみをかって下さい。」と、てえぶる（る）によってゆきます。ま（二字不明）じょきゅうさんは、きれいなかお（十二字不明）こまったように、「となりへ行ってみれ、おれはだめだ。」と云うんです。それでもねたると、「こまった、かねがない。」と云う。私はおもわずてえぶるの上のごちそうがみらさるんです。私はそれとおきゃくさんのかおを何度もみているうちにさびしく、はずかしくなってきます。お客さんはふところからさいふをだして、てえぶるにたたいてみせるんです。次のてえぶるにゆくと、よったおきゃくさんは「ばかあ」ってどな（な）るんでし（す。）「うるさい、うるさい、行け行け。」

それでも（二十二字不明）お客さんでかえってゆくときに、五、六えんもはらって、一えんぐらえもてえぶるにのこして行くのを、私はなんどもみたことがあります。私はひとばん、あさの二じごろまで小樽中をあるいても、一えんになることなんかありません。先生は私がなぜえねむりをしたか、今わかって下さるとおもいます。

なかには、「さいふの中がどうかばかりでおもいから、ひとつ買うかな。」と云ってくれるひともあります。私はほっとしてそとへでます。しかし又すぐ次のばあやかふえがあるんです。入っていって、ほかの、やっぱり、おなじようにまわってあるいている人といっしゃ（ょ）になることがあります。私ははっとおもうと、かおがまっかになって、いそいでにげてかえるのです。

私がそうやってまわってあるいているうちに、いろいろなおなじひとをし（し）りました。かんごくべやからきたという、いつでもあしのぷるぷるふるえてる、はんてんをきた人や、私よりも小さい男の子や女の（子）などもいるのをしりました。はんてんの男はおかねやたばこをもらってあるいて、それが終ると、ていしゃばのいすにねるのだ、といっていました。つじうら[*3]を売ってあるいている小さい男の子が、ふぶきのばんに、手がしゃっこい、しゃっこいとなきながらあるいているのを、私があごのしたに入れて、あったためてやったこともあります。それから、ちょうどばあのまえで、ほかの女の人と一しょになったとき、その女が「おまえが入ったらぶんなぐるど。」と云って、私をいきなりゆきのなかにおしこんだこともありました。

一人の男の子が、こんなことを話したことがあります。つじうらを売っていました。あるとき、かふえに入ってゆくと、お客さんが「このほいと（乞食のこと――小林註）」といった。男の子はむっとして「どこがほいとだ（?・）」と口をかえしました。お客さんは「ばかやろう、金をもらいにきたくせに。」男の子はところが、いきなりじぶんのもっていたつじうらを、そのお客さんのかおにぶっつけると、「だれが、おまえに金ばくれった。」といって、お客さんの足にかじりついた。あとで、さんざんなぐられて、ゆきのふっていたそとになげだされたそうです。私はこのはなしをきいているうちに、からだがふるえて、なみだがでてきました。

私はどうしてじぶんたちがこんなくらしばかりしなければならないのか、いろいろちがったりっぱな、お金のあるくらしをみせられるたびにかんがえます。が、私にはまだちっともそのわけがわかりません。いつか分るときがくるでしょう。きっと。先生、私はませているかもしれません。ませまいとしても、こうやってなんでもみせられたり、させられたりするんです。それに、きっと私ひねくれているかもしれません。

ふぶいていたばんでした。十二じすぎて、そとはだれも歩いていません。ゆきとかげ（ぜ）はまるでまちのなかをぐるぐるはしってあるいて、まえからふいてきたとおもって、うしろむきになると、又まっしょうめんからふいてくるというようでした。ふぶきで、そとにつけてあるでんとうも、みえなくなったりしました。かぜがおそろしいうなりをたてていました。はらがへり、それにさむさではんぶんなきながらかえってくると、お母さんが、だれかとさけをのんでいたが、私をみて、「おまえの健二がしにそうだから、すぐこいって云ってたど。」としらせました。私は、はじめお母さんがなにを云ったかわからないように、ぽかんとしていました。それから私は急にあっあっとこえをだすと、そとへ走りでました。私はにどもすべりころんだ。しかしすぐおきあがりながら走りました。少し行くと、ふところにいれてあった、うりのこりのちりかみがおちたのにきづきました。わたしはそれをひろって、ぅ（ふ）ところに入れると、又はしりました。ところが、ちょっとゆくうちにまたふところからおちました。私はめくらになったように、むちゅうで、それをゆきのなかからさがしだすと、ふところにぐじゃぐじゃにおしこんで走りました。ゆきやぶの中にのめり（り）こんだり、下のからからなところでは、すべりころんだりして走りました。そして、たえず、あっあっとこえをだしてないていました。

お母さんや私はただ健二をあてにしているんです。健二が大きく

（ここで自分が拾った全部はつきている。これが小説的なしめくくりで終っていないからという不満に対しては、私自身読者と同じである、ということをことわって置きたいと思う。――小林）

初出　『北方文芸』第六号、小樽高商文芸研究会、一九二八年
底本　『小林多喜二全集』第一巻、新日本出版社、一九九二年

＊1――やすぎぶし：安来節。どじょうすくいの唄としても知られる。踊り子の素肌が見えるので大正期はエロティックな演目でもあった。
＊2――おけさ：おけさ節。
＊3――つじうら：辻占。吉凶を占う短い文句を記した紙。

小林多喜二（こばやし・たきじ）　一九〇三（明治三六）～一九三三（昭和八）年
秋田県生れ。小樽高等商業学校在学中から文学雑誌への投稿をはじめ、卒業後は北海道拓殖銀行に勤務。一九二六年頃からプロレタリア作家の自覚をもつようになる。三・一五事件を題材にした「一九二八年三月十五日」を『戦旗』に掲載。つづけて「蟹工船」を発表することでプロレタリア文学を代表するような作家になる。最終的に治安維持法違反容疑で収監され、築地署内で拷問、虐殺された。未完の遺作に「党生活者」がある。

［小説］

灰色

前田河広一郎

私たちはどこの邦にも、どの大都会にも見受けられる種類の労働者とも紳士とも寄生虫ともつかぬ一群の人間であった。

かれこれ百名近くも居ったのだが、皆一様に黒っぽい、垢じみた服を着て、肱から手首へかけて洋服がてかてか光っているのをかくそうと思って、手をポッケットへ突込んで歩いているのが私たちであった。また私たちの仲間は、必らず指の尖《さき》にインキの斑点をつけていた。それから、普通の筋肉労働をする横暴な組合労働者などのように人を喰ったような顔をして歩かないかわりに、必らず右の肩が左の肩よりも一二寸釣上がっていて、街を歩くにも片端を撰んで、影のように歩を運んでいるのであった。私たちの顔は、一体に蒼ざめて、皮膚から安石鹼の臭いが常に発散していた。たまに、赤ら顔の人間があるかと思えば、それは酒精中毒で顔が腫れあがっている者なのであった。仕事を終えて、一人一人、めいめいの家へ帰る時にも、私たちは砂地へ撒いた水のように、跡形もなく消え失せてしまった。路傍で散財をするでもなければ、贅沢な葉巻を吸うでもなく、世界一の大都会のまん中で、私たちは朦朧とした貧に包まれながら、陰り勝ちな場所をこっそりとうろついていたのだ。

　私たちの群には、甚だしい無学者はいなかった。基督のような顔をした男もいた。哲学者らしくパンスネ[*1]を鼻の尖にずらして掛けた老人もいた。社会主義新聞の『紐育コール』をいつもポッケットに入れて置く、ネクタイを蝙蝠結びにした青年もいた。詩人らしく髪を長くした丈の高い男もいた。亀の子のように、始終短かい首を左右に振って、流れ出そうな眼で人を見る男も居った。胸も背もぺったりと偏らべったくなった魚のような男もあった。彼等はこの筋肉労働万能の邦では、知識階級とも云うべきほど、高尚な、理知的な顔をした労働者の群であった。私たちの職業は、最も下賤な意味に於ける、筆耕であった。

　仕事場は傭主の便宜上、ニューヨーク市の一番繁華な四十二丁目の西側、タイムス社から、ものの三丁とも離れていないある劇場の裏手の四階目にあった。古風な石造りの銀行の建物に隣り合った、派手な喜劇や寄席を専門にしている劇場のすぐ裏側へ入るとそこには別に建物の入口があって、避火階子が柵のように空中からぶら下がっていたり、鉄管の古物や、錆びたストーヴが置いてあったりして、その間から年中箒を当てたことのない、歪んだ凹凸の石段が顔を出していて、それをあがって、手垢で沢々した扉を押すと、中にはがたん、ごとんと鳴る外り返えった大理石の敷石があって、塵埃の臭いがぷーんと奥から襲うて来るのであった。正面の破損しかけた昇降機は一向役に立たないので、業々しく、

「Not Running」

と二年前から書いてあるような古札を下げていた。私たちの仕事場は、その四階目に当るので、上り下りは一切昇降機の周囲を蛇管のように伝わった陰気な階子段を踏んでしならなかった。階子段の上には一つの切窓が開いてあって、逆に及射した日光が、銀行の裏の汚い壁に書いてある、十年許りも前に流行った梅毒の薬の広告が、未だに消え切らずにうす汚く残っているのを照しているのであった。四階目まで昇って、息切れのせぬ男は、私たちの仲間にはなかったのだ。私たちの室の正面の窓からは、芝居小屋の中心区域とも云うべきブロードウェイが斜に見えた。横手の窓からは四角な壁に切られて隣家の楽屋の窓が一つ見えるだけだった。

仕事場は、何となくがらんとした獄室を思い出させる部屋で、四方の壁紙にはセピアで画いたデッサンかなんぞのようにいろいろな家具を立てかけて置いた痕跡が見えた。入口も出口もたった一つしかないので、私たちは便所へ行くにも、その前の巨きい卓に控えている傭主の前を通らなければならなかった。室の中には、粗末な木の卓が三四十ならべられてあって、その上には使い旧るしたインキ壺と、ペン尖と軸とが、無雑作に投り出されてあった。そのインキ壺へペンを漬けると、髪の毛とも、藁ともつかぬべろべろなものが紙の上へ飛び出して来るの

であった。私たちはそこで毎日朝七時から晩の六時まで、一生懸命に字を書いていた。別に重苦るしい機械の転動もなければ、全身が脂汗になる激労もなく、たださわさわと紙の上を這う無数のペンの幽かな響と、五百通入りの封筒の箱が卓に置かれる響と、ばさりばさりと封筒が封筒の上に重り合う乾いた単調な物音とがあるだけであった。忍び足で便所へ行く靴音と、咳をする音と、ひそひそと囁き合う声などが、おりおり、窓の外から入って来る蒸汽ポンプの鈴や、自動車の警笛や、電車の唸りや、マチネー[*2]などの音楽の響とともに私たちの静粛な労働にも、なお一種の音律を与えたのであった。室の中で一番高声でがなり立てるのは、やはり傭主のトムソンと云う老爺である。どこの街角にも落っこちている、馬の蹄鉄を思い出させるような口元をした、頭と顎の四角な、頑固な老人であった。彼は茶褐色な二重瞳の奥から、書いた封筒を睨みつけて私たちを番号で呼んでは良くがみがみ小言を云うのであった。ゼー・ピーモルガン[*3]とか、ジョン・デー・ロックフェラー[*4]とか、ヴァンダビルト[*5]とか、ジャッコブ・シイッフ[*6]とか、アメリカだけではなく、世界中でも大富豪と唱えられる人間どもへ、私たちは、毎日毎日、手紙の封筒を筆耕していた。それらは大概トムソンが幾万通いくらとコントラクトして持って来る方々の会社とか団体の通知状、招待状、寄附募集、プロパガンダ[*7]と云った風な刷物に入れる為めの上は封なので、書いている私たちにはその中へ入いる手紙はどんなものかてんでわからないのであった。時には大きい雑誌社の購読料の催促状などがあるらしかった。仕事は、無論、賃仕事であって、五十枚が十仙、一日ペンを動かして、どうやら二ドル半から三ドル位までの賃銀が獲られるわけであったが、すべての賃仕事のように、日に依って出来不出来もあり、宛名と番地の長い短かいもあり、複写する原本の印刷にも依るので、労力と賃金とは私たちの間に必らずしも平均に分配されているとは言われなかった。

百人近くの人間のうち、私だけはたった一人の日本人だった。私がそこへ働くようになった動機は、他の百人近くの同僚と大した相違があったのではないと思う。長い冬の間の失職から、することもなくてぶらぶら公園を散歩していた春の一日、動物園の前のベンチで拾いあげた前日の新聞を読んでいるうちに、ふとそんな広告が眼についたので行って見る気になって、トムソンの前で十枚ばかりの封筒を試験された結果、その日から一脚の椅子とペンとインキを与えられたのであった。私の番号は「四十九番」であった。英語で読めば何でもない番号だったが、日本語で読んで、顔を顰めて考えたこともあった。すべてに於て受動的な同僚は、その日、不思議に皮膚の黄ろい、髪の黒い日本人が入って来ても、決して驚くようなことがなく、

「もう一人仲間がふえたね。」

と独り言を云っている様な眼をあけて、すぐとまた封筒へペンを走らせたのであった。私は下宿の借金や友人への不義理を考えると、矢も楯もたまらなくなって、その日は午後一時から六時まで狂人のように書きまくって、一ドル半足らずの賃銀を受け取って帰えった。私と同じ

卓に向っている赤ら顔の瑞典人と、*8 鼻眼鏡を掛けた老人と、小麦色の髯を生やした独逸人らしい男とは、東洋からの新来者の粗製濫造にちょっと度胆をぬかれたらしく、私が何かのはずみで眼をあけた時、三人して微笑しながら眴《めくばせ》し合っているのを発見した。

「だいぶ御早いですな。」

私の眼とかち合ったので極り悪るげに、瑞典人は御世辞を云った。乱暴な私の書体を見て、鼻眼鏡を掛けた老人は、

「なかなか達筆だね。」と取ってつけたような賛辞を投げてくれた。

果して翌る朝、「四十九番」はトムソンの前へ呼び出されて、可なり辛辣な文句を云われた挙句、百枚ほど清書し直おさせられた。同じ卓の三人は、くすくす笑いながら、

「あの老爺、書けもせぬ癖にやかましく云いやがるんだね。」

「どうしても傭われた当座は注目されるからね、二三日良く書くと、あとは楽ですよ。」

などと、私をなぐさめてくれたのであった。一日、千枚近くの封筒を書き飛ばすと、下宿へ帰えったあとでは、肩が張って、ナイフやフォークを持つことさえ重いような感じがした。字と云う字を見ると、急に眩暈がし出して来るのであった。そう云った四五日を送ったあとで、私の頭には人間の名などと云うものは、その裏に潜む個人の全生活を指呼するものではなくて単なるローマ字のコムビネーションにしか過ぎないように思われた。すべて、ペンを握ること

は億劫になった。ちょっとした手紙を書くにしても、これを封筒で行けば幾仙になる、などと云うつまらないことを勘定するようになった。文房具屋の前を通るごとに、白い封筒の束を見ると、すぐその上に三四行に書き立てられた英字の名と番地とを思い出した。終いには、世の中に字と云うものがあることに対して、心から厭気が潮すようになった。ゾラ[9]が云った「ペンは重い」と云う言葉を、私たちは最も肉体的に味わっていたのであった。こうして何の変化もなく、私たちは定まった卓の前で、定まった時間を、同じような姿勢を崩さずに、アメリカ中の富豪の宛名を書いた。朝早くから、晩の電灯がともるまで、そこには無数のペンが、蜘蛛が糸を曳いているようにインキの汁を紙の上へ延ばして行くだけだった。おりおり、昼飯の後の眠けをさます為めの如く、人々のうちの知識者は、書いている有名な富豪の伝記を小声で話して聞かせたりした。この男はもとコロラドの鉱山の坑夫だったとか、この男はローズヴェルト[10]の金主だったとか、ここの家の娘は有名な役者狂いだとか、恰《ほとん》ど自分の友人でもあるかのように、何の疑惑も嫉妬もなく、呼名だけで彼等の経歴や財産額などを話すのであった。夜になると、同じ仲間は、電車をとるでもなく、街から街へとうろつきまわって、十仙飯屋[11]を探がしたり、コップの大きい酒場を尋ねたりして、ほうつき歩いた末は、細い瓦斯灯のともった、南京虫のいる小部屋へ帰って寝てしまうのであった。私たちの多くは独身者であった。社会の各方面から、皆々事業や結婚に失敗した私たちは自然とここに落ち合って、一つの社会を形造ったのであった。傭主のトムソンは私たちを「教授《プロフェッサー》」と呼んで、皮肉な微笑を漏らしながら、天分も技術も収入もない私たちを、鼻であしらっていた。方々へ封筒を送達したり、私たちの仕事を運んで来たりする三人の小僧どもまでが、私たちを見ると、にやりと笑って碌な挨拶さえもしなかった。それでも、百名近くの私たちは、一日二ドル半なり二ドルなりの金が入るこの職業を捨てる気にはならなかった。私たちは、このむさくるしいやくざな仕事場まで来るには、かなりいろいろな道を辿って着いたので、その歴史を尊重する気持からだけでも、肱でつるつるした卓や、一定の角度を書いて滴るインキの斑紋や、使いならした「鷹」印のペン尖や、掛けるごとにきしむ椅子などを見捨てて去るにはしのびなかったのだ。

外は、そろそろ春から夏へかけての気候に変って行った。肌触りの良い、薄絹のような空気が、正面の窓から、ほど良い加減に、私たちの書いた封筒のインキを乾かすようになった。取り立ててどこぞと云って変ったことはないが、都会の晩春は、一番良くその空気に感ぜられた。人の靴音や、扉の開け閉てや、電車や自動車の騒音や、巡査の呼子や、新聞売子の叫び声などが、淡々しい悲しみを交えて、むくむく大道から湧きあがる空気に混和した後、煤けた窓からもやもやと入って来るような感じがした。ただそれだけであるが、逭《さす》がに気候の移り変りになると、百名近くの私たちのうちで、二十人ほどの人間に移動が起った。どこへ行くともなく彼等は、てかてか肱の光る黒っぽい洋服を着たまま広い都会の中へまぎれ込んで、もう再び帰って来なかった。新しい筆耕者が傭い入れられた。トムソンは毎日新来者の傭い入れで忙わしげに外を飛び回っていた。仕事がむらになると、私たちは椅子を引き出して、いろいろな雑談に耽った。田舎には仕事がどっさりあるの、どこのビールは甘いの、物価はたかくなるばかりだのと云った風な取り溜めもない談が多かった。新しい筆耕者も、やはり他の筆耕会社から転じて来た者が多いので、自然と賃銀の比較や、書き物の難易などが、旧い連中との間に討議された。

ある日のこと、恰どトムソンの留守に仕事が途切れたので私たちは卓を囲んで、煙草を吸いながら同じような雑談に耽り初めた。仕事の途断えるのを心配する気持が、一様に人々の顔に表われていた。どこの会社は何を請負しているから年中食いはぐれはないとか、「ブルー・ブック」から写すのだから面倒はないとか、あすこには若い娘たちがいっしょに働いているから仕事に励みがつくとか、そんなことを新来者はしゃべり立てて冬から春へかけて、額に皺を刻んでこつこつ働いて来た老人じみた旧い連中の気をそそった。その中に、ハーデンと云う一人の猶太人[*12]は、葉巻の煙をぱっと天井へ吐き上げながら、老人たちの話をうるさそうに払いのけて、

「なぜ貴方がたは組合を拵《こしら》えないんです？　組合さえ拵えて置けば、お互に安全じゃありませんか？――」と大きい鼻を蠢めかして流暢な英語で語った。

「筆耕の組合？――そんなものが出来る筈のもんかね？」老人たちは、皆愕いて異口同音に訊ねた。

「出来ますとも、早い話が、ここならここ丈けで団体を拵えて、もう三つ四つの会社の団体を連合して、A・P・O・L[*13]へ持って行くんです。そうして、本部では斯々云う団体が出来たんだから、技術組合なら技術組合の一支部とすると云うんだ、その支部長を選挙させて月々いくらかの維持費を出せば、貴方、いざストライキ[*14]と云う日には本部で応援しますよ。」

「君は社会主義だね？」私の傍に掛けている鼻眼鏡の老人は、噛煙草の汁をペッと床へ吐きながら、驚いたように眼を瞠《みは》った。

「いいえ、違います。私は労働組合を信ずる者なんです。」

「君の議論はまちがってるよ。一体、我々ペンマンシップで麺麭《パン》と牛酪《バター》を買っている人間を、普通の土工や電気技手といっしょにするのは一種の侮辱じゃないか。考えて見るがいい。これは芸術だぜ。とても普通の小学校を卒業した位の人間には、この職業はやはり通せるもんじゃないよ。何故芸術かと云えばだね、字の上手下手は別としても、書く上には速度が必要なんだ、いいかね、速度をつけるには字の角をくずして、読み良いと共に汚くなく、そしてちゃんと立派な字になってるのを、一分間に何枚と書かねばならないんだ。それだけじゃない、字を書くと云うことは画工が刷毛を持つようなもので、気分が第一なんだ。君は画工に職業組合なんてあると思ってるのかい？」

老人は白い髪の根元まで赤らめて論じた。私は、この平生温和しい老人に、これほどの雄弁と熱とが潜んでいたのかと思って、驚いた。猶太人も敗けては居なかった。

「画工にはないが、役者にも、音楽家にも組合はありますぜ。貴方がたは、それだから時代遅れだと云うんだ。」

「馬鹿を云いなさい。そんなことを云った日にゃ、世界中みんな組合だらけになってしまう。空気を吸うにも組合、小説家が小説を書くにも組合、豚一疋連れて街を通るんでも組合へ入らなけりゃならないじゃないか。そんな考だから君たち社会主義かぶれのした人間は駄目だと云うんだ。」

ハーデンは、躍起となってそれに答えた。彼は筆耕者の一生の如何に貧弱なものかを説き労働者でいながら知識階級ぶった顔をして、結局自分たちが損をして横暴なトムソンの如きに搾取されて一生を終るのじゃないか、いっそのこと勇敢に労働者として打って出て、他の幾十万の労働者と提携して自分たちの社会的地位を打開して行ったなら、いくら物価が今のように高くとも平気だと云った風な議論を、猶太人一流の執拗な口調で、押被せ、押被せ、呆然と彼の雄弁に魅せられている私たちに説いた。私たちのうちには賛成する者と、反対する者とが半々に分れた。

「君は？」

賛成者の一人の、いつもウィスキーに酔っぱらっている男が、私に訊ねた。

「さあ、日本人だからね。が第一、米国労働連合組合会では東洋人を排斥しているじゃないか？」私は反問した。

「オーライ、オーライ、これは人種には関係のない組合なのだ。」猶太人は、自分が人種上の迫害を蒙っているので、殊更「人種」と云う言葉を強めて、きっぱりと云うた。

「じゃ、ともかく多数決に定めたら良いじゃないか。」私は四方からの視線を感じながら、そう云った。

「それだ、それだ、多数決。手を挙げるんだ、それに限る。」誰やらがそう附足した。

「待った、待った、賛成しなかったらどうするのだい？」私の向いに掛けていた瑞典人が、心配そうな顔をして尋ねた。

「決によって組合が成立するかしないかが、この会社だけでわかるわけですよ。」ハーデンは応揚に葉巻を嚙みながら答えた。彼はさもさも自分の野心が達したと云う満足さを眼にあらわしているのであった。

採決の結果は、組合賛成の方が多かった。ハーデンは、口を開いた拍子に床へ落ちた葉巻の端を惜しそうに靴で蹴りながら、さあこれからが俺の仕事だと云う風に立ちあがって、何か話し出そうとしたその途端に、入口の扉が開いて四角な胡麻塩頭のトムソンが、六人ほどの新しい筆耕者を従えて入って来た。

「さあ、さあ、皆な、仕事は山ほどあるよ。どんどん働いて貰おうじゃないか。何をやってるんだい、それよりも仕事の合間には自分たちの卓でも綺麗にしていたらいいじゃないか。――」彼は立ちあがった猶太人の後姿をじろじろ睨めながら、誰に命令するともなく節くれた指を一同へさした。ハーデンは今更《ママ》座ることも出来ないので、くるりと向を変えて、傭主の帽子の痕の紅く残った顔のへんを胆上げながら、

「仕事がなけりゃ働けないいじゃありませんか?」と不平らしく詰《なじ》った。

「誰が仕事がないと云った? 生意気云わずに卓へついて居れ、馬鹿野郎。」トムソンは険のある眼を、深い眼窩の底にぎょろつかせながら、忙しそうにポッケットから、いろいろな書類を出し初めた。私の傍の老人は、舌をぺろりと出してこっちへ向き直ったハーデンを顔の皺を釣り上げて見ながら、

「あいつは馬鹿だ?」と小声で罵った。

再び山のような封筒の箱が、私たちの卓の上に積み重ねられた。タイプライターで細かく書いた名簿が、一人について千名ずつの割でボーイが配附し初めた。そっちにもこっちにも椅子がきいきいと鳴って、室内は又もとの静粛に返えった。小麦色の髯の生えた独逸人の代りに、

自分の真向いには田舎者らしい、二十五六のおずおずした、面麵だらけな青年が、まっ赤なネクタイを閃かして掛けた。ちらと覗いて見ると、拙い字を丁寧に書いてふうふう息で吹きながら、一枚々々を乾かしていた。全く素人らしかった。

カーネギー、[15]モルガン、ロックフェラー、ゲリー、[16]ヴンダービルト、そんな名が、再び私の眼の前を飛ぶように走って行った。鼻眼鏡の老人は、名簿を指しながら、瑞典人に語った。

「この男だよ、先達どうしても思い出されなかったのは。ヴン・ヴォーケンバルグ[17]っていうんだ。和蘭系の富豪でね、アルムハーストに大きい別荘を持っているんだよ。億万長者の一人だがね、競馬に夢中になってるんで、自分の邸宅へ大きい競馬場を拵えてる始末さ、こんな男へ手紙を出したって君、所詮届きっこはないさ。年中、伊太利だの、倫敦だの巴里だのを旅行してるんだからね。」

そんな無駄事をしゃべりながらも、彼は鶴のような頸を捻って、鉄道王や、トラスト王などの名と所書を麗々しい古風なスペンセリアン体[18]で、ものの十枚も書き続けていたのである。

眼をあけてそのへんを見ると、私の周囲は皆白い頭や、茶色な頭が、一生懸命に卓へ点頭しながら、右と左の両手を忙わしそうに使い分けているのであった。夥《おびただ》しい昆虫の群が紙の上を這うような物音が室内一杯に充ち亘った。ただ猶太人のハーデン丈けは横手の窓の下で、むっつりした顔を外へ向けながら、しきりに向うの劇場の楽屋の窓を瞰下しているのであった。そこには、白粉をやけに塗りこくった女役者らしいのが、彼の方を向きながら、毒々しい唇を開いてにっこり笑っているのが見えた。

「……そんなに大きく書かなくても良いよ。すべて、この商売には四つ丈けのモーションがありゃ良いんだ。封筒を取る、書く、封筒を箱へ入れる、次の名を読む、と四つのモーションを連続的に早くやれりゃ成功するよ。ああ、字が大き過ぎるね。何でも早くやるのが勝ちさ……」

鼻眼鏡の老人は、私の前の田舎者へ教えていた。田舎者はきょろきょろしながら、一々老人の言葉に「イエス・イエス」と云って頭を下げていた。

それから五六日経ってから、ハーデンは機会を見て、私たちの「組合」なるものは、よし出来上がったところが、組合の本部の方では眼中に置いていないそうだ、と云う報告を齎《もた》らして、一同を喜ばせたり、吃驚させたりした。その報告をした後、間もなく彼はトムソンの筆耕会社から解雇されてしまった。ハーデンがいてもいなくとも、私たち、百名近くの知識階級は、毎日毎日、富豪の名の綴りを汚いインキで、別々な封筒へ、出来るだけ速かに、なるだけ字の角を削り落として書き続けて、今日に及んでいるのである。……

初出　不詳

底本　『赤い馬車』自然社、一九二三年

＊1――パンスネ：つるの部分がない鼻眼鏡。
＊2――マチネー：昼間に開催される演劇や音楽の興行。
＊3――ゼー・ピーモルガン：ジョン・ピアポント・モルガン。アメリカの金融王。
＊4――ジョン・デー・ロックフェラー：アメリカの実業家。
＊5――ヴァンダビルト：コーネリアス・ヴァンダービルト。アメリカの実業家。
＊6――ジャッコブ・シイッフ：ジェイコブ・シフ。ドイツ生まれのアメリカの銀行家。
＊7――プロパガンダ：政治的意図にもとづいて大衆に働きかける宣伝行為。
＊8――瑞典人：スウェーデン人。
＊9――ゾラ：エミール・ゾラ。フランスの小説家。
＊10――ローズヴェルト：アメリカの政治家。ルーズベルトとも。
＊11――十仙飯屋：仙はアメリカの貨幣単位の一つ、セントの意。一〇セントで食べられる飯屋。
＊12――猶太人：ユダヤ人。
＊13――A・P・O・L：アメリカの出版、印刷（American Printing）の団体の略称か。
＊14――ストライキ：働かないことで労働組合の主張を通そうとする行為。同盟罷業。
＊15――カーネギー：アンドリュー・カーネギー。アメリカの実業家。
＊16――ゲリー：不明。

＊17――ヴン・ヴォーケンバルグ：Van Valkenburgh または Van Valkenburg は、オランダのリンブルフ州ファルケンブルフに起源を持つオランダの 地名姓。

＊18――スペンセリアン体：アメリカの筆記体の一つ。

前田河広一郎（まえだこう・ひろいちろう）　一八八八（明治二一）～一九五七（昭和三二）年　宮城県生れ。中学校を中退して徳冨蘆花に師事するため上京する。蘆花の勧めで渡米。働きながら英文での創作に打ち込んでいたが、一九二〇年に帰国し、日本語で文章を発表するようになる。『中外』編集長となり、同誌に掲載された「三等船客」が大きな注目を浴びる。小説のほか、菊池寛との論争、アプトン＝シンクレアの翻訳など、批評家・翻訳家としてもその才を発揮し、初期プロレタリア文学運動を牽引した。

［詩］

印刷工の歌　活版工場に就いて

山路英世

五号《ごう》ゴヂックでブルジュアー[*1]
今日《きょう》も朝《あさ》からブルジュアーか

だにみたいに
おいらの頭《あたま》に喰《く》い込《こ》みやがった
狡猾《こうかつ》らしいこの活字《かつじ》は
何時《いつ》になったらなくなるのだ
おいらの工場《こうば》から
おいらの仕事場《しごとば》から——

貧乏《びんぼう》の貧《ひん》だ
奴隷《どれい》の隷《れい》
搾取《さくしゅ》の搾《さく》
資本《しほん》の資《し》
馘首《かくしゅ》の馘《かく》
鉄鎖《てっさ》の鎖《さ》よ

二千八百八十字《じ》
おいらあ毎日活字《まいにちかつじ》を数《かぞ》えている
おいらのケースが十二箱《はこ》
そいつに四万《まん》四千二百の活字《かつじ》がある
おいらの身体《からだ》にゃ活字《かつじ》の臭《にお》いがする
十六七から文選工《ぶんせんこう》でよ
いまじゃ慢性鉛毒患者《まんせいえんどくかんじゃ》だ
手先《てさ》きがびりびり震《ふる》えやがる

八時間《じかん》の労働《ろうどう》がよ
ケースの前《まえ》で立《たち》ん坊《ぼ》だ
おいらは機械《きかい》みたいに動《うご》いとる

おめいが毎日新聞《まいにちしんぶん》を読《よ》むだろう
その時《とき》によ
おめいはおいらのことを考《かんが》えたことがあるか
おいらの仲間《なかま》のことをよ

ブルジュア新聞《しんぶん》は百万《まん》の読者《どくしゃ》があるて云《い》うが
そいじゃあ
百万《まん》の人間《にんげん》の中《なか》で
毎日握《まいにちにぎ》る新聞《しんぶん》から
灼熱《しゃくねつ》するおいらの意志《いし》を感《かん》ずるなあ誰《だれ》だ!

とてつもねえよた記事《きじ》がだ

一面《めん》十三段《だん》
ベタ組《ぐみ》百二十一行《ぎょう》
十五字詰《じづめ》のひとつ、ひとつを
おいらの硬《かた》い指先《ゆびさき》が拾《ひろ》うのだ
顔《かお》の血《ち》の気《け》も
眼《め》の視力《しりょく》も
活字《かつじ》に奪《うば》われているおいらのこたあ
みんな忘《わす》れられている
いやみんなは何《なに》も知《し》らねえだろう

よし！
じゃおいらは云《い》うぞ
何《ど》うしておいらの顔《かお》が蒼《あお》くなるか
何《ど》うしておいらの皮膚《ひふ》が胃《い》の腑《ふ》がどす黒《ぐろ》くなるか
みんな解《わか》っとる
みんな解《わか》っとる

だが　おいらの仲間《なかま》あ
去勢《きよせい》された雄馬《おうま》みたいに
怒《おこ》ることを忘《わす》れて働《はたら》きよる

暗《くら》い工場《こうば》
鉛《なまり》と埃《ほこり》の中《なか》で働《はたら》きよるおいらだ
蒼《あお》くもなるさ
おまけにおいらあ深夜業《しんやぎよう》だ
おいらの仲間《なかま》あ
今年《ことし》も肺病《はいびよう》で四人《よにんし》死んだ
それでもおいらはだまりこくって働《はたら》きよる
何《な》んてだらしのないことか
しかし
それもしかたがねえ
手《て》も足《あし》も捥《も》ぎ取《と》られているおいらだったのだ

五号《ごう》　ゴヂックでブルジュアー
今日《きょう》も朝《あさ》からブルジュアーか
何《な》んのこたあねえ
おいらの仕事《しごと》あ
石垣《いしがき》のくりわりみたいなもんだ
縁《えん》の下《した》の力《ちから》もちよ
野郎《やろう》！
いつまでおいらは奴隷《どれい》なんだ
温情《おんじよう》と協調《きようちよう》に操《あやつ》られて——

みろ！
鉄《てつ》の組織《そしき》が流《なが》れ込《こ》んだ
憤怒《ふんぬ》と呪咀《じゆそ》が燃《も》えるぞ

お——い
みんな構《かま》えをしろ

おいらの活字《かつじ》は弾丸《たま》になるぞ
虚偽《きよぎ》の仮面《かめん》を粉砕《ふんさい》す
新《あたら》し世界《せかい》の烽火《のろし》はおいらが揚《あ》げる

おいらの工場《こうば》は
おいらの塹壕《ざんごう》だ
おいらの仕事《しごと》は明日《あす》の武器《ぶき》だ
みんな闘争《とうそう》の火《ひ》に点火《てんか》しろ！

おいらは明日《あす》の世界《せかい》に
輝《かがや》く歴史《れきし》と文化《ぶんか》を重積《じゅうせき》する
団結《だんけつ》したおいらの商品《しょうひん》は
新《あたら》しい価値《かち》を持《も》って生《うま》れ
蒼白《あおじろ》いおいらの血《ち》が
生々《いき〳〵》と流動《りゅうどう》するぞ
お——い

構《かま》えをしろ！
おいらの活字《かつじ》は弾丸《たま》になる

初出　『文芸戦線』九月号、文芸戦線社、一九三〇年

＊1――ブルジュアー：ブルジョワ。資本家層をふくむ中産階級。労働者階級であるプロレタリアートの対義語。

山路英世（やまじ・ひでよ）　生没年不詳
山口県生れ。詩人。詩誌『愛踊』によく寄稿していた。詩集に『遷り行く跫音』と『戦争』がある。『遷り行く跫音』の跋文を寄稿した江口隼人は、観念プロレタリアではない「生活者」の詩として高く評価している。目の悪い賀川豊彦の秘書のようなことをつとめ、原稿の口述筆記や『戯曲キリスト』の脚色を担当したりした。敗戦直後に神戸で客死したらしい。

［小説］

新文化印刷所　大人のための人生の童話

武藤直治

近代的資本主義の生産関係の発達は、次第に中世的封建時代の家内工業を絶滅する――とは経済学者が云っている。それは事実であろう。が、然し、それには多少の除外例を許さねばならぬ。例えばだ、わが都会の場末によくみる小さな印刷工場である。あれらは大企摸な印刷工場さえ仕事がなくて困っているこの頃、どうして立ってゆくだろうかと思われるが、その心配は要らぬらしい。矢はり、それ相当の十分な仕事があると見えて、どれもが、時としては夜業までしてよくやっている。それはまことに経済学の原則をうらぎることではないか？　然しその理由をここに論ずる必要はない。私たちは経済学の研究講座を開いているのじゃない、ただほんの短かい、人生童話を一つ書こうとしている許りなのだ。そこで、そうした極めて小さい印刷工場の一つである。その工場には肉体的労働力を売ることによってのみ生活するところの所謂自由な近代的奴隷――賃銀労働者もいなければ、また搾取、被搾取の関係もないかれらすべてが、相互扶助と社会連帯によって働らいている。即ち現代に於いて完全に、相互扶助と社会連帯が行なわれ得るところの、同じ一家族で彼れらはあるのだ。

わるく云えば、裏なりの冬瓜のような奇怪な頭つきをした、うぶ毛のような髪の毛の、色の蒼い、無口な主人は最も働らきてである。かれは文撰工で、植字工で、そして断裁と製本までも自分一人でやってのける。十六になる、父親そっくりの小さいしなびた冬瓜の頭をした総領の息子は刷り方を重に分担するが、文撰も、植字も相当に手つだえることは勿論である。そして外交と、収金とその他の経営方面については――現代自由競争時代では、すべてが経営であり、敏腕な外交であるが――それはまた、すこし腐りのきた馬鈴薯のような凸凹の蒼黒い尨大な顔をもった、艶のないそそけ髪をした細君が専ら活動する。それに、十二許りの次男も、洋紙屋や活字屋へ走り使いもすれば、四男の孫児をお守りもする。八つ位いの三男だって、刷り上った名刺や引札を近所の注文さきへ届ける位いの役は出来る。それにまた、ふだんは勝手もとを働らいているらしい七十位いの老婆さんが、時には男もちの毛繻子の洋傘を林につッぱって一連かをそこらの大きな洋紙の包みを抱え込んでのろくさと虫の這うように帰ってくる格好をみかけることもある。こうして一家こぞって働らきてだ。そして、もと駄菓子屋か何かの店に手を入れたらしい、うすくらい狭い板敷きの店さきには活字のケースやら、極めて旧式な、十八世紀に和蘭あたりから渡来したままのような、原始的な印刷機やら、板に庖丁を取りつけただけの断裁機や、油絞機のような製本用の機械やら足のふみ場もないほど、取りちらした中で、せっせと虫のように押黙ってかれらは毎日々々働らいていた。従って、この印刷所に誰がつけたものか「新文化印刷所」という看板の堂々たるの名前も決して不調和とは云えなかったかもしれない――

新文化印刷所の一家族は、ごみごみした近所の小さい小商人や、しもた家の人々に比べて、一層きたなく、そろって顔色がわるくみえる。都会のことに場末には血色のよい潑溂たる人間などは一人もいないものだが、この一家族はひどい土気色をして、そして、いつも縞目のわからないほど汚れくさったなりをしているのがきわ立っている。事実この一家は風俗習慣のまるでちがった地方からの移住者のように、近所とは親しいつき合いをしなかった。そして、著るしい西の方のどこかの国の訛りがあったが、郷里についてはどことも云わなかったらしく、誰れもそれを知るものがなかった。

親父は四十余りだが老い込でみえた。蒼ざめて、冬瓜を思わせる親の皮膚が病的にむくんでいる。かれは朝早くから晩おそくまで仕事に気をとられてくらした。彼れはまたすぐれた優良職工であった。

「印刷というものは、やはり芸術でございますかね。芸術的良心をはたらかせんと、その、いい仕事は出来ませんのです。」

かれは、客に向ってこう云うことが好きだった。そして詩集や、歌集や、また文芸雑誌のこみ入った組方に工風をこらすのを、さも楽しみらしく、得意がっているらしかった。その方面の客である毛をのばしたり、ルパシカ[*1]を著たりした青年などがしばしば仕事をもち込んできた。が、そうした客は、支払いが決してきれいでなかった。すると、その場合は細君が四番目の赤ん坊を背負って、まるで穴蔵からでもとび出して来たような格好をして、客の家へ交渉に押しかけた。そして決して勘定を負けもしなければ、現金をくれない間は仕事を仕あげも、また引わたしもしなかった。そうした掛けひきにかけては細君は非常な才能をもっていた。芸術的良心を働らかさないといい印刷は出来ません――と主人が云った話しが、そうした若いお得意たちの間の誰知らぬものもない笑い話しにされた。

×

ある日やはりルパシカをきた余り若くない男が、和服の男と二人づれで新文化印刷所の店さきにやってきて、何か印刷物をたのみたいと云った。何でも以前詩の同人雑誌を刷らせた友人からきいてきたということだった。

かれは案外に、値段を余りねぎらずに、そして、「刷りは都合で外でやらせることにしているから、紙型にしてくれ賜え」と云ったが、また「出来るなら鉛版にして貰いたいが」と云いなおした。そして、云っただけの代金の半分を手づけとして出して、またあともつづけて頼むかもしれないから急いでくれと云って帰った。

「大へん割のいい仕事がはいった」と主人も細君も考えずにはいなかった。そして、外の仕事をあとにして早速それにかかった。

四六版十五頁でそれは組み上った。かれの店のつい近所に紙型屋があった。そこの店は勿論きびきびした職人許りの手ぞろいでその界わいの印刷業仲間の仕事を沢山ひきうけて手びろくやっていた。主人は近所なのに余り行き来しないその店に久しぶりで仕事をもち込んだのだった。彼れの仕事は大ていは紙型を要しないじか刷りのものばかりを引きうけていたから。

例の若くない、朝鮮ひげを生やしたルパシカの男はいくどもやって来た。そしてはじめの仕事につづいて二どか三ども同じような仕事をくれた。

無、鑛、社、組、主、銀、労、世、命、級、会、有、階、織、働、界、無、革、賃、!、!!、……………そうした活字が沢山不足して、いくども活字屋へ走りつけて買い足し、買足しせねばならなかった。それにこの原稿はたいへんむずかしくて、主人は何の意味かわからぬ個所が多かった。「いずれ何かの規則書にでも使うのだろう」とかれは思った。それにしても、題目も、見出しも、何もないのっぺらぼうの原稿とはなぜだろう?

三ど目の仕事をとりに来たとき例の客はこう云った。「この原稿や校正刷りをあとへ残さないで下さい」鉛版はみんなで六十面余り出来た。それは少なからぬ代価にのぼった。夫婦とも、この割りのよい仕事を仕あげたときは少なからず喜び合ったのは云までもなかった。

×

その仕事が終ってしばらく経った或る日のことであった。突然次のような文面の封筒がなげ込まれた。それには「××月日午前十時当局に出頭を命ズ。××」として、その役所の名と掛り姓名と公用の印鑑とがあった。

これはいったい何うした事だろうか？　主人にも細君にも一向心当りがなかった。しかし、よい事ではないにきまっている——不吉な予感と恐れが二人の顔にみるみる現われた。二人は終日仕事が手につかないで、そのことを云いくらした。

翌る日。わかり憎い大きな建物の中をさんざうろついた末主人はその役所の受附にやって行った。そこには一切の人間を罪人として見る習慣をもったすり切れた刷毛のような歯をした小使いの老人が、この新しいおどおどした来訪者をじろりと見下して、ひったくるようにもって来た書きつけをうけ取った。そして厳然と「わしがよぶまで、そこの控えでまっているのじゃ」と命令してかれをその方へ追い込んだ。

その被告人の控え室は、×の神聖と、オーソリティイの威光を暗示するように、冷めたい、無惨に白い壁と同じ色の天井をもった地下室で、固い板のベンチがならんでいた。その一隅には菓子や茶やパンや牛乳を売る老夫婦が神妙に畏まった顔つきをして、商売をやっていた。その室には溢れる許りの人間が、一団《まとま》りずつになって集まっていた。その人々の顔には共通の不安と圧迫の色があって、血の気のないものが多かった。何と都会には犯罪と罪人が多いことだろうか！

固い木のベンチの上にはまちくたびれて、眠り込んだ男がいくたりもあった。が、我々の主人公は幸いに、余りまたされずに二階へよび上げられた。そこには狭い白壁の部屋がならんで、一口に卓子をへだてて、被告人と掛りの役人とが向きあって座っているのがみえた。彼れは昨日からの気づかれとまたこうしたけさからの打撃によって、すっかり、参らされて、とっかかりの役人の部屋をさがしあてた時には、死刑を宣告されにゆく罪人のようにみじめで、おじけ切っていた。

けれども掛りの役人は、この場所でなかったらば、呉服屋の番頭か、床屋の主人に見えるところの、ひげのない、浅黒い剃刀のあとの鮮やかな顔をして、すこしは気安そうにかれを迎えた。そして、お辞儀ばかりしていつまでも立っている彼れを梯子にかけるように命じて、のろくさと、書類の一綴りをさぐり出した。

役人はまずかれの本籍をしらべた。

主人はそれを云おうとして、非常にまごついた容子をした。

「では、近頃×××問題つやかましい本場だな」とかれは云った。

「へえ左様で——左様でございますか」かれはさも云いにくそうに、おずおずと答えた。

検事は黙って、書類挟みの間から一冊のうすいパンフレットを出した。「これをお前のところで刷ったのだそうだな。間ちがいはあるまいな」主人はその頁をふるえる手で繰りながらすぐにそれが自分の家で版を組んだ、例の「わりのよい仕事」だった印刷物であることを直覚した。

「さ、さようでございますが——」彼れの声は哀れにふるえた。例の二人の青年の顔がちらと頭の中を走った。

「何と思ってこれを刷ったのだね。この印刷物の内容を知っているだろうな？」役人は突込んで鋭い調子で訊ねた。

「いいえ、一向存じませんので……　それに、そのわたくしかたでは刷りはいたしません。ただ頼まれまして、版に組んで、鉛版にして渡しましたばかりで、それが何やら、一向に、その——存じませんので……」役人が久くし黙っているので彼れはまたつづけてひとりでこの調子で云った。

「何が、何やら、一向に存じませんので……」

「ふん」と、役人は屹と顔を見据えながら口を開いた。「然し印刷等をしている以上、店で印刷したものには重大な法規上の責任があるのはお前だって知っているだろう。これは何だか知らないじゃすまない。一たい誰れがこの仕事をしたのだ？」

「はい、それは私で――」

「それじゃこの中の不穏な文句に気がつかなかったのか」

「一向存じませんので、はい、一向存じ……」悲しい訴えるような眼つきでかれは役人を見あげた。

「それなら云うが、これは秘密出版の原稿なのだ。或いはお前が事情に暗いのにつけ込んで、やったものか知れんがな、然し、事情を知ったにせよ、知らんにせよ、本来ならお前は告発されなけりあならんのだ。そして多分有罪になるのだ。困ったことになったものだな」

「私は……無学でございまして……その辺のことは、一向何にも存じませんのでございますが……」主人は涙声で切れぎれに云った。心からの哀訴！　頼りない、弱いものの叫びの調子だった。彼れは暗い山にかこまれた、みじめな故郷の部落のことを考えた。そこからやっと遁げ出してきた自分たち一家族の過去の生活を考えた。情けなくて、泣き出したい気もちだった。たまらなくなって彼れは云った。

「私はまったくのところ、何んにも存じませんのですが、それでも……それでも罪になりましょうか？」

何という不幸であろう！　かれはあの仕ごとを引うけたのは、細君が軽はずみで、慾ばりすぎたからだったと思った。僅かの金にめがくれて、素性の知れない客の注文にひっかかったのが間ちがいのもとなのだとしきりに考えつづけた。

　長い苦しい時間がたった。役人は何か書類に書き入れていたが「それではこんどは、特別で起訴猶予にしてやる。いいか、ほんとに二度とこんなことがあると、お前は重い罪をきなけりあならんのだ。店のことは自分でわからんことは誰れかに一応相談して、こんなことに引っかかるのじゃないぞ。それではしっかりした引きうけ人を立てて仕末書を書いてくるのだ、きょうは帰ってよろしい」

　かれは役人が云い終ってからも、しばらくは茫然として立ち上ろうとしなかった。かれは結ぼれた気もちがとけきれなかった。今日はもう仕事はせずに、酒でものんで、寝てしまおう——何となく、細君に久しぶりでどなりつけてでもやらなければ気が納まらない、じれじれした腹の立つそして泣きたいような物悲しい気分で、うすさむい風の吹きまくる道を帰った。

初出　『文芸戦線』二月号、文芸戦線社、一九二六年

＊1——ルパシカ：ロシアの男性が着用する民族衣装。

武藤直治（むとう・なおはる）　一八九六（明治二九）～一九五五（昭和三〇）年
神奈川県生れ。早稲田大学英文科卒。一九一九年、浅原六朗や牧野信一とともに同人誌『十三人』を創刊。第二次『種蒔く人』や後継誌として刊行された『文芸戦線』に評論家として参加する。日本プロレタリア文芸連盟の発起人として山田清三郎や林房雄とともに活躍するが、昭和に入るとしだいに関係を断っていった。代表作は『変態社会史』や『『夜明け前』の作者——島崎藤村論攷』など。

［小説］

謄写版の奇蹟

林　房雄

1

謄写版という機械。いや、機械だなんて大げさな名でよんだら、元来恥かしがり屋で気の小さいこの小僧は、赤くなって頭をかくにちがいない。で、謄写版というちっぽけなすばしっこい道具。――こいつはほんとに、紙の帽子を横っちょにかむったピオニールの少年鼓手のように可愛くて勇ましい。（註。ピオニールはプロレタリア少年隊のこと。）

西洋のお伽噺に、ピグミイという小人が出て来る。こいつは悪戯好きの小人の中でも、よほどプロレタリア的精神に富んでいる奴らしく、何時も正しいものと働くものの味方をする。正直で貧乏で何時も金持ちの地主にいじめられている靴屋の爺さんが仕事に疲れて眠っていると、その間にちゃんと出来かけの長靴を縫いあげてくれるのはこのピグミイである。組合であれ、党支部であれどんなに汚い事務所へでも、気軽るにとびこんで働いてくれる点、謄写版という小僧はどこかそのピグミイに似ているではないか。むろん似ているというだけで、ちがう点も大いにある。早い話がピグミイの方は、靴屋の爺さんが寐《ね》ている間に働いてくれるのだが、謄写版の方は、彼に大いに働いてもらうためには、逆に僕達自身が徹夜しなければならない。インキが凍る冬の夜でも、籔蚊が尻を刺す夏の夜でも、東が白むまでぱたりぱたりとやっていなければならぬのだ。厄介な話だが、僕達の戦っている場所が、帝国主義××の反動政府のおひざもとで、ピグミイの活躍するお伽噺の世界でないのだからどうも致し方がない。

それはそれとして、とにかく謄写版は僕達に親しみ深い道具であることには間違いはない。組合のニュース、研究会の教程、工場や車庫にもちこむビラ「帝国主義××××」、「打倒建国会」壁と電柱にはりつける小型のポスター、葉書、案内状、議案、踏絵にする田中大将[*1]の似顔、なんでもござれだ。それに技術もたいしていらない。といってもむろん、原紙の切り方、インキの薄め方、ローラーのまわし方、そのこつをほんとにのみこむまでには、毎日やっても一週間はかかる。が、たったそれだけの時間で、見事熟練工になって、「秘密出版工組合」の入会資格が出来あがろうというのだから、大いによろしい。

パサリ、グルル、サラリ。
パサリ、グルル、サラリ。

いうまでもなく、パサリは蓋が紙の上にのる音、グルルはローラア、サラリは紙をひき出す音である。上手になって速力が出て来ると、

パッ、グル、サッ！

新式の、ローラアにインキをつけなくてすむ奴は、

ガチャッ、ギイ、サラリ！

ガチ、ギッ、サッ！

夜明けが近づいて、だんだん眠くなり、眼先きがちらついて来ると、

パサリイ……グルルウ……サラア。

少々だらしがない。しっかりしろい。さあ、あと百枚。それで、オーライ・ストップだ。

2

謄写版の話は、だいたいこれでわかった。そこで奇蹟とはいったい何んであろう。

吾々の謄写版が、ピグミイに似てはいるが、ピグミイではないことはすでに書いた。だからその謄写版が奇蹟なんか行おうはずはない！　この意見には僕も大いに賛成である。処女の胎から生れ、死んで天に昇ったという無精卵と紙風船の混血児みたいなキリスト、支那から高野山まで三叉錨をほうり投げたという極楽のオリンピック選手みたいな弘法大師、そんな連中が

行ったという奇蹟は、明かに坊主共の作り話で、僕達の世界には用事はない。用事があっても、そんなことは千万年待っても起りっこないのは誰だって知っている。（くやしいか、坊主！）で、ここでいう奇蹟とは、めったに起りそうにないこと、百年待ってもちょっと起りそうにない事件が起った、という位いの意味にとってもらいたい。

例えば次に書く、佐藤がぶっつかったような事件――これなどは奇蹟とまでは行かないが、まあそれに近かろう。

旧労農党××県聯合会書記の佐藤君が、本包みにしては少し大きい風呂敷包をさげて、郊外電車のS駅で降りた時には、プラットフォームの大時計はもう十一時に近かった。佐藤は、フラフラする足をふみしめて、それでも飛ぶような速さで、改札口に通ずる高い階段をかけあがった。

集会は十時に始まる。もう三十分以上も遅れている。同じ書記の川村実が先きに行ってくれているに違いないとはいえ、これは職責上許すべからざる失策であった。

今日の会合は、いよいよ二週間後にせまった新党の結党式のための拡大準備委員会であった。県下の支部の代表者が全部集り、宣伝週間の活動方針を議し、特に大工場と農村に入れるために新に作ったアジ・ビラ[*2]を分配し、また東京で開かれる結党大会への代議員を定める重大な会議であった。会の性質上、それは公開的なものであった。しかし新党に対する当局の態度から推して、××の襲撃をうけるおそれは充分あった。
この一週間あまりというもの、会の準備のために連合会事務所は、眼のまわるいそがしさだった。中でも書記の佐藤と川村とは寐るひまもなかった。特に難問は、宣伝週間用のアジ・ビラだった。印刷にする費用はない。七つある支部のうち謄写版をもっているのは、本部を入れて僅かに三つだ。一万枚のビラの大半は支部でひきうけねばならなかった。佐藤と川村がその責任をもった。最後の二日、二人は事務所の二階で、終夜警戒のスパイの靴音を、溝板の上に聞きながら、夜を徹しなければならなかった。
原紙は幾度もとりかえられた。鉢巻きでしめた頭は石の板のようになって、手がふるえた。ローラアが手錠のように見えた。五十枚刷らないうちに、大切な原紙を破ったりした。眉毛の奥が刺すようにいたんだ。三度ぶったおれて三度起きあがった。あと三百枚というところになって、二人はとうとう動けなかった。遠くで電車の音がして、東の空が白らみかけていた。

……………

だから、今朝、八時にかけた眼醒しを、全く夢の中で聞いてしまった。悪夢にうなされ、寐汗をびっしょりかいてまっ赤に充血した眼をあけた時には、もう十時をまわっていた。枕元に、川村の字で「先きに行く、会場の方はひきうけたから、このビラをたのむ」という書置きがあった。同志の親切が胸に来た。ビラの包み（全部のビラは、むろん公開の集会で出来るものでない。見本として会場でわけるだけの分）をつかむと佐藤は顔も洗わずに飛び出した。

S駅の階段をのぼる時の彼は全くふらふらだった。胸の奥がきりきり痛んで、冷い汗が脊筋を流れた。

改札口に近づくと、彼は何時もの習慣で、出口の方をすかすようにして見た。張りこみの刑事を探したのである。果して、いた！　待合室のベンチの上から、眉の中に大きなほくろのある平べったい顔が立ちあがった。特高の砂田であった。

しまった、会は解散だ、と彼は直覚した。それに今ひっぱられたら二十九日の拘留は間違いないところだ。砂田の野郎、見事にひごろの復讐をしやがった、と思った。

が、相手の態度は意外であった。彼は左手をあげて、帰れ帰れという意味にとれる相図をした。佐藤が面喰ってまごまごしていると、彼は自分のまわりを警戒的に見まわし、改札口を抜けて、佐藤を階段の半ばあたりまで押しかえした。そして耳に口をつけて、ささやくようにいった。

「今日は駄目です。もう二十人近くもやられました。お逃げなさい、早く。」

眼の色を変えた真顔であった。

「嘘をつけ！」

「お逃げなさい、早く。ほら、嘘だと思うならあれをごらんなさい。」

階段の上で脊のびをして、彼の指差す方、入口の方を見ると、駅の前の白い道を、黒い車体の自動車が駈けぬけるのが見えた。正服の警官と検束された同志らしい姿がのっていた。

「うッ！」反射的に佐藤は、二三段階段をかけ降りた。そしていった。「じゃ、帰るぜ、失敬！」

3

電車は、疲れて間のぬけた顔をした人間達をつみこんで、まっしぐらに市内に向って走った。冷く荒れた冬の郊外の景色が窓の外を飛んだ。

吊り革の一つにぶらさがって、佐藤君は、今起ったばかりの妙な事件の謎を解こうとして首をふった。度の強い近眼鏡の奥で、小さい鼠のような眼がパチパチした。

考えれば考えるほど、変に気持ちが悪くてならなかった。首筋のあたりがずんずんした。なめくじに頰っぺたをなめられたあの気持ちだ。——いやしくも階級戦の戦士が、警察のスパイに急場を救われるなんて、冗談にも人前でしゃべれた話じゃない！　佐藤君はなんだか自分が大きな裏切り行為でもしたような気になっていた。あの時砂田の頰っぺたでもひっぱたいて同志と一しょに検束されていたら、かえってせいせいしたものをとさえ思った。

電車は終点についた。佐藤は事務所の方に行こうとしたが、危いと思ったので、途中からひきかえして、臭い横丁の八百屋の二階に間借りをしている自分の部屋に帰って行った。階段をのぼって驚いた。捕ったものとばかり思っていた川村が、ポスタアの束を枕に寝っころがっているのだった。佐藤の姿を見ると、彼は勢をよく身体を起して、心から愉快そうにいった。

「よう、君も無事だったのか！」

「むう。」

佐藤は唸るような返事をした。答えようない気持ちだった。スパイに助けられたなんて、何んの顔があって口に出せよう。彼はおうむがえしにたずねた。

「君、やられなかったのか？」

「そいつがおかしいんだ。」川村は短い上半身をのり出して、つりあがった眉をよせながらいった。「スパイの砂田の奴がね、駅の改札口に待っていて、早く逃げろというのさ。嘘をつきやアがれと思ったので、無理に押しきって会場のそばまで行って見たところがほんとだった。黒山のような警官だ。来るものを片っぱしからとっつかまえて、自動車につみこんでいる。今とっ捕つつかまってたまるものか。そのまま逃げ出して来たわけさ。」

「じゃ、僕だけではなかったのだな。」と、佐藤はいった。

「え、君もか！」

二人は顔を見合せて黙っていた。

「妙なこともあるものだなあ。」しばらくたってから川村が口をきった。「あの野郎、高等主任と喧嘩でもして、自棄でもおこしていたのだぜ、きっと！」

そうかも知れない。ほかに考えようもない。そして例え、それより他に理由があったとしても、スパイの親切なんて有難くもかゆくもない。と、佐藤は思った。

「あいつ、きっと辞職して商売でも始める気でいるのかも知れないぜ。うん、それにちがいない。その行きがけの駄賃、じゃあない罪滅しというつもりで、俺達を助けたのだろうよ。それにちがいない。」川村は、気軽るにそう解釈して、ひとりで笑った。「殊勝な坊主気分を起したものだな。」

そうかも知れない。だが、一人のスパイがやめれば、他の一人が代るだけだ。と、佐藤は思った。拭いてもとれない首筋じの気持ち悪さであった。

4

全く妙な事件があった。佐藤と川村だけでなく、その日S駅で砂田に「助けられた」ものが二人まで——その中には執行委員長の大谷儀助もいた——あった。そして、もっと可笑しなことには、川村の推察が的中したわけでもなかろうが、その後一週間ほどして砂田が刑事をやめてしまったという噂が連合会事務所に伝って来た。

S駅での彼の行動と今度の辞職の原因について、佐藤と川村は色々話し合った。が、やはり、主任と喧嘩でもして自棄になったその腹いせか、何か感じるところがあって「改心」して辞職する前にちょっと後生気を出したのか、そのどっちかであって、要するに大した問題ではない、一人がやめれば他の一人が代るだけだし、一人や二人のスパイの「改心」で運動が一歩だって進むものではないのだから、ということになって、話しはうちきられた。ただ、もし砂田が「改心」したのだとすると、何がいったい彼をそうさせたか、その原因がわかったら面白かろう、と佐藤は思った。

この希望は、ところが、案外早く達せられた。執行委員長の大谷儀助が、地方遊説に出かけて、ある山の中の寒駅で、繭買い商人の姿になった砂田に逢ったのだった。砂田は小さな駅を三つほど、一行と一しょに乗って行った。

「ひどく変ったね。何か感ずるところでもあったのかい。」

「はあ、どうも、あんなつとめは私には…………」

と、砂田は晴々と笑った。そしていくらかてれたらしく昔なじみ達の前で頭をかいて見せた。

雑談の間に、ふと思い出して、大谷は例のS駅事件を口に出した。

旧評議会の連中からは、竹刀でひっぱたかれて、溝にたたきこまれたし、書記の佐藤や川村からは、小刀や鉄筆でおどかされて、そのために検束が出来ず、罰俸を食ったのも一度や二度でない。スパイと運動者の間によくあるように、その感情が個人的な憎しみにまで高まっているはずの、いや事実いた砂田が、自分達に、少しでも好意らしいものを見せたことは、大谷にも一つの解けない謎であった。

大谷が、それを口に出すと、ああ、あれですか、お話ししましょう。といって砂田は口をきった。

次に書くのが、汽車の中での砂田の話を、いくらか小説風に書きなおしたものである。

5

――あの日、刑事の砂田は、ビラの包みをかかえた佐藤ののっぽの姿が、プラットフォームから消える、とやれやれという顔をして、両手をもみ、待合室のベンチにひきかえした。正面の壁に高くかかっている御大典記念ポスタアを、寐不足の眼にぼんやり映しながら、外套のポケットから、くちゃくちゃになった朝日の紙包みをひき出した。たった一本きりしか残っていなかった。

「十一時半だ。ひきあげようぜ。」

「うん。」何時にないものうげな返事であった。「何人位い捕ったかい?」

「二十人あまりだろうよ。」と、同僚は答えた。

「…………」

「目ぼしい奴は皆逃げたらしいよ。総検を感づきやがったにちがいない。いたちみたいな奴ばかりだ。現にこの駅からは一人もおりなかったじゃないか。」

「むう、二三人降りたはずだよ。」砂田は芯から無表情に答えた。

「さあ、これで一段落だ。」重荷をおろしたという顔をして同僚はいった。「早く帰らせてもらって、今夜はゆっくり寐るのだな。」

「ああ。」

ひどく気の乗らない返事であった。同僚はけげんな顔をして、駅の前の交番の方に出て行った。

人気《ひとけ》のない待合室のベンチに一人残って、砂田は苦がくなった朝日の吸口をかみしめていた。

(なんのつもりで、いったい俺はあいつらを助けたのだろう。あいつらは俺を、竹刀でなぐって溝の中に叩きこんだ。俺を事務所の階段からつき落した。その時俺は、「スパイと無用のもの入るべからず」と憎々しくはり紙のついた障子の中にめりこんで、腰の骨を紫色にした。そしてあいつは、あの佐藤の奴は、何時か同行を求めた俺に謄写版の鉄筆をつきつけて脅した。

ほんとにつっこみかねないけんまくだった。俺は手が出せなかった。職務怠慢のかどで罰俸をくった。だのに今日、俺はあいつらを助けた。署にひっぱって行けば、頬桁の折れるほどひっぱたくことも出来れば、少くも二十九日ほうりこんで、日蔭の茄子みたいに萎びさせることも出来たのに。……それを助けた。何が、いったい何が、俺をそんな気持ちにさせたのか？）

そう自分に問いかけながらも、しかし、砂田には、自分の行為の原因が、わかりすぎるほどわかっていた。わかっていながらもなお、今一度聞きかえして見たい、感傷的な気持であった。

今朝の夜明けの三時すぎである。終夜警戒を命ぜられた砂田は、外套の襟に虱《しらみ》のように身をちぢめて、連合会事務所のある狭くて臭い露路の中の、腐った溝板の上にたたずんでいた。屋根に雪が凍って、空気が硝子のように鋭かった。身体を動かすと、顔の皮膚が裂けそうであった。

事務所の二階の雨戸の破れからは、あかあかとした灯の筋が見えた。人と仕事のけはいがした。

近づいた宣伝週間を前にして準備会の一味が「過激な」ビラを作るにちがいない。発見次第抑えろ、というのが主任の命令であった。連合会の本部が三日にわたって終夜警戒された。そして今夜、三日目の今夜、たしかに刷っているらしいその音を、刑事の砂田は聞いたのであった。

パサリ、グルル、サラリ。

パサリ、グルル、サラリ。

音は疲れていた。かすかに、ものうく、単純な階調をもって、
ハタリ、ハタリ、ハタリ。

砂田は、もう一時間近くもその音を聞いているのであった。溝板の上に凍りつきでもしたように、彼の姿はじっと動かなかった。

ハタリ、ハタリサラリ……

硝子のような空気、凍りついた星、黒い漆色の裏露路の暗。そしてあの音！　透明な果物の汁のように、胸の底にしみこんで来る素朴で単純な階調……

靴の先きが凍ってひりひり指が痛んだ。砂田はそれを他人ごとのように感じた。ぼんやりと立ちすくんで、彼は頭の中に、白い丘の間を流れている水の浅い川や、幹の赤い松並木の上の真青な空や、夕暮れると棚曳き始める野焼きの煙りなどを思いうかべているのであった。それは彼の生れた村の景色であった。その村の傾いた藁屋根の下で、まだ子供である彼が、いろりの傍に伝って来る、誰がおるともない機の音を無心に聞いているのであった。……

近くで、鋭い犬の叫び声がした。砂田はわれに帰って、狽てたように事務所の二階を見上げた。灯があかあかと洩れて、疲れた謄写版の音は依然として続いていた。

ハタリ……ハタリ……ハタリ……

「あの青年達は、この酬われない仕事に彼等の若い命をかけているのだ！」

言葉の上では幾度か聞き古している思想が、新しい突き刺すような感銘をもって、彼の頭の中を走ってすぎた。

砂田は両手を外套のポケットにつっこんだまま、重く頭をたれて、黙々として露路を出て行ったのであった。

初出『戦旗』四月号、戦旗社、一九二九年

＊1――田中大将：陸軍大将をつとめ退役後は政治家になり首相に就任した田中義一。
＊2――アジ・ビラ：政治的なアジテーション（煽動）用のビラ。

林房雄（はやし・ふさお）　一九〇三（明治三六）～一九七五（昭和五〇）年
大分県生れ。本名は後藤寿夫。東大法科中退。在学中に新人会の活動家となり、共産党の理論誌『マルクス主義』編集員をつとめた。一九二六年に『文芸戦線』に「林檎」を発表してデビュー。しかし、一九三六年にはプロレタリア作家廃業を宣言して転向に至る。『大東亜戦争肯定論』は右翼イデオロギーを鮮明にだしたことで多くの議論を呼んだ。戦後は追放処分され中間小説の書き手として知られる。

［読者投稿欄］

便所闘争

Nリム工場　府川流一

通信用紙には書ききれないから。

工場の便所に書かれてある落書をお知らせする。少し古いが二年前のから書く。二年前の夏誰かが白墨で『精神修養という滋養物を強制的に腹一杯食わされて胃傷病にかかった職工』『精神修養の押売』『〇部の部長は部長としての資格のないぼんくら部長である』と落書をした。

工場には従業員の互助会があって、その会則の中に『会員は精神修養の為に明治会へ入会するものとす』という一条がある。だから私も明治会とはどんな会なのか少しも知らない内に入会させられた。本雇に成ると誰もが互助会に入会するのだ。

工場では一週間に一度、仕事が終ってから食堂で、従業員の演説会があった。今はない。精神修養の、明治会の演説会である。その演説会に残る者が尠《すく》ないと云って、三度ばかり札掛場に監督の弟や事務員が居て、一人も帰らさなかった事があった。だから『精神修養の押売』の落書がされたのだ。その落書の反響□《ママ》随分大きかった。落書された間の演説会で一人の幹部職工が『あんな落書をする奴は、共同精神のない奴だ。落書した者は大体解っている』と云った。監督は『あれは左傾思想の人間が、此の演説会を無くして仕舞おうと思ってあんな事を書いたのだ』それからくどくどしく国体主義をとき、労働組合をこきおろした『善い事は殴りつけてもさせる』とさえ云った。その明る日監督や幹部が、平職工の筆跡しらべをしたが——されなかった者もある——誰の落書か解らなかった。

其後一ヶ所であった便所が二ヶ所に成った。私は仕事場の都合で南の方の便所、新に建てられた便所へばかり行った。落書はワイセツな事ばかりしか書かれなかった。処が今年の五日頃から、便所闘争が始った。

ナンマイダナンマイダ

是が最初に書かれた落書である。釘で書いたのだろう。監督を諷刺した落書だ。此の落書だけで、どんな監督であるかが解るだろうと思う。

『××主義研究会を——』跡が解らない。だからその横へ『ハッキリカケ』と書いてある。

『弱き者よ、汝の名は労働者なり』

『弱い者でも団結すれば強くなる』

『此の横暴、此の迫害、吾等は何時迄屈しているのか。ああ団結せよ』

『吾々は牛馬じゃないぞ』

『産業の合理化とは何んぞや』

『宗教とは何んぞや』是が書かれて数日後に、

『おお神よ、吾に金と女を与え給えーだ』と横へ書かれた。するとすぐ、おお神よを消して
『愚民○○商売なり』と書かれた。更に、

『偽瞞と搾取を事とする存在に過ぎない』と書かれた。

『毎朝々々泥人形の様に踊らせるのもたいがいにしろ』是は毎朝点呼の後にラジオ体操をさせられる不満だ。

『泥人形とはケッサクだ。泥人形の上の奴がアヤツリ人形だ。資本家のアヤツリ人形だ』

資本家のアヤツリ人形とは幹部職工の事だ。

『ダラ幹[*1]や黄金のえさにひっかかり』

『幹部諸君御身等も被搾取階級の一人なるぞ』

此んな事を書かれても、一言でも反駁をこころみ様とする幹部がいないのだ。

『一九三一年型RADIOダンス』

『八十余名のダンサーが、名監督の命令の下に、酔どれみたいなぐにゃぐにゃダンスをする、Nリム工場オン・パレードの一場面』

『社会科学研究会』と書いて消してある横へ、

『ケシタリスルナ』と書いてある。

南の方の便所に此んな落書がされたから北の方はどうかと思って這入ってみた。尠なかったけれど矢張り落書がされてあった。

『資本家や不景気不景気としぼりとり』

『吾々は賃銀×隷じゃないぞ』

『職工共もっと強くなれ』

『諸君赤綿に進め』綿は書き間違いだろうと思う。

此の落書が九月に入ってから遂に数名の者の策動と成って現れた。だが策動中に露見して仕舞った。職工の中に監督のスパイが居る様に思う。

首謀者の一人は首に成った。首謀者は二人だ。策動が露見してからは便所闘争はぴったり止んだ。だから次の闘争は如何なる方法によってなされるか残っている首謀者の一人だけが知っているだろう。

初出　『ナップ』一一月号、全日本無産者芸術連盟、一九三一年
底本　『ナップ（複製版）』戦旗復刻版刊行会、一九七八年

＊1――ダラ幹：堕落した幹部の意。

パラレタリア文学①

［小説］

花火

太宰　治

うむ、そうだ。ほんとうに好い天気だな。からッと晴れて、――先ずメーデー日和《びより》[*1]。おい！　今日は一つ大いにやろうな。なに？　いや、まだ集るんじゃないよ。花火を合図に……おや、聞かなかったのかい、此の手筈。君等の工場にはS君が知らせた事になっているんだがなあ。え？　ああ君は昨日迄工場を休んでたんだな、それじゃ知らない訳だ。でも、よく今日出て来られたね。もういいのかい脚の怪我は。悲壮だな。だが無理しちゃいかんぜ、無理をしちゃあ……

なにね、色んな五月蠅《うるさ》い奴等が邪魔して困るから、花火の合図でもって皆一緒にどッと広場へ馳集るコンタンさ。其れ迄は成るべく静かに、広場の附近に散らばって花火の上るを待って居るのだ。僕ん家《とこ》の裏はすぐ広場なんだから君もここで待ってろよ。まま、いいから此の縁側に腰を下して……うむ、今に花火が上るよ。ぽーんとコレ此の蒼空に……だけど、おい、好い天気だなあ。

……花火と言やあ思い出す事があるんだがねえ。そいつが又色々な意味で実に不愉快な思い出なんでね、聞いて呉れる？　いや、それアもう、君が僕の思い出話なんかにちっとも興味を感じない……どころか腹立たしい気さえ起るだろうッて事は知ってるさ。又そうなくちゃいかんな、僕の思い出話と言えば、もう、僕の少年期とそれから青年期の大半とを過したブル的[2]環境からの産物にきまってるんだし、君等のような言わば生抜《はえぬき》のプロ[3]には、そんなブル臭い思い出話なんか堪えられないのは当然さ。……だけどねえ、僕の思い出話をこう考えたらどうだろう。つまり金持ち共の生活の無内容を極めて野蛮に暴露したものだと考えるのだ。勿論僕は常に僕の思い出を最も赤裸々に少しの粉飾も施さずに、さらけ出して了うて居るよ。それを君達が聞く、又僕自身も聞く。そして我々は結局彼等より優れたる階級であることを自覚する。そうだ、我々の階級意識を愈々確乎たるものにするんだぜ。どうだい。聞いてお呉れ。いいだろう？

……君は知らなかったかしら、僕の死んだ兄貴を。そうか知らなかったろうなあ。僕の口からこう言うのもなんだけれど、綺麗な顔をしててね、なんでも祖母に似てそんなに、いい男なんだそうだ。僕の物心地《ものごこち》の附いた時はもう祖母が亡くなって居たから、祖母の事はなんにも知らぬが、とても意気な婆さんだったらしいな。兄貴は此の婆さんに余程大きく成る迄抱かれて寝て居たんだって。それで、あんなに美しく育ったのか、兎に角いい男だった。僕とは十《とお》も年が違って居たし、知らぬ人は誰も本当の兄弟とは信じなかった。そうだろうさ、僕はこんなずいぐりだし兄貴はあんな役者見たいな優男《やさおとこ》だったんだからなあ。この兄貴、又すばらしく頭が良かった。二十三歳で大学を出ちゃったんだ。無論、勉強もしたけどね。でまあ僕の家の自慢の種だったのさ。お蔭で僕は実に悲惨だったね。事あるごとに、「これ兄さんを見習いなさい」「同じ兄弟でもお前はどうして、こう一から十迄兄さんに劣ってるのだろうねえ」なんかん家の人達に言われて実際うるさかった。所がだ、其の御手本の兄貴が、君、大学を出るとすぐ放蕩を始めたのさ。金放れは綺麗、男前《おとこまえ》は申し分《ぶん》なし、それに頭が切れると来て居るから之はもてないのが不思議な位。その頃僕は、どうやら中学に入《はい》れて、毎日いそいそ学校に通うて居た時だったから、くわしくは知る便《よすが》も無いが、なにしろ猛烈な遊び振りだったらしい。とうとう待合から勤め先に通うて居たのがばれたりして、其の会社は首に成り自棄《やけ》も手伝って、余程の大金を持って家から飛び出しちゃったんだ。家じゃ大騒ぎして八方探したんだが皆目知れずさ、それから二年許り経って兄貴ぼんやり帰って来たね。僕も其の頃は中学の五年生だかに成って居たし、よく覚えて居るが、おい君、兄貴は少し頭の工合が変になって居たのだよ。言う迄もなく脳梅毒ッて奴にやられたのさ。それに身体も目茶苦茶に壊して居たので、其れから死ぬ迄、二年間と言うものはとうとう床の中で許り暮して居たようなものだった。変なものでね、病気になってから兄貴、又凄い程美しくなったんだ。なんでも月の出て居た晩だった。兄貴は水色のピジャマを着て病室の縁先に、青鷺《あおさぎ》のようにすうッと立って居た、あの物凄さはまだ忘れもせぬ。頭の工合の好い時は普通の人とちっとも違わなかったし、狂人《きちがい》とは言い条、別に乱暴な事をするではなし、家の人達もたいした警戒をしては居なかった。それがいけなかったんだな。どうも大変な事が起った。

兄貴の病室には四十歳位の色の黒い看護婦の他に竹やという鳥渡可愛らしい小間使が附いて居たんだ。こいつ不幸な娘でね、両親も無ければ身内の者といっては弟一人なのだ。職業紹介所から僕の家で連れて来て使ってやって居たんだが、温和しいのに又よく気も利いて居たし……え？　フフン図星だ。いかにも僕大いに惚れて居たのだ。その頃は僕も地方の高等学校に入ってたので暑中休暇なんかには、此の竹やに逢えるのが楽しみで、飛んで家へ帰ったものだった。家へ帰っても兄貴の病室に入りびたりに成って、竹やと視線を合わせては柄にもあらず胸をどきつかせて居たのさ。元来、僕と兄貴とは幼い時から仲が悪くってね、殊に大きく成ってからは碌《ろく》に話も交さぬ日が多かったね。まあ、お互いに虫が好かなかったのだな。それなのに僕が、其の頃になって急に兄貴の甘酸《あまず》っぱいような空気の病室に毎日のうのうのさばり返って居たのは誰の眼から見ても可笑しかったに違いない。現に脳の悪い兄貴でさえ、寝たままで時々不審そうに僕の方をぎょろぎょろ横目を使って盗み見してたからな。無論此の恋は僕の可愛らしい片恋のままで終った。と言うのは、其の次の年の夏休みに、あたふたと家へ帰って見たら、竹やは居ないのだ。心配でならなかったが、まさか家の人に詰問する訳にも行かず、僕と殊に仲のよかった下男を捉《つかま》えて、こっそり根掘り葉掘り聞いて見たら、君、竹やは死んだのだ。僕が帰る五ケ月程前に死んじゃったと言うではないか。ぽかーんとしたね。しかもその死因はだよ、いいか君、下男も之だけは口を濁してはっきり語らぬから良くは判らぬが、なんでも兄貴の病的な獣慾の犠牲になって、猛烈な病毒を感染させられた結果らしいのだ。死ぬ時には膿の交った血の小便で敷蒲団からその底の畳迄がビジョビジョになったと言うから、いよいよ兄貴の仕業に相違ないのだ。おい、おい、君、そんなに興奮しないで、黙って終まで聞いて呉れ。そうとも、僕も其の頃はまだ若かったしカッとなった。家中の奴等を皆張り倒したかったぞ。チキショウ！　と歯軋りして悔涙《くやしなみだ》にむせんだが、相手が狂人じゃ喧嘩にもならない。竹やの葬式はなんでも僕の家で簡単に出してやったらしいが、それだけでいいのか。それだけで万事が丸く治《おさ》まったのか。うむ、残念ながらそうなのだ。いいか、ここをよく考えよう。この事実は我々に何を教えるか。いいか、考えるのだぞ。僕もその時の休暇には夢中でこれを考えた。僕にとってあれ程緊張した休暇はなかった。毎日毎日未開の行路を盲目滅法《めくらめっぽう》に駈けずり廻って居るような気持だったな。花火の事件は其の頃に起ったのだ。

僕の家の近所に小さな寄席があったんだ。主として旅芸人の群なんかが此の小屋でやって居たが、その夏、安来節の美声団とかいうものの一座がかかった時……丁度僕が晩めしを食って居たら、莫迦に花火が上るんだ。ぽんぽんぽんと十発位、黄昏の空で頼りなげに鳴って居た。此の安来節、恐ろしく華々しい前触れをやるな、と思って居たが、ふと或る事を思い出して、あの、全身がサッと凍る気がした。だって君、其の日の昼に兄貴の看護婦が電話を掛けて居るのを僕が小耳にチラと挟んで居たのだ。「ハナビ……」ッてね。まだ判らんかい。君、花火は兄貴が上げらせたんだぜ。花火屋に頼んでね。なぜって、おい、竹やのたった一人の弟は安来節の太夫なんだもの。いや、其の美声団の中には竹やの弟が居たかどうか、それは判らんよ。或いは弟が居たのかも知れないねえ、兄貴はよく知って居たのだろうが。兄貴はそれから二月目だかに皮肉にも眠るような楽な往生を遂げちゃったんだ。……とにかくあの花火の儚い音を聞きながら、薄暗い病室にあって、独りニタニタ笑って居る凄艶な狂人を、僕はその後長い間想像してさえ変な気がしてたねえ。……ああ、それだけの話さ。でも僕はあの時の花火の音を思い出すと何とも言えず不愉快になるのだ。なぜだか色々考えて見たが、始めは、兄貴の虫のよさ、つまり、人間一匹殺して置いて花火十発で、いかに狂人だとは言え功罪相殺したと思って居るらしい其の虫のよさ、それが嫌でこんなに不愉快になるのかと思って居たのだが、そうでは無かったのさ。やはり僕が、こんな……要するに有閑階級[*4]の人々の遊戯的なナンセンスを鳥渡でもしみじみした気で眺めて居た、その僕自身のプチブル[*5]的なロマンチシズムに気附いて、堪らなく不愉快になるのだという事が此頃やっとわかって来たのだ。………

おや！

おいッ。鳴ってるぞ花火が！

ほらッ。ほらッ。すばらしく活気のある音だな。ほらッ。又鳴ったぞ！

やあ、今迄あんなにひっそりしたのが急に。——ぞろぞろ皆広場へ行ってるぞ。蟻見たいだね。ひどい騒ぎだ。おや、もう労働歌なんか怒鳴りやがってる奴があるぜ。さあ、大進軍だ。

僕達も早く行こう。

初出　『弘高新聞』九月二五日号、旧制弘前高校、一九二九年

底本　『太宰治全集』第一二巻、筑摩書房、一九九一年

＊1——メーデー：五月一日に行われる労働者の世界的な祭典。
＊2——ブル的：ブルジョワ的の略語。
＊3——プロ：プロレタリアートの略語。
＊4——有閑階級：働かなくても生活できる階級。

＊5――プチブル：プチット・ブルジョワの略語。資本家と労働者の中間層を意味するが、だいたい資本家の手先として理解されることが多い。小市民。

太宰治（だざい・おさむ）一九〇九（明治四二）～一九四八（昭和二三）年
青森県生れ。本名は津島修治。旧制弘前高等学校在学中にプロレタリア文学に親しむ。一九三〇年、東京帝大仏文科に進学し、井伏鱒二に師事。この頃から非合法運動に関わるようになった。「逆行」が芥川賞候補となるが落選。無頼派などと呼ばれ人気を博す。最期は山崎富栄と玉川上水で入水自殺した。命日の六月一九日は桜桃忌と呼ばれ、多くのファンが集まる。代表作に「走れメロス」「斜陽」「人間失格」など多数。

第二部　紙は製本されずに世界に散らばる

［少女小説］

欲《ほ》しくない指輪《ゆびわ》

徳永　直

1

「あがり――いッ」

お桂《けい》ちゃんは、ハズンだ声《こえ》でどなりました。

「ホイ、きた、お次《つ》ぎ……」

運搬屋《うんぱんや》の爺《じい》さんが、つぎの口絵《くちえ》のたばを、ドンと仕事台《しごとだい》の上《うえ》に乗《の》せてから赤《あか》い紙《かみ》を一枚《まい》おいて云《い》いました――合《あわ》せて三丁《ちょう》――

「あいよ」

お桂《けい》ちゃんは、束《たば》にくくったヒモをハサミで切《き》ると、パラパラと、口絵《くちえ》を順々《じゅんじゅん》に、仕事《しごと》台《だい》に並《なら》べました。キレイな油絵《あぶらえ》や、美《うつく》しい洋装《ようそう》の令嬢《れいじょう》の写真《しゃしん》や、めずらしい動物《どうぶつ》の画《え》や、赤《あか》、緑《みどり》、セピヤ、紫《むらさき》、とりどりの色《いろ》が、八通《はちとお》り束《たば》にして、ズンと仕事台《しごとだい》へひろがりました。

チャッ、チャッ、チャッ……

お桂《けい》ちゃんは、肩《かた》と頭《あたま》とで、調子《ちょうし》をとりながら、器用《きよう》に一枚《まい》ずつ、八通《はちとお》り拾《ひろ》いあげて、ポンとつきそろえると、片《かた》ッ方《ぽう》に積《つ》みかさねて、また一枚《まい》ずつ、チャッ、チャッ、チャッ！

お桂《けい》ちゃんのしている仕事《しごと》は、「帳合《ちょうあ》い」といって雑誌《ざっし》の口絵《くちえ》を揃《そろ》えるのです。お桂《けい》ちゃんは製本女工《せいほんじょこう》さんです。

2

お桂《けい》ちゃんのうちは、貧乏《びんぼう》で、おまけにお父《とう》さんが亡《な》くなって、いまは、病身《びょうしん》のお母《かあ》さんと、三人《にん》の妹《いもうと》や弟《おとうと》がありました。十六になったばかりのお桂《けい》ちゃんは、働《はたら》いて四人《にん》の家族《かぞく》を養《やしな》わねばならないのです。

雑誌《ざっし》をつくる製本《せいほん》の仕事《しごと》はたいてい、うけとりといって、仕上《しあ》げたタカによって、お金《かね》を払《はら》うのです。たとえばいまお桂《けい》ちゃんのやっている八枚《まい》ずつそろえて百通《とお》り、八百ぺん身体《からだ》をうごかして、四銭《せん》五厘《りん》です。お桂《けい》ちゃんは熱心《ねっしん》で、きようですから、調子《ちょうし》のいいときは、十時間《じかん》のうちに二千冊分《さつぶん》を仕上《しあ》げます。それで丁度《ちょうど》九拾銭《じっせん》……。

チャッ、チャッ、チャッ……。

お桂《けい》ちゃんは、一生《いっしょう》けんめいです。

「あらッ、追越《おいこ》されちゃった。」

となりの仕事台《しごとだい》のおせいいちゃんが、くやしそうに横目《よこめ》でにらみました。

「なに負《ま》けるもんか、あの指輪《ゆびわ》はあたいのものよ。」

向《む》う側《がわ》の、花《はな》ちゃんが、桃割《ももわ》れのあたまをゆすぶって云《い》いました。お桂《けい》ちゃんも、おせいちゃんも、仕上《しあ》げたしるしの赤札《あかふだ》が三枚《まい》ずつ、花《はな》ちゃんが四枚《まい》、二十人《にん》もいるうちで、四枚《まいし》仕上《あ》げたのは花《はな》ちゃんだけ、それに追《お》っつこうとしているのは、お桂《けい》ちゃんです。

「あがりーい」

四枚目《まいめ》の赤札《あかふだ》を受取《うけと》って、息《いき》をハズませながらお桂《けい》ちゃんが、またどなりました。

「くやしいッ」

皆《みな》は口《くち》のうちで、そう叫《さけ》びました。

3

なぜ、この女工《じょこう》さんたちは、こんなに一生《いっしょう》けんめいでしょう、いつも熱心《ねっしん》だが、今日《きょう》は格《かく》べつです。こんな、敵同志《かたきどうし》のようににらみ合《あ》って、競争《きょうそう》しているのは——なぜでしょう？

それは、この工場《こうば》の一番向《いちばんむこ》うの工長《こうちょう》さんの机《つくえ》のところを見《み》ればわかります。

「このたび、技術奨励法《ぎじゅつしょうれいほう》として、二千冊分《さつぶん》をいちばん先きに仕上《しあ》げた人《ひと》へ。金《きん》の指輪《ゆびわ》をあげます。」

と書《か》いた紙《かみ》がはってあって、工長《こうちょう》さんの机《つくえ》の上《うえ》に、赤《あか》と紫《むらさき》のリボンでかざった指輪《ゆびわ》の箱《はこ》が乗《の》せてあるのです。

誰《だれ》だって金《きん》の指輪《ゆびわ》は欲《ほ》しい――まして貧乏《びんぼう》な女工《じょこう》さんたちに、金《きん》の指輪《ゆびわ》なんかめったに買《か》えるものでありませんから……

4

チャッ、チャッ、チャッ……

皆《みな》は一生《いっしょう》けんめいでした。わきめもふらず、唄《うた》もうたわないで……自分《じぶん》こそ一等《いっとう》になって、あの指輪《ゆびわ》を――と思《おも》いました。

しかし、そのうちでも、花《はな》ちゃん、お桂《けい》ちゃん、おせいちゃんは、目立《めだ》って早《はや》かったのでした。

おひるすぎて二時頃《じごろ》になると、花《はな》ちゃんはもう、十六枚目《まいめ》の赤札《あかふだ》を受取《うけと》りました。アト四枚《まい》です――おせいちゃんが十四枚《まい》、そしてお桂《けい》ちゃんが、十五枚目《まいめ》――

競争《きょうそう》は、花《はな》ちゃんとお桂《けい》ちゃんになりました。ひろい工場《こうば》ン中《なか》は寒《さむ》くて、紙《かみ》でガサガサになった指先《ゆびさき》は、石《いし》のように冷《つ》めたく、指先《ゆびさき》のヒビから血《ち》が出《で》そうでした。

「アッ」と、そのときお花《はな》ちゃんが叫《さけ》びました。固《かた》い紙《かみ》の切《き》れ口《ぐち》に指《ゆび》がさわって、指先《ゆびさき》が切《き》れたのです。血《ち》がブクンと吹《ふ》き出《だ》しました。お花《はな》ちゃんはあわてて、ばんそうこうをハリました。そしてまた、こんどは、お桂《けい》ちゃんが指《ゆび》をきりました。

しかし、二人《ふたり》とも、手《て》を休《やす》めませんでした。お桂《けい》ちゃんは、歯《は》を喰《く》いしばって、チャッ、チャッ、チャッ……。

「あがり――い」

お桂《けい》ちゃんは十八枚目《まいめ》で、お花《はな》ちゃんと同《おな》じになりました。お花《はな》ちゃんはあわてました。ちょうど、午後《ごご》の四時《じ》に、眼《め》を赤《あか》くしたお桂《けい》ちゃんが、息《いき》もぎれぎれに叫《さけ》びました。「あがり――いッ」

おお、それは、いままでにない早《はや》いレコードでした。お桂ちゃんが一等《とう》になったのです――

5

皆《みな》は工長《こうちょう》さんの机《つくえ》の前《まえ》にならびました。

社長《しゃちょう》さんが来《き》て、紫《むらさき》と赤《あか》のリボンで飾《かざ》った指輪《ゆびわ》をお桂《けい》ちゃんに渡《わた》しました。それから社《しゃ》長《ちょう》は、口髭《くちひげ》を撫《な》でながら云《い》いました。

「皆《みな》さんは、非常《ひじょう》に仕事《しごと》が早《はや》くなりました。世間《せけん》は不景気《ふけいき》で、会社《かいしゃ》も困《こま》っているので、明日《あす》から、うけとり値段《ねだん》の四銭《せん》五厘《りん》を、四銭《せん》に下《さ》げます。」

皆《みな》はビックリしました。これは大変《たいへん》だ――どんなに仕事《しごと》が早《はや》くなったからって、身体《からだ》はそれだけ疲《つか》れるんじゃないか――

お桂《けい》ちゃんは、指輪《ゆびわ》を持《も》ってうつむきながら考《かんが》えました。――会社《かいしゃ》はあたい達《たち》に指輪《ゆびわ》というエサで、あたい達《たち》の賃銀《ちんぎん》を下《さ》げるんだ、これは大変《たいへん》だ――

お桂《けい》ちゃんは、決心《けっしん》すると、ツカツカと社長《しゃちょう》のまえへすすんで云《い》いました。

「あたいは賃銀値下《ちんぎんねさげ》ははんたいです。こんな指輪《ゆびわ》なんか欲《ほ》しかないよッ」

いきなり指輪《ゆびわ》を社長《しゃちょう》の顔《かお》へたたきつけました。

初出　『少年戦旗』三月号、戦旗社、一九三〇年
底本　『少年戦旗』三月号、戦旗復刻版刊行会、一九七六年

徳永直（とくなが・すなお）　一八九九（明治三二）～一九五八（昭和三三）年
熊本県生れ。幼少期から印刷工などの職に就く。一九二六年、共同印刷争議に参加し解雇。この経験を題材にして「太陽のない街」を執筆、林房雄の紹介で『戦旗』に発表するとたちまち高く評価され、数少ない労働者出身プロレタリア作家としての地位を得る。弾圧がたかまるなかで転向していったが、戦後は新日本文学会に参加、共産党にも入党している。戦争中の『光をかかぐる人々』は活版印刷の歴史を知る上でも重要。

［小説］

悪魔

ドストエフスキー
幸徳秋水 訳

本稿は、堺利彦氏の所蔵されていたものを本誌へ発表のはこびになったものである。本誌がこれを掲載するに致ったのは、単なる懐古的な……骨唐を愛するような興味からではなく、これを読むに際して、種々教えられるところの多いことを思ってである。訳者は勿論文学者ではなかった。然るに、何故に本稿を飜訳するに致ったか？　それに就ては、訳者自身前書の中で言っている処である。

訳者は言っている、その飜訳の動機を為したものは、芸術的な意味からではなく、実にその内容として盛られている処のものであると……

然しながら、それが、芸術的様式の中に、具体的に、生々と描き出されていることに訳者の関心があったであろうことは、見逃すことが出来ぬ。それは吾々の充分考えて見なければならぬところである。

かの啓蒙的な時代に於て、こうした企は、一つの大きな意義を持っていることは、吾々の充分知る処である。

その意味に於て、当時の社会運動の先端に立っていた訳者が、細心の注意を以て、こうした方面に迄注意を払っていたことを思う時、吾々は教えられる処が多いではないか……細心なる注意……常に注意せよ……それは吾々の忘れてはならぬことでなければならない。

吾々は、読者諸君が、そうした点を考慮しつつ、本稿を読了せられんことを希望する。


（本篇は面白い由緒を有って居る。夫れは露都で有名な彼得保羅《ペトロボロ》監獄中の教誨所の壁上に、此全文が鉛筆で記るされてあったことである。同監獄の寺院、即ち教誨所は、多数の狭くるしい陰気な監房に仕切られて、其れが孰《いず》れも祭壇の方に向った一方口で、前に金網が張てある。囚人は僅に此金鋼を透して、教誨所を仰ぎ視、且つ其説教を聴き得るのみで、左右の房の囚人同志とは相見ることが出来ぬようになって居る。そして獄吏が房内に這入ることは極めて稀れなので、此の奇なる手記のあることも数十年間知られずに過ぎたのである。然るに或時の修繕に際して偶然発見され、其筆蹟と末尾の日付けとに依って、愈々ドストエフスキー氏が一千八百四十九年の入獄中に書き残したものなることが明白となり、上官は命じて其上に硝子を掩《おお》わせ、保存させることとなったそうである。而も近頃まで獄吏の外は之を見たものは無ったのであるが、遂にエフ・ナロドニー[*1]（F. Narodny）なる一政治犯人の手に依って、世界に弘布せらるるに至った。此人も亦多年同じ監獄に禁錮せらるる中、本篇を一読して、長く之を埋没するに忍びず、種々苦心の末、窃かに全文を自分のシャツの袖に写し取り、放免の後ち世に公けにしたものである。斯くて半世紀以上も監房の暗黒裡に埋められて居た文豪の片見は、今や世界文壇の珍品の一と数えらるるを得たのである。芸術としての価値如何は、門外漢たる僕には分らぬが、此由緒だけでも訳出の理由があろうと思う。）　（訳者）

爰《ここ》に荘厳たる寺院があった。其祭壇は金銀の飾り光り耀き、無数の蠟燭白昼の如く照して居た。祭壇の前には美麗なる袈裟、華奢な法衣を着たる一個の僧侶が立って居た。渠は身材堂々たる偉丈夫で、頬は紅ないを帯び、鬚は念入りに作り立て、音吐は朗々として、態度は尊大である。其風采は総て豪奢を以て輝き渡れる此寺院と、能く釣合いを保って居た。

然し会衆の模様は甚だ異って居た。其大部分は貧乏な職人、百姓、老婆、乞食などであった。

身には百結の襤褸を纏うて、一種特別の貧乏の臭いを発散し、顔には飢餓を現わし、手は労苦を示して居る。直ちに是れ一幅、窮乏悲惨の画図であった。

僧侶は先ず神聖なる画像の前に恭しく焼香し、扨《さ》て左も信心らしく謹厳《まじめ》らしく声高らかに説教し始めた。

「基督に依て結ばれたる親愛なる兄弟姉妹諸君よ。貴君等《あなたがた》の生涯は、我等の敬愛する主《しゅ》なる神の与え給う所であります。故に此生涯に満足するのは、貴君等の義務であります。然るに貴君等は、夫れに満足して居られるですか。否な。決して左うではないように思われます。

「第一に、貴君等は、我等の敬愛すべき主なる神や、其聖徒や、其奇蹟に対しまして、十分なる信仰を有って居られないようであります。そして貴君等の所得《もうけ》の中から、神聖なる教会へ寄附すべきだけの相当の額を寄附せられないようであります。

「第二に、貴君等は権力者に服従せられないのであります。貴君等は世界の権力者、カイザルや其官吏に反抗なさるようであります。貴君等は又た法律をも軽しめて居るではありませんか。

「カイザルの物はカイザルに返せ、[*2]神の物は神に返せ、と聖書に書かれてあります。然るに貴君等は左様になさらぬのであります。夫れが果して如何いうことになるかを貴君等は御存じでありますか。夫れは実に恐るべき罪でありますぞ。私は今真正《ほんしょう》に貴君等に申ますが、貴君等は実に悪魔の為に迷わされて邪道に入ろうとして居るのであります。貴君等の霊魂を誘惑するのは悪魔であります。然るに貴君等は矢張り自分の自由意志で斯様にやってると思って御出ででありましょう。其れは誤りであります。其れは悪魔の意志であります。貴君等の意志ではないのであります。彼れ悪魔は貴君等の死ぬのを待つものであります。彼れは貴君等の霊魂を摑《つか》むことに熱心して居るのであります。貴君等の霊魂が地獄に堕ちて永劫の苦みを受ける時に、彼れは地獄の火の前で舞い踊るのであります。

「夫れでありますから、我が兄弟諸君よ。私は切に貴君等にお諫めするのであります。貴君等が此の永劫地獄の苦みを受くべき途《みち》から遁れ出でんことを、切にお勧めするのであります。尚《ま》だ今ならば遅くはありません。オー神様よ、助け給え。」

人々は此説教を聴て恐れ戦《おのの》いて居た。彼等は此僧侶の謹厳な言語を信じたのである。彼等は溜息《ためいき》ついた。そして銘々十字を劃《きっ》て、恭しく床の上に接吻した。僧侶も亦た自ら十字を劃て、クルリと人々の方に背を向け——そして莞爾《にやり》とした。

僧侶が人々に向って、斯《こん》な説教をして居る時に、恰《ちょう》ど此寺院の前を悪魔が通り掛ったのであった。彼れは自分の名を呼ぶ声が聞えたので、開いた窓の外に立寄り、耳欹《みみそば》てた。彼れは人々が僧侶の手に接吻するのを見た。そして僧侶が鹿爪らしく燦爛たる聖像の前に拝跪しながら、神聖なる教会へ喜捨にとて、貧民等の其処に差置いた金銭を、忙わしく其の衣囊《かくし》へ入れるのを見た。悪魔は勃然として怒り心頭に発した。僧侶が教会から立出るや否や直ぐ追い縋って、其法衣を引摑んだ。

「ヤイ、此の肥ったチビ和尚め。何だって貴様は斯《こん》な何も知らない貧民共を、そんなに欺しゃあがるんだイ。何だって貴様は地獄の者共が現世で疾《とう》から地獄の苦みを受けてることを知らないのか。貴様も、此国の権力者等も、皆な現世での乃公《おれ》の代人なのを、自分で気がつかないのか。貴様はアノ者共を地獄の話で赫《おど》しゃあがるが、奴等に地獄の苦みを受させるのは、貴様なんだ。貴様は夫れが分らないのか。好し、ジャア乃公《おれ》と一処に来やがれ。」

悪魔は僧侶の襟頸《えりくび》を摑んで虚空に高く釣り上げて、或る工場、鋳鉄所へ連れて来た。見れば多数の職工が、彼方此方に忙しそうに駈け廻って、焦げつくような温度の中で働らいて居る。息苦しい、重い空気と熱いのとで、僧侶は直ぐに堪らなくなった。彼れは泣出しそうになって、悪魔に哀願した「モウ行きましょう。早く此地獄から出て行きましょう。」「どうだ。大将。乃《お》公《れ》は尚《ま》だ種々《いろいろ》な処を貴様に見せるんだ。」悪魔は再び彼れを引摺って、或る農場に連れて来た。作男等は今連枷で穀物を打って居る。塵埃《ほこり》と炎暑は堪えられない程である。監督人は笞《しもと》を手にして、疲れと飢とで殪《たお》れる者があれば、容赦なく打懲して居る。

次に僧侶が連れて行かれたのは、此等労働者の家族が住って居る小舎で——汚穢と寒さと煙《けぶ》いのと悪臭との穴同然の者であった。悪魔は歯を露出《むきだ》して冷笑した。そして此等の家庭の貧乏と苦労とを指摘した。

「どんなもんだ。是れで沢山とは思わないのか。」彼悪魔其者すらも、斯る人民を気の毒に思うかのようである。況《ま》して敬虔なる神の僕《しもべ》は閉口である。彼れは手を掲げて拝むようにして

「早く彼方《あちら》へ行きましょう。左様です、是が正真に現世の地獄です。」

「それ見ろ。夫れでも貴様は未だ此外に地獄が有るなどとアノ者共を苦しめてるんだ。肉体で散々虐め殺した上に、今度は霊魂で虐め殺そうというんだ。来やがれ。乃公は今一つ貴様に地獄を見せてやる——今一つ、一番ひどいのを。」

連れて行ったのは監獄であった。其監房の汚ない汚ない空気の中に、多数の人の形した者共が、総ての健康と精力とを奪い尽されて床の上に横わって居る。其処には悪虫がウョウョとして、彼等の愍れな、裸《はだか》の、痩せさらぼうた体軀を貪り食うている。

「貴様の絹の着物を脱《ぬい》じまえ」悪魔は叫んだ。「此不運な者共のやってるように、貴様の踝《くるぶし》に、重い鎖を着けて、此寒い汚ない床の上に臥て見ろ——其上で貴様は尚《ま》だ此上にも地獄があるなど放言《ぬか》すんだ。」

「イエイエどう致しまして、此上恐ろしいものが有るとは到底思われません。一生の御願いです。どうぞ此処から御出しなすって下さい。」

「左様さ是れが地獄だ。是れより悪い地獄の有ようがあるまい。貴様は是が分らなかったの

か貴様は未来の地獄だなんて赫してるが、彼奴等はモウ死なない前からチャアント地獄に堕ちて居るんだ。貴様は夫れを知らないのか。」

僧侶は首を垂《た》れて了《しま》った。唯当惑して顔の向け場がないのである。

悪魔は憎《にく》さげに打笑った。「宜しい。チビ和尚め。貴様は現世《このよ》は瞞《ごま》かしさえすれば良《い》いんだと言いたいだろう。ジャア行っちまえッ」悪魔は其手を放した。

僧侶は長い法衣の裾を捲ると均しく、足を空にして駈け出した。

悪魔は見送って、カラカラと笑った。

監獄の教誨師の説教を聴聞して居る中に、斯んな物語が心に浮んだので、今日此壁上に記したのである。

一千八百四十九年十二月十三日。　　　　一四人

初出『文芸戦線』二月号、文芸戦線社、一九二九年

＊1――エフ・ナロドニー：不明。ロシアで革命運動を企てた知識人たちの総称「ナロードニキ」や彼らが訴えたスローガン「ヴ・ナロード」（人民のなかへの意）の音を連想させる。

＊2――カイザルの物はカイザルに返せ：カイザルとは、カエサルやシーザーの表記で知られる古代

ローマの皇帝。新約聖書にでてくる一節に由来し、すべてのものは本来あるべきところに戻らなければならないという意味の警句。

幸徳秋水（こうとく・しゅうすい）　一八七一（明治四）～一九一一（明治四四）年
高知県生れ。中江兆民より「秋水」の号を授かる。遊学を経て上京。黒岩涙香が主宰する万朝報社に入社した。社会主義への関心を深め『廿世紀之怪物帝国主義』を刊行。社会民主党の結党、日露開戦反対論、『平民新聞』創刊など政治的運動に尽力する。恋愛関係にもあった管野スガらと『自由思想』を刊行するも発禁。明治天皇暗殺計画の首謀者として死刑に処せられた。これを大逆事件という。代表作に『社会主義神髄』がある。

［小説］

人間売りたし

鈴木清次郎

1

温度はぐっと低下していた。徒に寒い青空のみ繰り返され、二月の場末町は炊きつけみたいに乾ききっていた。

その頃。

慢性の失業で、万事薄汚なくくたびれてる山崎のとこへ、先輩河田から珍しく就職口を知らせて来た。ぶつかって見なきゃどうだか判らぬにせよ、兎に角彼は曙光を感じた。飛びたつ喜びだった。早速母の襟巻を借用して先輩の家へ赴くと、無論未だ勤先で留守だったが、痩せぎすな夫人が、かねて認《したた》めてあった紹介状を呉れた。で厚く礼を述べ外へ出た。が、これから先方へ目見えをするにしても、此の気持ち悪いぼうぼう頭じゃあ採用の見込も怪しいものである。

と云って、再びてくてく田端くんだり迄帰って、電車賃の都合さえつきかねてる今日、理髪代の四拾銭が出来るか、何しろ、十二月除隊になったすぐ下の弟が、月々三拾円ずつ仕送りするのと、母親が仕立物で僅乍《わずかなが》ら稼ぐのとで、脊髄痨の病父と母と自分の三人が、どうやら三度の――と云いたいが事は一日二度の飯を辛うじて続けてるのである。従って十円の家賃がとッくの昔敷金が消え、米屋炭屋の払も曳き擦り勝となり銭湯行きが三日置き四日置きになる。親父の買薬が途切れ、足の筋が呻る程吊ったからって、おいそれと按摩を呼べない場合が屢々生ずる。こんな風にすべてが毀れかけた古時計の、毎度トンチンカンな音でゼンマイの弛んだみたいな生活の中じゃあ、四拾銭の金も仲々楽でない。ましてきょうは二十六日。弟の来るには四日ある。

……仕方がないや、済まないけど借りとこう。と彼は又戻って、もじもじしつつ夫人に頼んだ。夫人は快く頷くと、割烹着の下から細い手で蟇口《がまぐち》を出し、五十銭玉を一つ彼に与えた。

で若干時の後、鏡面にバリカンの触覚を聞いてる蒼黄色い自分自身を見出だす事が出来た。そこに鉋《かんな》をかけたような頬っぺたがあった。無精鬚の伸びた腮《あご》が映ってた。

2

山崎もかつては職にありついてたのだ。それは食料品店だった。洋酒や缶詰類の運搬車同様で、同僚十三人と一緒に朝八時から十二時間、商品棚と陳列台に繋留されていた。客の応待、包装紙、テープ、他人の金、十露盤、数字。それらの狭ま苦しい中で身を働かしていた。

ピカピカの鉱石を無名指に取り付けた有閑階級の女が、銀紙だらけなチョコレェトを購いに来る。

身装ばっかり気にしてるような小ブルジョア[*1]の白い手に、赤葡萄《タブレット》の缶が移動する。

山崎はそんな時、自動車に衝突した電車の運転手だの、高層建築の足場から墜落する煉瓦工だの、アスファルトの工事中、白熱したオイルバーナーで火傷する道路工夫だのを、映画の瞬間撮影の如く中枢神経に反射させずにいられなかった。そして、買い手が入れ換り立ち換りして中断されたその場面は、ちょっとした間隙に又繋がって恰も字幕のように、「失業者の犯罪増加」とか、「生活難で親子三人心中」とか云った活字で脳髄に現われたりした。

午後三時。山崎は売上伝票の仮締《かりじめ》を終えると、檻の中の熊みたいに商品台を行ったり来たりして考えたものだった。

茲《ここ》には、大袈裟に云えば世界の食料品が聚積している。マカロニは伊太利だ。スイスから、カナダから、遥々チーズが輸入されてる。利久酒《リキュール》は和蘭と仏蘭西で醸造されるので。ロンドン、グラスゴーのレーベルを貼ったウイスキイは七種ある。コーンドビーフ[*2]は市俄古[*3]のストックヤード[*4]で製造される。堆《うずたか》く積んだ鮭の缶詰は、北海道沿岸の鮭工船で造られ、準政友系[*5]の代議士をその社長としてるのだ。——だが、これら夥しい飲料食料は、一体だれが手ずから拵えたんだ誰が地球のあっちこっちを運んでるんだ。……機械発明者の功績。造船所技師の設計図。醸造技術家の苦心。それも必要だった。けれども、それっぱかりの小数では、決して全産業は運転しない。いや、それよりも、利益配当で生活してる株主とは何だ。考課状に、一切の経営をやった如く名前を連ね、多額の役員賞与を浚って行く取締役監査役は何だ。何を生産したんだ。

――

山崎の脳細胞の全面には、無数の、垢染みた作業服で活動している生産者群が反映した。そしてその中に混じって、自分等洋服細民の姿をも尠からず発見せずにいられなかった。

店の鼻ッ先《さき》に、ビルデンィグの模型みたいに紅茶缶が積み重ねてある。例えばそれは、英領セイロン島の、製茶労働者の組織的工程から産出されたものだった。赤道圏内烈日の下、広大な茶園に茶を摘む籠をつけた黒人農婦の群。工場へ向う運輸馬車の長い列。熱風によって茶葉を萎凋《いちょう》させる労働。それを醱酵させる作業。搓揉《よりもみ》、乾燥の加工。回転するプーレー、シャフト。それから、仕上げられた製品は百缶入五十缶入となって、ボンベイ航路のT級貨物船に積載される。船側《サイド》に引いた船級協会の安全マークは、見る見る水面とカスカス迄沈む。沸騰する油のような印度洋の暑熱。マラリヤ熱に殪《たお》れる船員。あり合せの箱に収めて沈める簡単な水葬。……南支那海、東経百十四度北緯十六度の颱風。風速四十二米。激浪に弄ばれる船体。ざんざん洗われる船橋。歯車が水夫の腕をガクリと断ち切る。血。血。べとべと流れる血。失神。月給四拾円の水夫。ガジ。……横浜入港。堅い四分板で荷造りされたそれは、沖仲仕の強靭な肩にのる。税関の査定。三井物産の台湾製茶を保護する新関税率の施行。……横浜駅。百斤扱四銭収入の倉方が二級品として仕分けする。あッと足へ落とす。腓骨に罅《ひび》が入る。堪えがたい疼痛。治療代の出る処無し。……がその紅茶は、日給一円二拾八銭の駅夫が貨車へ積込む。発車。列車乗務員は一昼夜交代の勤務だった。——

けれども場所を異にして、遮断された別個の情景がある。

広い庭園に回らされた邸宅の中。華麗な土耳古絨氈[6]に、合計十個の白足袋が、装飾的な暖炉を扇形に囲んでいる。アップルパイを食べたり、銀の茶器《テイポット》から紅茶を注いで、歌舞伎役者に関し、長唄清元に付いて、仲間の猥談醜聞に関聯し、日課の饒舌を撒き散らしてる。見れば船会社重役の肥大なかみさんとその一味徒党ではないか。脂ぎった体に絹布を巻きつけ、金貨のような輸入香料を揺曳させている。——

電動蓄音機で管絃楽をやってる神保町の喫茶店。角帽に純駱駝の外套を纏った大地主の子供は、潤沢な郷里の送金をふところに、タキシーダンサー[7]の肌触り、ノックス[8]の中折、神宮野球試合の回想、などを考え乍ら、紅茶にジョニイウォーカー[9]を混ぜて飲んでいる。——

丸の内工業倶楽部の豪華な一室では、尻心地寔《まこと》によろしいソファに、甲州財閥の巨頭とその幕僚が、ハバナの葉巻を銜え、紅茶を取り寄せて抑々《そもそも》何を協議しているか。

「何《なん》せ、合同してから、既に三月は経過しとるんだからな。もう、職工社員の整理はやらにゃならんですよ。」

「その問題については、両三日中に具体的な取り決めをする筈なのですが……。」

「これで二割やめさせると経費も大分違うでしょうな。それを機械の購入費にあてるんだな。いずれ、争議は起るだろうが。」

「どうもそりゃ仕様がないですな。産業合理化の見地から云って。」

「それから□□工業とも、販売協定の内容を改めて、もっと睍りしたものにせにゃならんて……。」

と云った事だ。しかし、二人の紳士は至って上品温厚みたいな顔つきをしてるのだった。――

3

当時、店で女店員を一人欲しがっていた。山崎は失職中の知り合いの娘を、直ちに推薦せずにいられなかった。履歴書の綺麗な書き方と、ハキハキした受け答えに、営業部長は採用規準を見出した。卓前で緊張した眼差《まなざし》を持続してるその娘は、そこで吻と安堵を与えられた。翌日来、洗い晒しの銘仙に臙脂の事務服を着けた彼女は、雑多な店内の商品に奉仕する身となった。諸々の男性購買者に、若い女の性的魅力を利用する手段は――白粉臭い空気を振動させたり、口紅を塗ったのが濡れて見えたりするので、販売率に好ましい作用を示すらしく思考された。それに男店員の仕事能率が上がって来た。給料も極めて安く支払う必要しかなかった。

で、山崎は一ヶ月後、採算上馘られたのである。

「君には気の毒なんだが、今月で一つ辞職して貰いたいんだが……。」

部長の声は颯と彼の脳髄から内臓を冷風みたいに流れた。山崎は憤慨した。反撥した。

「どう云う理由なんです?」

「これは何も、君に不都合があるの何のと云うのではないので、その点誤解しないで呉れ給え。あり体に云えば、経費と営業成績の上から漸時女も使ってく方針をとらんと他店と競争出来ないんでね。」

相手の腹はあけすけだ。あと何を云っても無駄な気がした。が、

「すると、第二第三の失業者が出来るわけなんですな。」と突込んで糺《ただ》さずにいられなかった。

部長は明らかに狼狽の色を見せた。そして不得要領な答弁を絞り出して沈黙した。

部長との距離は遠ざかって行く。

山崎は焦燥を感じつつ、無限に刻む白けた気持でその場を去った。

夜分、退け際。彼はレディメードのオーヴァを着乍《なが》ら、月賦洋服の同僚にその事を語った。

それは一同に、ドシンとショックを感じさせずにおかなかった。けれども、思った程撥ね返し

て来なかった。

もっとも山崎のみが、新聞広告で応募したのである。店主の口添えや、部長の紹介で入店したほかの連中は、もやもやした不安を覚え乍らも、それぞれ自分に有利な考え方をしていた。早速菓子折でも抱え、夜陰に乗じて部長の私宅へ御機嫌伺いに行く事を計画するのさえあった。

彼はそれらの表情に、裏切られたような失望を嘗めた。

「………じゃあ今夜一ぱい飲んで山崎君の送別会をやろうじゃないか。」と提議する者があった。

「止そう。」

彼は断った。店主と部長に対する激しい悪感が放出口を失って内攻していた。同僚達の弱々しい利己主義に、軽蔑と憐憫が交互に昇降していた。

山崎が世話した娘は、ブラインドを降ろしたり、スイッチを切ったりしてたが、その話をきくと、

「それじゃああなたに済まないわ。あたしも止すわ。」と、眉を顰《ひそ》めた。

「そいつはいけないや。そんな義理を立てて呉れたって僕の首が繋がる訳のものじゃないんだから、好意は感謝しますがね。」

「でほかの方は黙ってるの。あなた一人見殺しにするの。」

「さあどうですかね。でしょうね。みんな自分の首が恐ろしいからね。」

と彼は持ってき場のない笑を泛べた。

舗石路には、女店員が来てから毎朝剃刀をあてるようになった卸部の男が、頭に櫛を入れて彼女の帰りをうろうろ待っていた。

4

失業——。

その当座、解雇手当と借金を支払った月給の残りとで八拾円足らず金があった。彼は四拾円だけ両親に渡した。

「一所懸命口を捜すんだね。あたしも心当りを訊ねてみるけど。」

母は皺だらけなではではした手を長火鉢に翳《かざ》して、又同じ言葉を繰返した。炬燵に齧りついてる病父は耳が遠いので、

「おっかさん、今夜のお数《かず》は何にする。」

と胃の腑のこととをきいている。

親父は眼が片方見えない上に外へも出られないから、食べる問題の外楽しみがないんだ。と山崎は思った。

金がいくらでもある間は、蠟燭の火が灯ってるみたいで幾分気休めがあったが、日を経るに

従ってそれも尽きると、急に総てが暗澹たる感じになって来た。家へやった半分も、米味噌薪炭の中へ溶解し終わせた。

弟は今絶対服従の近衛歩兵である。次の弟はメリヤス屋へ年期奉公してる。当分収入の途はない。

そして、就職口は決定的に零《ゼロ》だった。

広い東京の事だ。何かあるだろう。と一応は想像される。が、それはただ有りそうに見えるだけだ。どの商売もキチキチで入り込む隙は皆無だった。寧ろ、就職者がその戸口から漸時抛《ほう》り出されていた。

友人や知人の返事は、符節を合せた如く決まっていた。

「心掛けては置きますがね、あてにされると困る。今無いからなあ。」

実際、いくら心配して呉れたってどうにもならぬ事である。

職業紹介所へ行ってみる。二日、三日、四日……一週間……二週……三週。無し。長い腰掛はいつでも彼と同じ失業者で埋《うず》まっていた。至る処生きの悪い魚のような瞳孔が、生物的に蠢いてるのみであった。係員は、数が多いのでそれら人間の運命を、品物位に取扱わねばならなかった。

多数の失業者が飢餓線を彷徨してる時、大多数の就職者は失業線附近を危うげにあるいている。他方、政府は「共産党事件」[*10]を発表して、労働農民党に解散命令を下した。人民の思想には高圧な鉄条網が張り廻らされた。——

歯根が腐蝕して琺瑯質[*11]がボロボロ無くなってくみたいに、ビール箱に並べといた彼の書籍は、済《な》し崩しに空ッぽになっちゃった。円本[*12]全集の大量生産で三掛にも売れなかった。

靴の穴は大きくなる。

夏になって、洋服とオーヴァは、質屋の暖簾から帳場格子を過ぎると……その儘遥彼方へ飛び去った。涼しくなって脊広がないと勤めに困るんだがな、と遠くの方で感じたが、その時は眼前の五円札のみに切端《せっぱ》詰まった心が曳かれていたのだ。

けれども避暑地は繁昌する。鉄道省は各駅に案内のポスターを貼り出し、頻に臨時列車を増発していた。江の島鎌倉逗子葉山、北条。海浜には日に焦ける事に虚栄を感じてる男女が、噸数で衡る程うじゃうじゃ遊んでいた。女の海水着に、日傘に、軽羅に、衣裳店の流行政策が規格統一に近い徹底を見せていた。砂の上にも波の上にも、春機発動の風景が脂肪臭い姿態を散在させていた。

旅館や飲食店に金はばらばら撒かれている。——

単物に又裏をつけて、山崎もどうにか移りがえしたある日の午前、割れ目に紙を繋いだ玻璃格子が明いて巡査の髭が現われた。戸籍簿を調べたのち、

「君は今、何処かへ勤めてるんかね。」

「長いこと遊んでいますよ。」

「あすんでる?……じゃあ何で生活しとるんか?……」

警察のマークは忽ち迂散臭そうな表情に変った。

彼は反感を催して笑った。

「東京だけで目下十万人以上の失業者があるそうですな。僕はその十何万分かの一なんだが、何処か口があるんなら世話して貰いましょう。」

で、金釦《ボタン》は苦笑して去った。母と病父は怯えた色から恢復した。

「お前がぶらぶらしてるからあんな事云われるんだよ。何かないもんかねえ。本当に。」

おふくろはそう云って滾《こぼ》す。親父はよく聴ていないので、半信半疑で山崎の方を見ていた。

彼は新聞の人事欄に眼を注いだ。

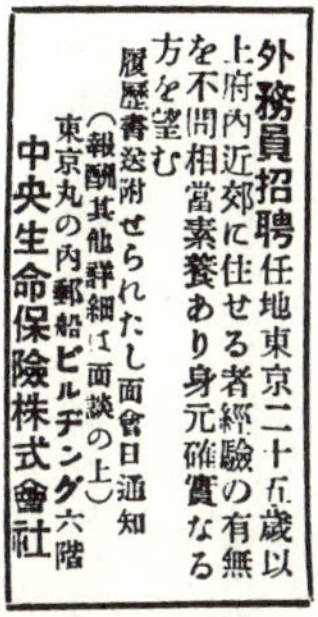

外務員招聘
任地東京二十五歳以上府内近郊に住せる者經驗の有無を不問相當素養あり身元確實なる方を望む
履歴書送附せられたし面會日通知
(報酬其他詳細は面談の上)
東京丸の内郵船ビルヂング六階
中央生命保険株式會社

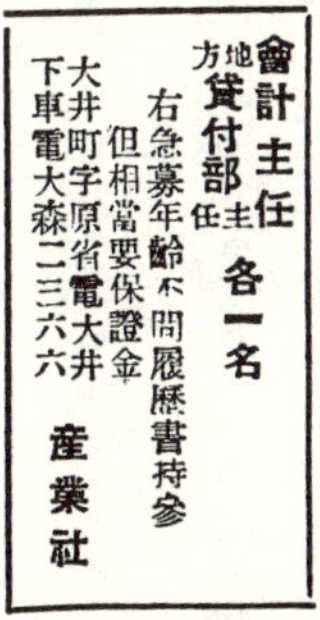

會計主任
地方貸付部主任 各一名
右急募年齢不問履歴書持參
但相當要保證金
大井町字原省電大井下車電大森二三六六
產業社

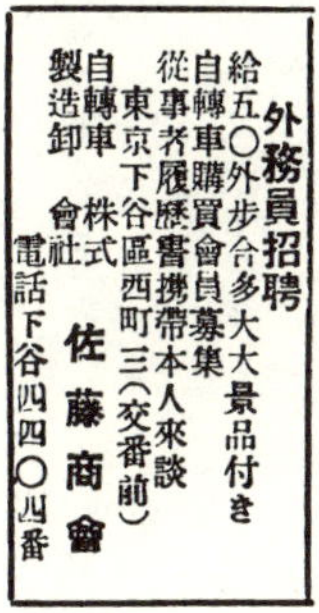

外務員招聘
給五〇外歩合多大大景品付き
自轉車購買會員募集
從事者履歴書携帯本人來談
東京下谷區西町三(交番前)
自轉車製造卸 株式會社 佐藤商會
電話下谷四四〇四番

矢ッ張《ぱ》り駄目だ。こんなのは就職口のうちへ入らないではないか。真に受けて使って貰おうものなら、只働きのひどい目にあう。人の居つかぬ証拠には、しょッ中同じ広告が出ていると思った。

その時間。省線新宿駅で、東京行を待ってる数多男の中に、鞄を抱えた中央生命の外交員があった。勧誘先より空しく引きあげて、本社へ帰るのである。最初は親籍友人に哀訴して、辛うじてでも契約をとる事が出来た。それっきりでお仕舞だった。大部分の外務員と同一の轍を踏んだのである。――

和泉橋でトラックが荷物をつけた自転車を轢き倒した。トラックの運転手は過労のためうっかりしてたのだ。轢かれた小僧は血まみれになった。自転車はめちゃくちゃに毀《こわ》れた。すると一人の男が進みでて、手拭を裂いたり散らばった釦の箱を集めたり、何かと世話をやいていた。通りがかりのものだが医者までつれて行きましょうと巡査に云っていた。それは、佐藤自転車店の外交である。やっと、お得意様が一軒出来そうな感じを、その男は頭に持っていた。

大井町の広い通りを、ギョロギョロした眼であるいてるのは、元産業社の社員である。その金融会社の与太に愛想を尽かしてやめたのだが、三月経《つき》た今日、未だに二百円の保証金を返還しない。来月来月で延ばされ、警察へかけ込んだのだがねっから埒が明かなかった。きょう行ったら又社長は留守だとの口実である。結局、自分で自分の金を貰い、ただで勤めてたのだった。腹は煮えくり返ってる。社長の野郎叩っ切ってしまおうかとも思ってみた。――――山崎の母親は夜晩く迄賃仕事の縫物を手がけている。市内にすっかり蚊が居なくなった頃、溝の汚ない此辺では未だにブンブン電灯の下や針箱のそばを飛び交うていた。

「もう寝たらどうです？」

「ああもうじき、あしたこれを持って、いくらでも貰って来なきゃおっつかないもの。お前の就職が何とかならないうちは。」

そう云っておふくろは、ちょいと針を置いて硼酸《ほうさん》で眼を洗ったりなどした。

彼は唇を噛んで黙っていた。

病父は歪曲した脊髄を薄い寝床に横たえてる。木伊乃《ミイラ》のような寝顔だ。………

5

聽て理髪屋を、継のあたった足袋に低く減った朴歯《ほおば》を穿いて、山崎はさばさば出て来た。と同時に、馬鹿に首のうしろが寒く感ぜられた。外套があったら暖かいだろうな。そんな欲望も描かれた。襟垢を拭いたあとがまだ揮発臭かった。

彼はけさ出がけ、母親が神棚に向って、「どうぞ勤先が決まって下さいますよう。」と、手を合せた事を思い出し、足を急いだ。電車や乗合自動車は幾台も彼を追い越して駛《はし》り去った。

場所は中橋広小路である。長い道のりをてくてくやっとそこへ辿りつくとドアを排し、紹介状によって刺を通じた。

主のない事務机が目立ってる。

応接室。

人事課長と相対した彼は、計算及び記帳その他について、提示された考試を容易に乗ッ切る事が出来た。俸給は一任した。

静《あたり》は静のようでもありざわついてるようでもあった。

「ではあしたから来て貰えますかな。」

「ええどうぞ。」

山崎は安心した。親父もおふくろも、喜ぶだろう、と思った。

次の瞬間である。

「処で、一つ承知しといて貰わねばならんのは、昨日から工場に職工社員のストライキが始まってる事です。それで事務の人が足りないので、少し急がしいかも知れんが、やって下さい。」

霹靂ではないか。人事課長の言葉は。

事態は逆転してる。

彼の見た朝刊には未だ載ってなかったのだ。

「え……」

とは云ったものの、彼はハタと行き詰まった。

罷業破《スキャップ》

初めて、スキャップ[*13]に来た自分を発見した。

が、すぱりと拒絶して退却するには、余に現在の生活がひど過ぎる。それに断るにしても、紹介者の立場を考慮せねばならなかった。

此機会に就職口を外ずしたら、もう何にもないだろう。

けれども、ストライキ破り！　そんな恥ずかしい事が出来るか。

彼は黯然《あんぜん》として去就に迷った。

しかしぽつんと黙ってもいられないので、

「では明日より伺います。」と辻褄を合せ、その場を遁れた。

TS印刷株式会社の真鍮看板は見るも冷たく磨かれてあった。

前方から、職工服に赤い腕章をつけたのが多ぜいやってくる。

と、忽然サーベル黒服がどやどや現われた。

事務所の前を巡査の帽子がゴタゴタ固まった。ちょいとしんとしたようだったが、職工服の一人が何か白眼で呟いたかと思うと、いきなりサーベルの光がガチャガチャ鳴ってその中へ踊り込んだ。入り乱れる足。怒鳴る声。制止する声。検束……五人持ってかれてしまった。人々は蹴散らされた。通行人は遠巻きにしてキョトンと見ていた。方々の窓からも首が出ていた。

争議団だな。と彼は思った。

活字の鉛毒。

輪転機で怪我する職工。

馘首される者。

賃銀値下。

共同戦線を張る事務員。——

罷業原因が想像される。

断然、スキャップは止そう。

自分が勤めなければ、あの会社は更に、余ってる他の失業者を雇入れるだろう。だが、自分には迚も出来ぬ………。

彼は決意した。

繁華な表へ出る。

航空母艦みたいに街は長々と続いている。日本橋通り。

それは社会の上層に傲然と建てられてあった。だから、金持の携帯に適した奢侈品そのものの女が、大規模な百貨店からぞろぞろ出て来る。ネクタイピンだけの存在が得々とエナメル靴を鳴らしてる。色情発芽の体臭を漂わした少女達は指環の見せッこなどして、誕生石はどれだとか燥き乍ら闊歩して行く。体裁上等の箱自動車には、臘虎《らっこ》の毛皮にくるまった糖尿病患者が札束然と反り返っている。——

一方山崎は腹をぺこぺこにして歩いていた。床屋のおつりはゴールデンバット*14に化けたので三銭しか残らなかった。

6

家へ帰ると両親には、採用となれば通知がある筈ですとその場を繕って置いた。

手紙が来てる。例の食料品店の女店員からで、又、女の人が三人ばかり入店して、男の方が二人馘になったので、今動揺してます。としてあった。

山崎はそれみろと思った。自分を見殺しにした奴等が、同じ理由で失職したのは聊《いささ》か痛快みたいだった。が、考えてみりゃ、自分と等しい境遇に堕ちたのである。と同情もされた。

親父は柱に掴まり、障子に掴まり、赤ん坊のようによたよた不浄場へ行こうとしてる。

突如ドカンガチャンと凄じい音がした。

母親と彼は駭《おどろ》いて台所の方を見た。

病父が土間へ落っこって空バケツへ足を突っ込んだのだ。便所の戸前で踏板が三角に切れて、その先手洗鉢《さきちょうずばち》が台にのせてある。そこだ。兎に角彼は抱き上げた。父親は一つしか見えぬ眼をしょぼしょぼさせて脛を痛そうに揉んだ。

たった一ぺんでもいいから、親父を俥に乗ッけて街の有様を見せてやりたい。医者にもかけたい。風呂にも這入らせたい……。

ヤッと起き上がれた父親を、雪隠の中へいれて、彼は夢のように考えた。――

晩。茶漬けを掻ッ込んで、先輩へ断りの挨拶に行った。先輩は、

「君のその気持は正しいがね。そんな事云ってたら今時口はないよ。」

と云った。

同時刻。匕首《あいくち》短銃日本刀を振り翳して、暴力を商品とする二打《ダース》一束の人間がTS印刷争議団を襲撃した。会社幹部の支払額に応じて暴れるのだった。怒号。小競合。体のぶつかる音。毀れる戸障子。腕を挫かれる職工。怒号。眼窩をやられた争議委員。転がる火鉢。踏んだり蹴ったりされる見習工。炭箱が引ッくり返る。……漸くにして警察の一行。

それと同じ時。山崎の母親は裏の建築場で板ッ切れを拾っていた。翌朝それで竈を炊きつけるのだった。炭屋の勘定が溜ってるので、そうでもせねば燃料が得られなかった。

こっちの方では、父がテール膏臭い夜具の中で、……あ痛ッ……あ痛ッ……と身悶え乍ら、痛痒いのと筋の吊るのを押えたり叩いたりしていた。土間へ落ちたのがこたえたらしい。隙間だらけな部屋はびゅうびゅうと寒かった。

7

愈々ドタン場だ。少しでも自分内《じぶんち》の負担を軽くしなきゃあならぬ。何でもやってみよう。

数日後の夕刻。傘のない彼は尻ッ端折《はしょ》りにびしょびしょ濡れて歩道を歩きつつその心組をした。此日の午前中、募集広告によって、須田町の建物に商事会社を訪れると、既に待ってる求職者は三十人から目白押を呈していた。一人這入って来る毎に、一同はジロリと視線の焦点を描いた。彼は順番迄四時間待たされた。が、やっと履歴書を置いて戻って来ても、控室の人数は一向減ってないようだった。次から次へとドアが押されていろんな顔が殖える。それで必要とする人間は二人なのだ。すべて出かける前の予想通りである。よもやに曳かされて来てみたのだが山崎は完全に諦めた。そうして雨に降られたのだった。

レストランの明るいショーウインドーには炒飯《チャーハン》だのビフステキだの魚のフライだのが、湯気を立てて並んでいた。玻璃の奥に、ストーヴ近く酒を汲み交してる男の影が覗かれた。雨は冷え冷えと降り注いでいる。彼は思わず片唾を嚥んで、帽子や首筋を手拭で拭いた。

履物店には足駄が山と積まれてある。店先を通る彼の朴歯はピシャンコだった。素足に泥が跳ねかってぐちゃぐちゃ気持悪かった。

洋服店では色合とりどりの外套が買手を待って吊る下がっていた。けれども彼は、肩から袖を濡らして歩かねばならなかった。一本の安番傘を買うことすら不可能だった。

大銀行は、彪大な預金総額の半《なかば》を有価証券に投資して産業の覇権を掌握しつつある他方、需要を狭められた遊資の不活潑な運転に、日夜困難していた。並行し交叉する各事業会社は、堆積した在庫品が捌けないので、労銀値下と解雇者の製造に努力している。卸問屋は渋滞した売掛代金の回収に困惑し、大半の小売商は、顧客の減少と貸倒れに加えて、大百貨店の攻勢に倒産没落の斜道を辷っていた。

そして、数多の、山崎などの失業者と、更に夥しい、月給取労働者小作人の家族は、極度に購買力を奪われていた。

処が、美術倶楽部での売立には、一本の軸に数千の価格を呼び、一個の香炉に数万円の入札がある。築地赤坂の一流待合には、大官政商の自動車が毎夜の如く横づけになり、護衛が添えられてあった。――

雨は止みそうもない。灯火はどろどろ往来に流れている。

……どんなに苦しくッても生きて行かなければならぬ。断じて、世の中が此儘で済むものではないのだ。

彼は、と、考え乍ら、御成街道を過ぎて広小路へ来た。活動小屋に阪妻の新選組がかかっている。山崎はそのスチル[*15]を見た。

……かつて、我々の父祖は明治維新を経験した。近藤勇や芹沢鴨等の暴勇を城壁としても、徳川幕府は倒壊してしまったではないか。

聯想は、歴史の回転を推理させる。

上野駅——車坂。

男女雇人口入所

北海道行人夫大募集

人夫募集

市内手伝人夫募集

日傭人夫募集

車坂へ行くとそう云った看板がいくつも出ていた。彼は、思い切って、細い露地へ這入った。

突き当りに火の番小屋みたいな請負の家が見える。

光った雨だれが顔を打ち続けた。

8

気温が上昇して戸外へ出る人間の数が激増する。彼岸も過ぎた日曜日。
飛行船は蒼空を軍事予算に従って駛り、各店舗の頂辺《てっぺん》に商号旗が利潤を掠め合って飜ると、有閑気分を満載した高架電車は間断なくホームを発着していた。
上野山下附近——ゴチャゴチャ動く群衆を縫って、不思議なサンドウィッチマン[16]が歩いてるではないか。皆振り返って見ずにいなかった。

人間賣りたし

と、大きなボール紙へ書いてボロ洋服の上からぶら下げている。そして背中には、

人間買はれたし

としてあった。人々は眼曳き袖曳き驚いたり嗤ったりした。眉毛に顰蹙を表示した紳士もいた。

そのサンドウィッチマンは山崎なのだ。もう恥も外聞も無い。恐れもない。只、最後の窮迫と打《ぶ》っつかれって反抗だけがあった――。

巡査、巡査。

「貴様ちょっと来い！」

衆人の笑が暫し消えた。人垣が二重三重をなす。

彼はその場で看板を剝がれ、曳き擦られるように連行された。あとから弥次馬が繫がって行く。

いつかの雨の晩。人夫募集の家をたずねると、続きの母屋からチョビ髭の男が顔を出した。見れば蟀谷《こめかみ》に大きな傷痕がある。

「……何か仕事をさせて貰いたいんですが。何でもやります。」

と云ってみた。

するとその男は濡れそびれた彼の軀つきを一瞥して、

「どうだい、お前さん北海道へ行く気はないかね。そうすりゃ前借もさせるし旅費もだす。北海道ったって昔のようなひどい事はないから。」

例の監獄部屋。彼はギョッとした。

「いや、あたしは市内で働きたいんです。両親もいるんですから。」

「市内の仕事は一晃《ひとけり》ついたんで、今からラッきしねえからな。第一一人前のやつがあぶれてんだからね。」

母家の畳にごろごろしてる男達は、雨が上ってもすぐ仕事がある訳でなかった。

山崎は頭を下げてそこを出た。

次の家でも断られた。三軒目でも北海道行を薦められた。生きて再び帰れそうもない監獄部屋！……誰が知ってて行くものか。けれども、駅附近に網を張り、地方人や家出人を釣り込むには恰好の場所である。――

漸く四軒目で、天気になったら、朝六時迄に来いと云われた。

土運び――。

メリヤス屋の弟に貰った擦り切れたボロ服。巻脚半。跣《マ》泥《マ》袋。で山崎は現場に出た。シャベルは彼の小さな手に持ち扱いかねた。盛り上げた土は、水気を含んだ上に砂利や煉瓦の砕けが混ざっていて、その畚《もっこ》を相棒と舁《かつ》ぐのだが、無闇に重かった。肩甲骨も折れそうな感じで筋肉を締めつける。足の運びがぐらぐらした。雨上りで稍もすると滑りかけた四間かそこいらの途中が度数を重ねる毎に長く感ぜられて来た。土をあけると吻と身が軽くなる。と、又畚へシャベルで土を……。肩が砕けそうに痛い。軀は熱くなり、汗が背中に滲んで来る。

現場監督はじりじりして見ていたが、とうとう大きな声で怒鳴った。

「何を愚図愚図してやがんでえ！　もっと確《しっか》りやれよ。飯食わねんじゃあるめえし。」

山崎はじッと堪《こら》えて足をふん張った。担い棒の重圧で膝蓋骨も外《はず》れるかと思われた。額に青筋が出て生え際迄赤く汗ばんで来る。……

夕方になると、一同親方を取り巻いて、一円三拾銭ずつ貰った。で彼は、釈放された四人みたいに、帰途につくことが出来た。

次の早朝。睡いのと軀中痛むのとで容易に起きにくかった。しかし、彼は我慢してやっと出かけた。そして同じ仕事を繰り返した。疲労は一層激しさを増した。それで三日目に、遂に潰れてしまった。全身打ちのめされたようで、どうにも起き上れなかったのである。

「あんまり無理をしない方がいいよ。」

と母親は云ってくれた。だが、土工の手伝も出来ないとしたら、今度何をやりゃいいんだ……。

溝《どぶ》川のようなその日その日が流れて行く。

鋳の入った壁へ新聞紙を貼った。七厘へは針金で鉢巻をした。戸板を拾って来て薪を作った。紙片へ寿司だとか牛肉だとか食いたいものの名前を書き連ねてみた。

父親は脊髄疲薬の広告をみつけると後生大切に切り抜いて、一通り買ってみる空想を描いていた。足が痛み出すと揉んだり擦《さす》ったりして、垢のこびりついた体を横たえるのであった。

朝から晩までガチガチ働いてるのが母親だった。洗い張り、縫い直しもの、炊事。日に一度は神経痛を発して腕がしんしんと痛んだ。それでも手を休めなかった。彼は余りひどい時見かねて按摩をしてやった。

三軒の貧弱な家作しか持ってない家主の老人は、何処も家賃が滞ってるので困り切っていた。で催促に廻って来る。が相変らず双方同様の泣き言を云って別れるのだった。――

山崎は机の抽斗から刻みの粉を掻きあつめて煙管に詰め、苛々跪いた。

どうすればこんな生活から脱けられるのか。いつになったら住みよい社会が来るのか……。

ブルジョア組織への憎悪がぶすぶす燃え燻った。マッチを何本も擦っては消える迄視つめていた。

だが、今、どうする。

彼の脳髄に街の動きが映った。

看板、チラシ、サンドウィッチマンが展開された。呉服売出しのサンドウィッチマン。

………あれだ。――其処にヒントを得た。

「人間投売」――「人間売りたし」

やって見るんだ。

嗤いたい奴は勝手に嗤え。縛りたければ勝手に縛れ。

彼はそいつを計画した。

誰にも相談しなかった。

そうして上野広小路へ、突然の如く現れたのであった。

9

留置場。

鑰《かぎ》の卸された太い潜り格子。金網を張った窓。天井から五燭が下がっている。その狭い中に、山崎と三人の男が押し込められていた。モボ風の不良少年、家出人、金二円掻払った爺さん。

彼は正午頃、署へ曳かれた時司法主任の前でがみがみやられた。それに対して黙ってなかった。

「僕だって伊達や酔狂でやったんじゃない。何処へ行っても職がないから、どうにも食えないからやったんですがね。どうすりゃいいんです？」

「……よし、こりゃ拘留二十九日だな！」

と、千三百グラム級の脳髄を持った司法主任はお茶を濁して、月俸の何百分の一かに当る取調を片づけた。

廊下を距てて拘留部屋では、無銭飲食者が箒の切れッ端で何か細工ものをしていた。社会主義運動の闘士が、恐れを知らぬ態度で静に座っていた。一つ仕切って隣には密淫売*17の廉で女が一人繋がれていた。

晩の食餌《い》は木ッ葉みたいな昆布にぐちゃりとした冷たい飯だった。あとで剝げちょろの弁当箱を取り集めに来た賄屋が、箸が一本不足だと云って大騒ぎで捜していた。

たった一日でも返屈なものである。時々靴音がする。するとぼそぼそした話声が止む。黒ズボンの歩みが消えると又私語が始まる。

山崎は何気なく壁をみた。電灯が暗いのでよく判らぬが何か書いてある。悄《しょ》げていた彼は尚よく見た。

恰も東京中央放送局はニュウスの時間である。アナウンサーの声が二十幾万のアンテナに感応した。「人間売りたし」の事件は秒時全市に拡がった。

石油会社の重役は、五球式の高級機でそれを聴くと、知人を通じて依頼された百五十通からの履歴書が頭に浮かんだ。何処かで大戦争でも始まらにゃ、人口過剰は解決しないと考えた。そうなれば会社も儲るんじゃがと思った。失業者の多い事は脅威だった。しかし、その為、自分の金庫をあけたり、使用人に制肘されるような法律の設定される事は真ッ平《ぴら》だった。それにしても既成政党がもっと睨りやって呉れにゃならんと思った。

専門学校の学生は下宿で隣家のラジオに耳を傾けた。来年卒業後の就職が危ぶまれた。結局、社会が根抵から改革されねば駄目なんだと考えた。けれども資本主義は未だ上向線を描いてる、と思うと反感に憂鬱が交流した。

ある女学生はレシーバーをあてていた。世の中の行き詰りつつある事を感じた。そしてマルクス、レニン[*18]の写真が心に映ぜられた。著物なんか何でもいいわと考えた。

電気屋の前に立止まった製紙労働者三人は、他人事でないと語り合った。俺達だっていつ失業するか判らないからなと云った。翌晩の組合の会合には今後の失業対策について提議しようじゃあないかと相談した。

何も考えない市井人は、変った男もいるなで安直に済ましていたのである。——

留置場。山崎の見た壁には何が書いてあったか。

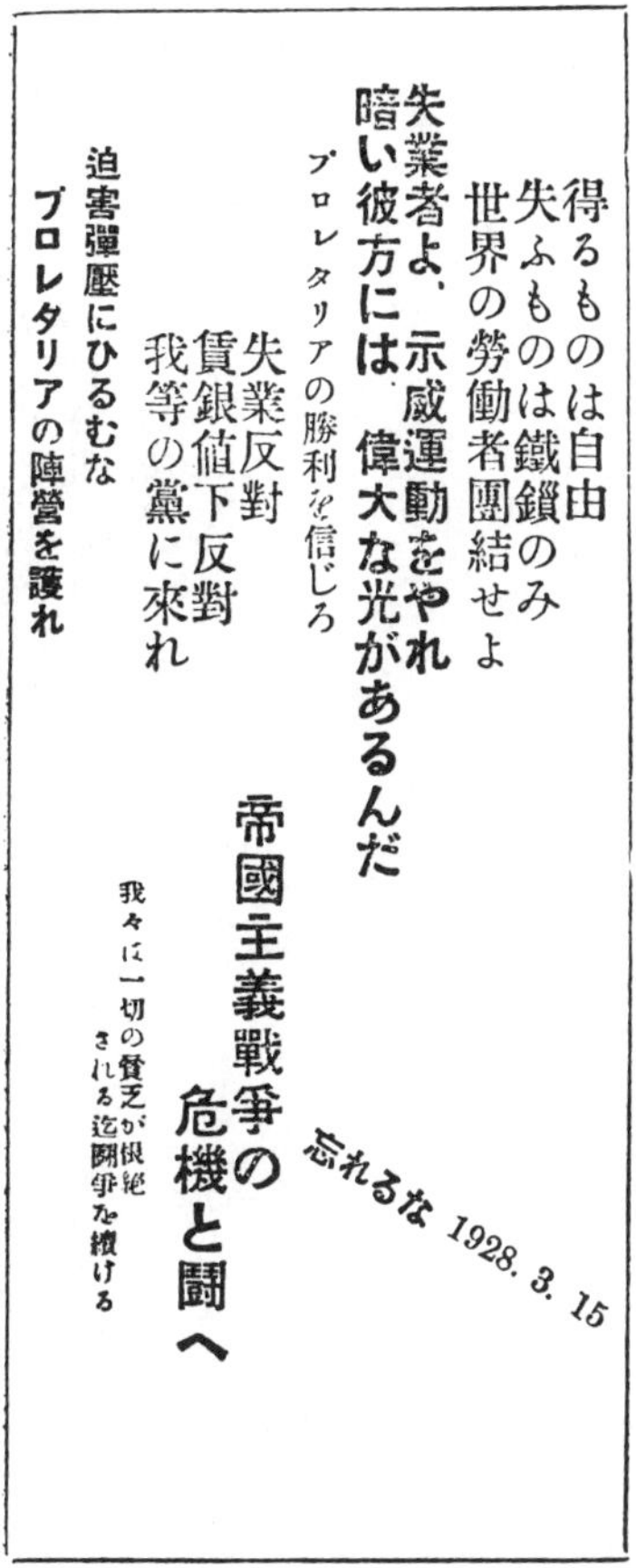

得るものは自由
失ふものは鐵鎖のみ
世界の勞働者團結せよ
失業者よ、示威運動をやれ
暗い彼方には、偉大な光があるんだ
プロレタリアの勝利を信じろ
失業反對
賃銀値下反對
我等の黨に來れ
迫害彈壓にひるむな
プロレタリアの陣營を護れ
帝國主義戰爭の
危機と鬪へ
忘れるな 1928. 3. 15
我々は一切の貧乏が根絶される迄鬪爭を續ける

それは針金のようなもので刻み記されてあった。

読んでくうちに逆目釘《さかめ》の如く彼の精神に打ち込まれて行った。荒涼たる気持が救われて来た。強い力を感ぜずにいられなかった。

俺も闘争の渦中に飛び込もう。

運動の一兵卒として働こう。


…………………………

10

眠られぬ一夜が過ぎると、翌朝山崎は、司法主任の文句を上の空できいて警察の門から放たれた。
その頃食料品店の女店員は、新入店の娘にベーベル[*19]の婦人論を、ソッと貸し与えていた。
山崎は両親の心配を気がかりに思いつつ、街を急いでたが、ふと歩みを止めて眼を瞬った。
　人間売りたし
人間売りたし
人間売りたし
人間売りたし

人間売りたし
人間売りたし
人間売りたし
人間売りたし

彼これ二十人ほど、昨日の自分と同じようなのが昂然と行進して来るのであった。

初出　『文芸戦線』六月号、文芸戦線社、一九二九年

＊1――小ブルジョア：プチブル（九六ページ）と同じ。
＊2――コーンドビーフ：コンビーフと同じ。
＊3――市俄古：シカゴ。
＊4――ストックヤード：シカゴで生まれた巨大精肉工場。
＊5――準政友系：立憲政友会系の政治団体に準ずるの意。
＊6――土耳古：トルコ。
＊7――タキシーダンサー：タクシーダンスホールで踊っている女性。ここでいうタクシーとは料金制ということで、男性はお金を払って一定時間女性と踊れる。
＊8――ノックス：有名な帽子メーカー。

＊9——ジョニイウォーカー：有名なスコッチ・ウィスキーのブランド。
＊10——共産党事件：別名、三・一五事件。一九二八年三月一五日に、日本で初めて行われた共産党弾圧事件。多くの運動家が逮捕され、労働農民党（労農党）は結党禁止処分を受けた。
＊11——琺瑯質：エナメル質。
＊12——円本：一冊一円で買えると話題になった文学全集。
＊13——スキャップ：ストライキ破り。ストライキは労働者全員で働かないことで要求を通そうとする運動だが、抜け駆けをして働いてしまうこと。
＊14——ゴールデンバット：タバコの銘柄。
＊15——スチル：広報画像。
＊16——サンドウィッチマン：胴と背中に看板を装着することで宣伝する人間広告塔。
＊17——密淫売：ひそかに売春をする人。
＊18——マルクス、レニン：カール・マルクスとウラジーミル・イリイチ・レーニン。革命や社会主義の理論家。
＊19——ベーベル：ドイツの社会主義者、アウグスト・ベーベル。『婦人論』で有名。

鈴木清次郎（すずき・せいじろう）　一九〇一（明治三四）〜一九六〇（昭和三五）年
東京市（現・東京都）生れ。一九二九年、『文芸戦線』に「巷の断層」を発表。以後、同誌に「人間売りたし」「朦朧百貨店」などが掲載される。左翼芸術家連盟、労農芸術家連盟に加わり、機関誌に「トーキー前後」を連載した。一九三九年には同人誌『双紙』に参加。翌年、「日本橋」が芥川賞候補となった。公友社からでていた文学雑誌『明日』の編集に関わる。神経衰弱に苦しみ自殺。

［小説］

ヤッチョラ

村田千代

三時過ぎの天道様は、九月と言っても暑中に劣らぬ色を、西の窓に塗り始めたに、まだ彼女は東向の座敷のくちもとに、ショボショボ目を閉じたり開けたり昼寝のけだるさのぬけきらぬ恰好で、ペッチャンコになって居た。

彼女と言う音は若々しく聞える。それでは困る。全く此処の彼女は三万六千五百回以上、お日様を見通して来た彼女だった。どのどんな老ゆきでも、女性でありさえすれば彼女という言葉が許されるとして、やっと使えるような老々しい彼女であるのである。

長寿は結構と言うが、又その結構のお返しに頗《すこぶ》る結構ならぬ、逆境も見ねばならぬが定めで、彼女は子も孫も死に果てて、家は先祖代々の住家に居ても、今の生活は曾孫と共に、孫の知人の世話になって居るような様である。孫等は意外に早死であったが、子は七十幾つかで失せたに、それでも矢張り親より先と言う事になって居て、のがれる事の出来ない逆境は思いやられ

る。だが、彼女は命同様にか、意想外に気強いもので、

——今度で、養老盃[*1]を三度戴くわけだが、子や孫の分までもと思うや、まだまだ足りないわな——

と、時をえらばず言って居る。

——それでも、はい起きずばなるまいや。と、言った感じを沈黙のまま示して、彼女は背をうじうじさせた。そしてペッチャンコの形を丸く変えて、枯れ細った腕を、カサカサさすり始めた。それはまるで、煮え立ってくる途中から、出来かけた牛乳の皮を、人色にさせただけのものと言いたい、薄さに、皺かげんに、そのほんの光るところまで、さわっては剝けそうな皮膚だった。が、何かさすって得る快感に、彼女のカサカサはなかなか止まなかった。右手で左腕を、左手で右腕を、根気よく続けた。こんな事は、敢えて言う彼女の珍らしい動作ではなかったが。

と、ふと彼女は、老にも似ぬ烈しい行動で、右手をのばして障子を捕え、時には皺の中の大きな皺にも見えそうな目を据えきった。

体の下は、大きな雷鳴のあとの地響きにも似た感覚が通って居た。

そんな事で、すっかり目覚まされた彼女は、椽先《えんさき》ににじり出て、目先の葱の頭のトンボから、

はるか上の電線に、ぎっしりしがみつくようにそのあたりを見やって居た。

すると、何という事か？　幾つかの紙片がチラチラと、彼女の頭の屋根の方から現れ出て、ひからびた色を目立たせて、輝く色彩の葱畑の上を、大根畑の上を、竹藪の上を、静かに動くかげんで山の方へ、それも、次から次へ、ずんずん増えてチラチラし出した。

——おりかや、おりか。

耳はなかば蓋をされたが、遠目を許された彼女は、チラツクものの後を追いながら呼ばった。

彼女の耳には受け取れなかった遠くからの返事がして、程なく娘盛りの曾孫がそれにふさわしからぬ身なりで、髪もキリキリ巻に腰の手拭で腕のシャボンの泡を消しながら裏庭に曲って出て来た。

——見や、おりか、われ始めは蝶やと思ったに、何の、たんと、舞って来たに——。

襷掛の前掛姿が見えるが早いか、彼女はニット笑って、チラツイて舞うものの方向に細腕を伸して言った。

——ああおばあさん、あれ？　今花火の音がしましたね、平和座の——

おりかは、近頃近くに出来た劇場の開演合図の煙火の後のものである事を説明した。

——音が？　ほんに、じゃあ今ゆれたのは、うう——

それでやっと合点がいくと言ったように、又それ程の響きの音なら聞えそうなものだと言うように、おりかの話続けるのにはかまわず、一人不思議顔で、変に、うなずき、うなずいて居た。

まだ紙片は、いくらか形が小さくなった程度で、もう増す様子はなくて、トンボだらけの空間を、泳ぐようにチラツイて居た。

——や、おりか、わかったよ、ヤッチョラ、ヤッチョラが——

——え！

皺のような目で、きたない紙片を見送っていて、突然似てもつかない、可愛い調子の言葉を出した彼女の横顔を見て、おりかは皺もないくせに、全く顔を伸してしまった。

——ヤッチョラよ、清太の十の頃、われの子、お前のじいさんのそんな時だったで、今から六十五六年も前の事だったな、丁度今日の様に紙が、それも毎日々々、きれる事なしに、ヤッチョラヤッチョラと舞ったわな——

——まあ、いやなおばあさん、夢のつづきでしょう、お茶でも入れて目を覚したら——

——いい、ほんまだ。ちょうどこうゆうふうに、舞った。そうすると神様の仕わざではなかったわな——

おりかは急いで勝手口から上って来て、火鉢のわきに近づいた。

――なあ！　何時の日から、どうしてそうなったんか、何と言う事なしに、ふんとうにヤッチョラという時代があったんさ。そうゆう年や、まる一年は確かそうだったんだでな。

　葉書を三つに切った位のお札がな、不動様であろうが、稲荷であろうが、八幡様であろうが、水神様であろうが、天神様であろうが、空一面に晴れた空も灰色にさせてヤッチョラヤッチョラ漂よって居たわな。

　そりゃ、一日にはよっぽど、たんとのお札が地に落ちたんだが、其れを見て粗末な事をしたら、目がつぶれるとか、家が断絶するとか、いうんで、てんでにそれを一枚なりとも見あてた以上は、何もかもおっぽっておいて、お宮や、お寺に持って行ったもんや。

　また、そこいら、権現様の社にも、明神様の社にも、寺の本堂前にも、誰が何時どうしてあつらえたのか、ちゃんと恰好の、お札を受け取るお箱が出来て居てな、子供達が、そのお札をたんと拾う程利口になれるとか、早く出世が出来るかってんで、一日其れを何よりの仕事にあさって歩いたもんや。

　ああ、子供達は遊ぶ事と、お札を拾ってお箱におさめる事の他に仕事なんてした事はない。それどころか、子供達ばかりでなく、大人達も働かなければ困るなんて言う事はなくて矢張り遊んで居た。

お札のまう空がヤッチョラなら、人間もそれと同じように、ヤッチョラヤッチョラと浮いた調子をやって居た。貧乏なんて言うものは決してなかった。あってもないのと同じだった。何かもののある家へは大勢の人々が集って、食べたり踊ったりしたんさな。

物があっても、人々に自由にさせない様な家へは、一日の中に、庭中へ牛の糞がつくねられたり、台所一ぱい舌切雀が欲深ばばに馳走したようなものが並べられたり、大家の示しでもある門の大松の幹が、ナマナマとさかれたりした。それでもまだ頑張っているような家は次の日は牛の糞にうずめられてしまった。感心な家の屋根へは、立派な織物がふって来たり、金の大袋が置かれていたりした。そんな事があると又大祝いをやっての、聞き知ったほどのものがおしかけて、歌い騒いだんだあな。全くヤッチョラ、ヤッチョラと。

人はそしてヤッチョラヤッチョラして居るし、空にはお札が矢張りヤッチョラヤッチョラして居るし、それじゃあ、ヤッチョラの時代と言うより外に言いようはないわな。

何しろ、十年一昔としても、六昔半余も立ってるで、広い田んぼや畑が、ヤッチョラの人の手でどうなって居たかは思い出せないがまあ食べるに困った事のないのを思うや、どうにか実のって居たんずらよ。

お札もな、歩いてそう目に見えた程、鼻先にあたった覚えもないで、地から二三間上でヤッチョラして居たんずらよな。

それだけの事っきりなら、われもとても面白く踊れる筈だったが、その頃にわれは四十で、えらい苦労をしたんだった。

時たま話したかも知れない、それあのお前の大じいさん（彼女の夫）の牢に入ったのはその時や。

はじめは何しろ、一本気のわれの弟の仕業からだが——弟の友達が、或女と懇意になって、その女は孤児だと言うで、憐れさも加って、その女を娶ろうとした。その時、ふんとうにあきれた事には、その女にはまだ新しいよい男があるという事が知れて来たわけでなくとうとう弟と、その友達は、それから間もなく、その女を殺してしまった。それを又、その殺させる道順を与えたのは、いまだに真の事は定め切れないが、大じいさんの横智慧という事になってさな、三人は牢に運ばれて行った。ところがなんしろヤッチョラの事で、それを取締る役人達だとて普通人同様に浮かれていたわさ。

家は、此の地でも豪家とされていたが、普通ならそうした家へは大勢が集って食い倒すのだったが、大きな罪人を出したかどで、人がよりつかなんだばかりか、親しく話をするさえ許されなんだ。まあ清太が一番気の毒で、十ばかだに、人にかくれては一人でお札を拾っては、早くみんなが許されるようにと、心をこめてお箱におさめたものだった。けれど人のよりつかなんだ事が却って仕合せな事になって居て、われは毎日ヤッチョラにまぎれては、余程の金を持っては役人の機嫌を暖めたもんや。

それが又、浮かれて居る役人達には、とても入用なものだったに違いなくて、そんな事が半年ばか続いて家の財産は殆んど空になった時、ひょっこり、不思議と三人共が、――悪い女人を殺したのでは――という事で許されて、出牢して来た。

われは何と言っても、其の寛やかな取りなしの有がたさに、残って居るありたけの金目のものをたずさえて、礼に上った。

するとと役人は真剣な面で、

――お前はそんなボロをまとって、こんなものを持って来て、明日の食事に困りはしないか――

と、言ってくれしゃった。われは、

――明日は屋敷を売る事にきまったから、

と、答えると、

――其処だ、それを待って居た。とかく人と言うものは、殊に女と言うものは、沢山あればある程、この位は取っておかなければと出す事をおしむものだ、それを何一つ残さぬまで、よく一つの事に尽したな。

そうしたおほめの言葉と共に、却って多分なお金をめぐまれたんだった。そうしたお金も、今度は、清められた家の祝いという事で間もなく消されてしまったが、家はもとの安らかにもどったんやな。

そうして、何時とはなしにヤッチョラのお札はまわなくなって、何時とはなしにみんなも落着いて、ひとりでに、今の様にめいめいが働いて生きる世になってしまった。

われのそうした仕事も、ヤッチョラだったからこそうもういったんだった。

考えようではわれの仕事も、役人の仕業も、とても、悪く見られるのだが、人三人の命を止めたという事は決して、つまらん事ではないわな。ヤッチョラのあるということもだな。

彼女は腕をカサカサさせ、足をさすり、しぶい茶をくくみくくみ、殆んど天道様の沈む頃までかかって昔の気丈夫の残り気分に、しはじめた事は止ぬ性分で、新劇の開演合図の紙片をヤッチョラ札に見なして、過去を、目新しく並べたてた。そして、ふと言った。

――なあ、おりか、鉄也は何処になにしてるか？

――まあ、兄さんの事など――

老人の仕事としての追憶に、全く沈黙にひかえて居たおりかは驚き顔を上げた。

鉄也は十の時、おりかは生れた時、母親を失なった。おりかの五つの時、父親も倒れた。鉄也は物心づいた時の、大きな痛いしぐさに、淋しい子に育った。小学教員を何よりの身にあてはまった仕事として、田舎におさまって居た。ところが、此の春の衆議院選挙に生れた、労農党[*2]の偉大な論弁に刺激されて、その後、児童の前に話すべきでない、不穏の言語を発した。そして直に職席をおわれた。そのまま、鉄也の消息を知るものはなかったのである。

――もう一度ヤッチョラのような時代があったら――

彼女は眼の影を深くして言った。

――まあ、そんな――

おりかは、兄と共に、その残して行った本を思い出して居る様だった。ヤッチョラは、全く、共産という叫びの事実の実行ではないか、と考えて居たに違いなかった。

――それだって、あの時は、われの力で三人もの大きな罪も許されたに――彼女はそう言って、もうとっくに何もなくなって居る空を見上げた。そしてその空間に、先刻の舞う紙片を自分自身で浮べて、それによって何か曾孫をもとにかえらせる方法が、得られはしまいか、と見つめつづけた。

初出『女人芸術』一〇月号、女人芸術社、一九二八年

＊1――養老盃：天皇家の重要な儀式のさい高齢者にプレゼントされた杯。
＊2――労農党：労働農民党。プロレタリアートのための政党。

村田千代（むらた・ちよ）　一九〇八（明治四一）年〜没年不詳
長野県生れ。一九二六年に上京し東京女子高等師範学校を受験するも失敗。『婦人公論』に投稿した文章が当選し、そこから『女人芸術』にも寄稿するようになるが、本業は針仕事、草むしり、家事雑用であったという。この項は『女人芸術』一九二九年一〇月号の一九頁、「くだらぬ自己紹介」を参照した。

［小説］
穴

黒島伝治

一

彼の出した五円札が贋造《がんぞう》紙幣だった。野戦郵便局でそのことが発見された。

ウスリイ鉄道沿線のＰ――村に於ける出来事である。

拳銃《ピストル》の這入っている革のサックを肩からはすかいに掛けた憲兵が、大地を踏みならしながら病院へやって来た。その顔は緊張して横柄で、大きな長靴は、足のさきにある何物をも踏みにじって行く権利があるもののようだった。彼は――彼とは栗島という男のことだ――特色のない一兵卒だった。偽《に》せ札《さつ》を作り出せるような気の利いた男ではなかった。自分で贋造紙幣を拵《こしら》えた覚えはなかった。あやしい者から五円札を受取った記憶もなかった。けれども、物をはねとばさんばかりのひどい見幕でやって来る憲兵を見ると、自分が罪人になったような動揺を感ぜずにはいられなかった。

憲兵伍長は、腹立てているようなむずかしい顔で、彼の姓を呼んだ。彼は、心でそのいかめしさに反発しながら、知らず知らず素直におどおどした返事をした。

「そのままこっちへ来い。」

下顎骨《かがくこつ》の長い、獰猛《どうもう》に見える伍長が突っ立ったまま云った。

彼は何故、そっちへ行かねばならないか、訊ねかえそうとした。しかし、うわ手な、罪人を扱うようなものの云い方は、変に私を圧迫した。私は、ポケットの街の女から貰った眼の大きい写真をかくすことも忘れて、呼ばれるままに事務室へ入って行った。

陸軍病院で——彼は、そこに勤務していた——毎月一円ずつ強制的に貯金をさせられている。院長の軍医正が、兵卒に貯金をすることを命じたのだ。

俸給が、その時、戦時加俸がついてなんでも、一ヶ月五円六十銭だった。兵卒はそれだけの金で一ヶ月の身ざんまいをして行かねばならない。その上、なお、一円だけ貯金に、金をとられるのだ。個人的な権限に属することでも、命じられた以上は、他を曲げて実行しなければならないのが兵卒だった。それが兵卒のつとめだ。私は俸給に受取った五円札をその貯金に出した。そして、ツリに、一円札を四枚、金をまとめて野戦郵便局へ持って行く小使から受取った。その五円札が贋造だったことを局員が発見したのである。

それは極めて精巧に、細心に印刷せられたものであった。印刷局で働いて、拵え方を知っている者の仕業のようだ。一見すると使い古され、しわくちゃになっていた。しかし、よく見ると、手垢が紙にしみこんでいなかった。皺《しわ》も一時に、故意につけられたものだ。

郵便局では、隣にある電信隊の兵タイが、すぐやってきて、札を透かしたり指でパチパチはじいたりした。珍しそうにそれを眺め入った。

「うまくやる奴もあるもんだね。よくこんなに細かいところまで似せられたもんだ。」

「すかしが一寸、はっきりしていないだろう。」貯金掛の字のうまい局員が云った。

「さあ。」

「それは紙の出どころが違うんだ。札の紙は、王子製紙でこしらえるんだが、これはどうも、その出が違うようだ。」

「一寸見ると、殆んど違わないね。」電信隊の兵タイは、蟇口《がまぐち》から自分の札を出して、比較してみた。「違わないね。……実際、Five なんか一厘も違わず刷れとるじゃないか。」

「どれどれ。」

局へ内地の新聞を読みに来ている、二三人の居留民が、好奇心に眼を光らせて受付の方へやって来た。

三十歳をすぎている小使は、過去に暗い経歴を持っている。そのために内地にはいられなくて、前科者の集る西伯利亜《シベリア》へやって来たような男だった。彼の表情にも、ものごしにも、暗い、何か純粋でないものが自《おのずか》ら現れていた。彼は、それを自覚していた。こういう場合、嫌疑が、すぐ自分にかかって来ることを彼は即座に、ピリッと感じた。

「おかしなことになったぞ。」彼は云った。「この札は、栗島という一等看護卒が出したやつなんだ。俺れちゃんと覚えとる。五円札を出したんは、あいつだけなんだから、あいつがきっと何かやったんだな。」

彼は、自然さをよそいつつ、人の耳によく刻みこまれるように、わざと大きな声を出した。

「栗島が出した札かい?」局員はききかえした。その声に疑問のひびきがあった。

「ああ、そうだ。」

「たしかだね?」

「うむ、そうだ。そうに違いない。」

眼鏡を掛けた、眼つきの悪い局長が、奥の部屋から出て来た。局長は疑ぐるようにうわ眼を使って、小使をじろりと見た。

「誰れが出した札だって?」

局長は、小使から局員の方へそのうわ眼を移しながら云った。

小使は、局長の光っている眼つきが、なお自分に嫌疑をかけているのを見た。彼は、反抗的な、むずかしい気持になった。彼は、局長の言葉が耳に入らなかった振りをしてそこに集っている者達に栗島という看護卒に平生からはっきりしない点があることを高い声で話した。間もなく通りから、騒ぎを聞きつけて人々がどやどや這入って来た。

郵便局の騒ぎはすぐ病院へ伝った。

自分の出した札が偽ものだったと見破られた時のこういう話をきくと、栗島は、なんだか自分で、知らぬまに、贋造紙幣を造っていたような、変な気持に襲われた。怖くて恐ろしい気がした。人間は、罪を犯そうとする意志がなくても、知らぬ間に、自分の意識外に於て罪を犯していることがある。彼は、どこかで以前、そういう経験をしたように思った。どこだったか一寸思い出せなかった。小学校へ通っている時、先生から、罰を喰った。その時、悪いことをするつもりがなくして、やったことが、先生から見ると悪いことだったような気もした。いや、たしかにそうだった。子供が自分の衝動の赴くままに、やりたい要求からやったことが、先生から見て悪いことがたびたびある。子供はそこで罰せられねばならない。しかも、それは子供ばかりにあるのではなかった。誰れにでもあることだ。人間には、どんなところに罪が彼を待ち受けているか分らない。弱点を持っている者に、罪をなすりつけようと念《こころ》がけている者があるのだ。彼は、それを思って恐ろしくなった。

二

「財布を出して見ろ。」

「はい。」

「ほかに金は置いてないか。」

「ありません。」

「この札は、君が出したやつだろう。」

憲兵伍長は、ポケットから、大事そうに、偽札を取り出して示した。

「さあ、どうだったか覚えません。——あるいは出したやつかもしれません。」

「どっから受取った?」

「…………」

栗島は、憲兵上等兵の監視つきで、事務室に閉めこまれ、二時間ほど、ボンヤリ椅子に腰かけていた。机の上には、街の女の写真が大きな眼を開けて笑っていた。上等兵は、その写真を手に取って、彼の顔を見ながら、にやにや笑った。女郎の写真を私が大事がっているのを冷笑しているのだが、上等兵も街へ遊びに出て、女の顔を知っていることを思うと、彼はいい気がしなかった。女を好きになるということは、悪いことでも、恥ずべきことでもない。それが兵卒で、取調べを受ける場合に立つと、如何にも軽蔑さるべき、けがらわしいことのように取扱われた。不品行を誇張された。三等症[*1]のように見下げられた。ポケットから二三枚の二ツに折った葉書と共に、写真を引っぱり出した時、伍長は、

「この写真を何と云って呉れたい?」とへへら笑うように云った。

「何も云いやしません。」

「こいつにでも(と写真をさも軽蔑した調子で机の上に放り出して)なかなか金を入れとるだろう。……偽せ札でもこしらえんけりゃ追つかんや。」

女に金を貢ぐため、偽せ札をこしらえていたと断定せぬばかりの口吻だ。

彼は弁解がましいことを云うのがいやだった。分る時が来れば分るんだと思いながら、黙っていた。しかし、辛棒するのは、我慢がならなかった。憲兵が三等症にかかって、病院へ内密で治療に受けに来ることは、珍らしくなかった。そんな時、彼等は、頭を下げ、笑顔を作って、看護卒の機嫌を取るようなことを云った。その態度は、掌《てのひら》を引っくりかえしたように、今、全然見られなかった。上等兵の表情には、これまで、病院で世話になったことのないあかの他人であるような意地悪く冷酷なところがあった。

こういう態度の豹変は憲兵や警官にはあり勝ちなことだ。憲兵や警官のみならず、人間にはそういう頼りにならぬ一面が得てありがちなことだ。それ位いなことは、彼にも分らないこと

はなかった。それでも、何故か、彼は、腹の虫がおさまらなかった。憲兵が、瘧《よこね》で跛《びっこ》を引きながら病院*2へやって来たことを云って面罵してやりたかった。だが、そうすれば、今、却って、自分が損をするばかりだ。彼はそう考えた。強いて押し黙っていた。

一時間ばかり椅子でボンヤリしているうちに、伍長と、もう一人の上等兵とは、兵舎で彼の私物箱から背嚢《はいのう》、寝台、藁布団などを悉《ことごと》く引っくりかえしてくまなく調べていた。そればかりでなく、ほかの看護卒の、私物箱や、財布をも寝台の上に出させ、中に這入っている紙幣を偽物かどうか、透かしてたしかめた。

憲兵にとって、一枚の贋造紙幣が発見されたということは、なんにも自分の利害に関する問題ではなかった。発覚されない贋造紙幣ならば、百枚流通していようが、千枚流通していようが、それは、やかましく、詮議立てする必要のないことだ。しかし一度発覚され知れ亙《わた》った限りは、役目として、それを取調べなければならなかった。犯人をせんさくし出さなければ、役目がつとまらなかった。役目がつとまらないということは、自分の進級に関係し、首に関係する重大なこと柄だ。

兵卒は、初年兵の時、財布に持っている金額と、金銭出納簿（入営するとそれを記入することを云いつけられる）の帳尻とが合っているかどうか、寝台の前に立たせられて、班の上等兵から調べられた経験を持っていた。金額と帳尻とが合っていないと、胸ぐらを摑まれ、ゆすぶられ、油を搾《しぼ》られた。誰れかが金を紛失した場合、殊更、帳尻の合っていない者に嫌疑が掛って来た。帳尻を合わしていない者が盗んだと、断定することは出来ない。それは弱点ではあった。が、盗んだ者だという理由にはならなかった。けれども、実際には、帳尻を合わしていない、投げやりな、そういう者に限って人のいい男が、ひどい馬鹿を見るのだ。

憲兵が取調べる際にも、やはり、その弱点を摑むことに伍長と上等兵の眼は向けられた。彼等は、犯人らしい、多くの弱点を持っている者を挙げれば、それで役目がつとまるのだ。

事務室から出ることを許されて、兵舎へ行くと、同年兵達は、口々にぶつぶつこぼしていた。

「栗島。お前本当に偽札をこしらえたんか?」

松本がきいた。

「冗談を云っちゃ困るよ。」彼は笑った。

「憲兵がこしらえたらしいと云いよったぞ。」

「おどかすのは、ええかげんにしてくれ。」

彼の寝台の上には、手帳や、本や、絵葉書など、私物箱から放り出したまま散らかっていた。小使が局へ持って行った貯金通帳は、一円という預入金額を記入せずに拡げられてあった。私は、無断で私物箱を調べられるというような屈辱には馴れていた。が、連隊の経理室から出た俸給以外に紙幣が兵卒の手に這入る道がないことが明瞭であるにも拘《かかわ》らず、弱点を持っている自分の上に、長くかかずらっている憲兵の卑屈さを見下げてやりたい感情を経験せずにはいられなかった。主計には頭が上らないから、兵卒のところでえらばっているのだ、そんな風に考えた。

「オイ、栗島。」軍医と何か打合せをしていた伍長が、扉のすきから獰猛《どうもう》な顔を出して、兵舎の彼に呼びかけた。「君は本当に偽物だとは知らずに使ったんかね？」

「そうです。」彼は答えた。

「うそを云っちゃいかんぞ！」

「うそじゃありません。」

「どこへも行かずにそこに居ってくれ。もっと取調べにゃならんかもしれん。」

三

憲兵隊は、鉄道線路のすぐ上にあった。赤い煉瓦の三階建だ。露西亜《ロシア》の旅団司令部か何かに使っていたのを占領したものだ。廊下へはどこからも光線が這入らなかった。薄暗くて湿気があった。地下室のようだ。彼は、そこを、上等兵につれられて、垢に汚れた手すりを伝って階段を登った。一週間ばかりたった後のことだ。二階へ上るとようよう地下室から一階へ上って来たような気がした。しかし、そこが二階であることは、彼に、はっきり分っていた。帰るには、階段をおりて、暗い廊下を通らなければならなかった。そこを逃げ出て行く。両側の扉から憲兵が、素早く手を突き出して、摑まえるだろう。彼は外界から、確然と距《へだ》てられたところへ連れこまれた。そこには、冷酷な牢獄の感じが、ただよっていた。「なんでもない。一寸話があるだけだ。来てくれないか」病院へ呼びに来た憲兵上等兵のこともなげな態度が、却って変に考えられた。罪なくして、薄暗い牢獄に投じられた者が幾人あることか！　彼は、そんなことを思った。自分もそれにやられるのではないか！

長い机の両側に、長い腰掛を並べてある一室に通された。

曹長が鉛筆を持って入って来て、彼と向い合って腰掛に腰かけた。獰猛な伍長よりも若そうな、子供らしい曹長だ。何か訊問するんだな、何をきかれたって、疑わしいことがあるもんか！　彼は心かまえた。曹長は露西亜語は、どれくらい勉強したかと訊ねた。態度に肩を怒らしたところがなく砕けていた。

「西伯利亜《シベリア》へ来てからですから、ほんの僅かです。」

云いながら、瞬間、何故曹長が、自分が露西亜語をかじっているのを知っているか、とそれが頭にひらめいた。

「話は出来ますか。」曹長は気軽くきいた。

「どっから僕が、露西亜語をかじってるんをしらべ出したんです？」

「停車場《ていしゃば》で君がバルシニヤ（娘）と話しているのをきいたことがあるよ――美人だったじゃないか。」

「あの女は、何でもない女ですよ。何も関係ありゃしないんです。」彼は、リザ・リープスカヤのことを思い出して、どぎまぎして「胸膜炎で施療に来て居るからそれで知っとるんです。」

「そう弁解しなくたって君、何も悪いとは云ってやしないよ。」

曹長は笑い出した。

「そうですか。」

慌ててはいけないと思った。

曹長は、それから、彼の兄弟のことや、内地へ帰ってからどういう仕事をしようと思っているか、P村ではどういう知人があるか、自分は普通文官試験を受けようと思っているとか、一時間ばかりとりとめもない話をした。曹長は現役志願をして入営した。曹長にしては、年の若い男だった。話し振りから、低級な立身出世を夢みていることがすぐ分った。彼は、何だ、こんな男か！　と、思った。

二人が話している傍へ、通訳が、顔の平べったい、眉尻の下っている一人の鮮人をつれて這入って来た。阿片の臭いが鼻にプンと来た。鰌髭《どじょうひげ》をはやし、不潔な陋屋《ろうおく》の臭いが肉体にしみこんでいる。垢に汚れた老人だ。通訳が、何か、朝鮮語で云って、手を動かした。腰掛に坐れと云っていることが傍にいる彼に分かった。だが鮮人は、飴のように、上半身をねちねち動かして、坐ろうとしなかった。

「坐れ、なんでもないんだ。」

老人は、圧えつけられた苦しげな声で何か云った。

通訳がさきに、彼の側に坐った。そして、も一度、前と同様に手を動かした。

老人は、机のはしに、丸い爪を持った指の太い手をついて、急に坐ると腰掛が毀《こわ》れるかのように、腕に力を入れて、恐る恐る静かに坐った。

朝鮮語の話は、傍できいていると、癇高く、符号でも叫んでいるようだった。滑稽に聞える音調を、老人は真面目な顔で喋《しゃべ》っていた。黄色い、歯糞のついた歯が、凋《しな》びた唇の間からのぞき、口臭が、喇叭状《らっぱじょう》に拡がって、こっちの鼻にまで這入ってきた。彼は、臭を吐きかけられたように不潔を感じた。

「一寸居ってくれ給え。」

曹長は、刑法学者では誰が権威があるとか、そういう文官試験に関係した話を途中でよして便所へ行くもののように扉《ドア》の外へ出た。

彼は、老人の息がかからないように、出来るだけ腰掛の端の方へ坐り直した。彼は、癇高い語をつづけている通訳と老人の唇の動き方を見た。老人は苦るしげに、引きつっているような舌を動かしている。やがて通訳も外へ出てしまった。年取った鮮人と、彼とが二人きりで、部屋の中に残された。二人はお互いに、相手の顔や身体をながめあった。

老人は、鮮人に共通した意気の揚らない顔と、表情とを持っていた。彼は、鮮人と云えば、皆同じようなプロフィルと表情を持っているとしか見えない位い、滅多に接近したことがなかった。彼等の顔には等しく、忍従した上に忍従して屈辱を受けつづけた人間の沈鬱さが表現されているばかりだ。老人には、泣き出しそうな、哀《かな》しげな表情があった。

彼は、朝鮮語は、「オブソ」[*3]という言葉だけしか知らなかった。それでは話が出来なかった。

「どこに住んでいるんだ。」

露西亜語できいてみた。

黄色い歯を見せて老人は何か云った。語調が哀れで悄然としていた。唇が動くにつれて鮨髭が上ったり下ったりした。返事は露西亜語で云われたが、彼には意味がとれなかった。

「どうして、こんなところへやって来たんだ。」

彼は、また露西亜語できいた。老人は不可解げに頸《くび》をひねって、哀しげな、また疑うような眼で、いつまでもおずおず彼を見ていた。

私も、じっと老人を見た。

四

何故、憲兵隊へつれて来られたか、その理由が分らずに、彼は、湿っぽい、地下室の廊下を通って帰るように云われた。自分が馬鹿にせられたような気がして腹立たしかった。廊下の一つの扉《ドア》は、彼が外へ出かけて開いていた。のぞくと、そこは営倉だった。

「偽札をこしらえた者が摑まったそうじゃないか、見てきたかい?」

兵舎へ帰ると、一人で将棋盤を持出して駒を動かしていた松本が頭を上げてきいた。

「いや。」

「朝鮮人だそうだよ。三枚ほど刷った五円札を本に挟んで置いてあったそうだ。」

「誰れからきいた?」

「今、尿道注射に来た憲兵が云っとった。密偵が見つけ出して来たんだ。」

密偵は、鮮人だった。日本語と露西亜《ロシア》語がなかなか達者な、月三十円で憲兵隊に使われている男だ。隊長は犯人を検挙するために、褒美を十円やることを云い渡してあった。密偵は十円に釣られて、犬のように犯人を嗅ぎまわった。そして、十円を貰って嬉しがっている。憲兵は、松本にそういう話を笑いながらしたそうだ。

「じゃ、あの朝鮮人かもしれん。今さっきまで憲兵隊で同じ机に向って坐っとったんだ。」

彼は、ひょっと連想した。

「どんな奴だ？」

「不潔な哀れげな爺さんだ。」

「君は、その爺さんと知り合いかって訊ねられただろう。」

松本は意味ありげにきいた。

「いや。」

「露西亜語を教わりに行く振りをして、朝鮮人のところへ君は、行っとったんじゃないんか？」

「いつさ。」

「最近だよ。」

「なぜ、そんなことをきくんだい？」

半里ばかり向うの沼のほとりに、鮮人部落がある。そこに、色の白い面長の若い娘がいる。このあたりの鮮人には珍らしい垢ぬけのした女だ。それを知らないか、松本はそうきいた。

と、彼は、それと同じことを、鮮人部落の地理や、家の恰好や、その内部の構造や、美しい娘のことなどを、執拗に憲兵隊で曹長から訊ねられたことを思い出した。

「女というものは恐ろしいもんだよ。そいつはいくらでも金を吸い取るからな。」

松本は、また、誰を指すともなく、しかし、それは、街のあの眼の大きい女であることをほのめかしながら、云った。

ほかの同年兵達が、よそよそしい疑うような眼をして、兵舎へ入って来た時、彼は始めて自分があの鮮人から贋造紙幣を受取っていやしなかったか、そのことを試されているのに、気づいた。むやみに腹立たしかった。

五

谷間の白樺のかげに、穴が掘られてあった。傍に十人ばかりの兵卒が立っていた。彼等は今、手にしているシャベルで穴を掘ったばかりだった。一人の将校が軍刀の柄に手をかけて、白樺の下をぐるぐる歩いていた。口元の引きしまった、眼が怒っている若い男だった。兵卒達の顔には何かを期待する色が現れていた。将校は、穴や白樺や、兵卒の幾分輝かしい顔色を意識しつつ、なお、それ等から離れて、ほかの形而上的な考えを追おうとしている様子が見えた。

小川を渡って、乾草の堆積《たいせき》のかげから、三人の憲兵に追い立てられて、老人がぽつぽつやって来た。頭を垂れ、沈んで、元気がなかった。それは、憲兵隊の営倉に入れられていた鮮人だった。

「や、来た、来た。」

丘の病院から、看護卒が四五人、営内靴で馳せ下って来た。

老人は、脚が、かなわなくなったもののように歩みが遅かった。左右から憲兵が腕をとって引きたてていた。老人の表情は、次第に黒くなった。眼尻の下った、平べったい顔。陋屋《ろうおく》と阿片の臭い、彼は今にも凋《しぼ》んだ唇を曲げて、黄色い歯糞のついた歯を露出して泣きだしそうだった。

左右の腕は、憲兵によって引きたてられてさきに行っている。が、胴体と脚は、斜に後方に残っていた。一人が剣鞘《さや》で尻を殴った。しかし老人は、感覚を失ったもののように動じなかった。彼は、本能的に白樺の下へ行くのを忌避していた。

「あ、これだ、これだ！」

丘から下って来た看護卒は、老人が歩いて行く方へやって来た。そして、一人が云った。彼等は鮮人に接近すると、汚い伝染病にでも感染するかのように、一間ばかり離れて、珍しそうに、水飴のように大地にへばりつこうとする老人を眺めた。

「伍長殿。」剣鞘で老人の尻を叩いている男に、さきの一人が思い切った調子で云った。それは栗島だった。「どっか僕が偽せ札をこしらえた証拠が見つかりましたか？」

「まあ待て！」伍長は栗島を振りかえった。

「このヨボ[*4]が僕に札を渡したって云っていましたか。」

彼は、皮肉に意地悪く云った。

「犯人はこいつにきまったんだ。何も云うこたないじゃないか。」

老人の左腕を引っぱっている上等兵が、うしろへ向いて云った。

「なあに、こんな百姓爺さんが偽札なんぞようこしらえるもんか！　何かの間違いだ。」

老人は、白樺の下までつれて行かれると、穴の方に向いて立たせられた。あとから来た通訳が朝鮮語で何か言った。心配することはない。じいっと向うを見て、真直に立っていろ、と云ったのであった。しかし老人は、恐怖と、それが嘘であることを感じていた。

彼は鼻も口も一しょになってしまうような泣き面をした。

「俺は殺され度くない。いつ、そんな殺されるような悪いことをしたんだ！」と眼は訴えていた。「俺は生きられるだけ生きたいんだ！　朝鮮人だって、生きる権利は持っている筈だ！」

そう云っているように見えた。

兵卒は、水を打ったようにシンとなって、老人の両側に立った。彼等の眼はことごとく将校の軍刀の柄に向けられた。

軍刀が引きぬかれ、老人の背後で高く振りかざされた。形而上的なものを追おうとしていた眼と、強そうな両手は、注意力を老人の背後の一点に集中した。

老人はぴくぴく動いた。

氷のような悪寒が、電流のように速かに、兵卒達の全身を走った。彼等は、ヒヤッとした。栗島は、いつまでも太股がプルプル慄えるのを止めることが出来なかった。軍刀は打ちおろされたのであった。

必死の、鋭い、号泣と叫喚が同時に、老人の全身から溢れた。それは、圧迫せられた意気の揚らない老人が発する声とはまるで反対な、力のある、反抗的な声だった。彼は「何をするのだ！　俺がどうして斬られるようなことをしたんだ！」と、叫んでいるようだった。

栗島は、次の瞬間、老人が穴の中へとびこんでいるのを見た。それはとびこんだのではなかったかもしれなかった。ころげこんだのかもしれなかった。老人は切断された蜥蜴《とかげ》の尻尾のように穴の中ではねまわった。彼は大きい、汚れた手で土を無茶くちゃに引き掻いた。そして、穴から外へ盲目的に這い上ろうとした。「俺は死にたくない！」彼は全身でそう云った。

将校は血のついた軍刀を下げたまま、再び軍刀をあびせかけるその方法がないもののように、ぼんやり老人を見た。

兵卒は、思わず、恐怖から、身震いしながら二三歩うしろへ退いた。伍長が這い上ってくる老人を、靴で穴の中に蹴落した。

「俺《お》りゃ生きていたい！」

老人は純粋な憐れみを求めた。

「くたばっちまえ！」

通訳の口から露西亜《ロシア》語がもれた。

「俺りゃ生きていたい！」

老人は蹴落されると、蜥蜴の尾のように穴の中ではねまわった。

それから、再び盲目的に這い上ろうとした。また、固い靴で、蹴落された。彼は、必死に力いっぱいに、狭い穴の中でのたうちまわった。

彼は右肩を一尺ばかり斬られていた。栗島は、老人の傷口から溢れた血が、汚れた阿片臭い着物にしみて、頭から水を浴びせられたように、着物がべとべとになって裾にしたたり落ちるのを見た。薄藍色の着物が血で、どす黒くなった。血は、いつまでたっても止まらなかった。

血は老人がはねまわる原動力だ。その原動力が刻刻に、体外へ流出した。

そして、抜き捨てられた菜ッ葉のように、凋《しお》れ、へすばってしまいだした。

彼は最後の力を搾《しぼ》った。

彼はまた這い上ろうとした。

将校は、大刀のあびせかけようがなかった。将校は老人の手や顔に包丁で切ったような小さい傷をつけるのがいやになった。大刀の斬れあじをためすためにやってみたのだ。だがそいつがあまりに斬れなかった。

「ええい、仕様がない。このまま埋めてしまえ！　面倒だ。」

将校はテレかくしに苦笑した。

シャベルを持っている兵卒は逡巡した。まだ老人は生きてはねまわっているのだ。

「やれッ！　かまわぬ。埋めっちまえ！」

「ほんとにいいんですか？　将校殿！」

兵卒は、手が慄えて、シャベルを動かすことが出来なかった。彼等は、物訊ねたげに、傍《そば》にいる者の眼を見た。

「やれッ！　かまわぬ！」

将校は、叱咤《しった》した。

穴の底で半殺しにされた蛇のように手足をばたばた動している老人の上へ、土がなだれ落ちて行きだした。

「たすけ……」老人は、あがき唸った。

土は、老人の憐憫《あわれみ》を求める叫声には無関心になだれ落ちた。

兵卒は、老人の呻《うめ》きが聞えるとぞっとした。彼等は、土をかきこんで、それを遮断しようがために、無茶苦茶にシャベルを動かした。

土は、穴を埋め、二尺も、三尺も厚く蔽《おお》いかぶせられ、ついに小山をつくった。……

六

これは、ほんの些細な、一小事件にすぎなかった。兵卒達は、パルチザン*5の出没や、鉄橋の破壊や、駐屯部隊の移動など、次から次へその注意を奪われて、老人のことは、間もなく忘れてしまった。

丘の病院からは、谷間の白樺と、小山になった穴のあとが眺められた。小川が静に流れていた。栗島は、時々、院庭へ出て、白樺のあたりを見おろした。

彼は、あの土をもり上げた底から、なお、叫び呻《うな》る声がひびいて来るような気がした。狭い穴の中で、必死に、力いっぱいにのたうちまわっている、老人が、まだ、目に見えるようだった。彼は慄然とした。

日が経った。次の俸給日が来た。兵卒は連隊の経理室から出張した計手から俸給を受取った。彼等は、あの老人を絶滅して以来、もう、偽せ札を造り出す者がなくなってしまったと思っていた。殊に、絶滅のしかたが残酷であっただけ、その効果が多いような感じがした。

彼等は、自分の姓名を書かれてある下へ印を捺して、五円と、いくらか半ぱの金を受取った。その金で街へ遊びに行ける。

「おやこいつはまた偽札じゃないか。」不意に松本がびっくりして、割れるように叫んだ。

「何だ、何だ！」

「こいつはまた偽札だ。――本当に偽札だ！」

その声は街へ遊びに行くのがおじゃんになったのを悲しむように絶望的だった。

「どれ？　……どれ。」

それはたしかに、偽札だった。やはり、至極巧妙に印刷され、Fiveなど、全く本ものと違わなかった。ところが、よく見るとSも、Hも、Yも、栗島も、同様に偽札を掴まされていた。軍医正もそうだった。

ところが、更に偽札は病院ばかりでなく、連隊の者も、憲兵も、ロシア人も、掴まされていた。そして今は、偽札が西伯利亜《シベリア》の曠野を際涯もなく流れ拡まって行っていた。……

初出　『文芸戦線』五月号、文芸戦線社、一九二八年
底本　『黒島伝治全集』第一巻、勉誠出版、二〇〇七年

＊1――三頭症：性病。
＊2――痙で跛を引きながら：性病が原因で両足の付け根が腫れて足を引きずるの意。
＊3――オブソ：韓国語（朝鮮語）で「ない」「いない」「存在しない」の意。

＊4——ヨボ：韓国語で夫婦が互いに呼びかける際に使う、最も一般的な表現。「おい」「おまえ」や「あなた」の意。
＊5——パルチザン：非正規の武装組織。

黒島伝治（くろしま・でんじ）　一八九八（明治三一）〜一九四三（昭和一八）年
香川県生れ。小学校と実業補習学校を卒業後、小豆島の醤油会社の醸造工となるが退職。一九二一年、シベリアに派遣されるものの肺尖炎により兵役免除。この経験がその後の反戦文学創作の発想源となる。一九二六年に壺井繁治や山田清三郎を介して「二銭銅貨」を、さらには「豚群」を『文芸戦線』に載せ好評を得、以後プロレタリア文学運動に積極的に参加していく。ほか代表作に「渦巻ける烏の群」、唯一の長編『武装せる市街』など。

［パンフレット］

どうしたら上手に謄写印刷出来るか（抄）

阿部鉄男

五、ビラ、伝単、ニュースの書方

附　タイトル　サブタイトルの書き方

(1) ビラ、伝単

＝イ、字と用紙、　ビラ、伝単は白紙を用いる場合と色紙を用いる場合とある。先ず、白紙の場合は一色刷りよりも二色刷がよい。字は肉太にツブす。[*1] ビラの場合だと黒地に白抜きにしても効果があるが伝単は黒に白字で抜くのは白に黒字よりも効果がウスい。それは黒地に白抜き、赤地に白抜き等は遠方から明瞭に見えにくい為だ。（ブル共[*2]の選挙ポスターを気を付けて見るとこれがよく分る。）

色紙の場合には色紙そのものの為に注意をひくので有効ではあるが、赤字に黒は比較的見にくいもの故ビラは兎も角伝単には特に大きく太く、濃く印刷する必要がある。黄紙には、黒、赤、青何れもよく引き立つ。以上、何れも字の大小に拘らず、カッチリと楷書で書いて行書、草書、特に我流の書方はしないがよい。

＝ロ、配字に付いて、ビラ、伝単によって訴える主要点は大字を用いる。位置は中央、上部、右側等特に日、時の必要なものはこれを目立つ様に書く。それには数字をローマ字にし、又は印刷にする等工夫次第である。署名は明確に力強く、その位置は通常、左側又は下段等に書く。側線、下線等を黒又は赤で幅広くつけると効果的である。

〔第二十五圖　ビラ傳單の見本〕

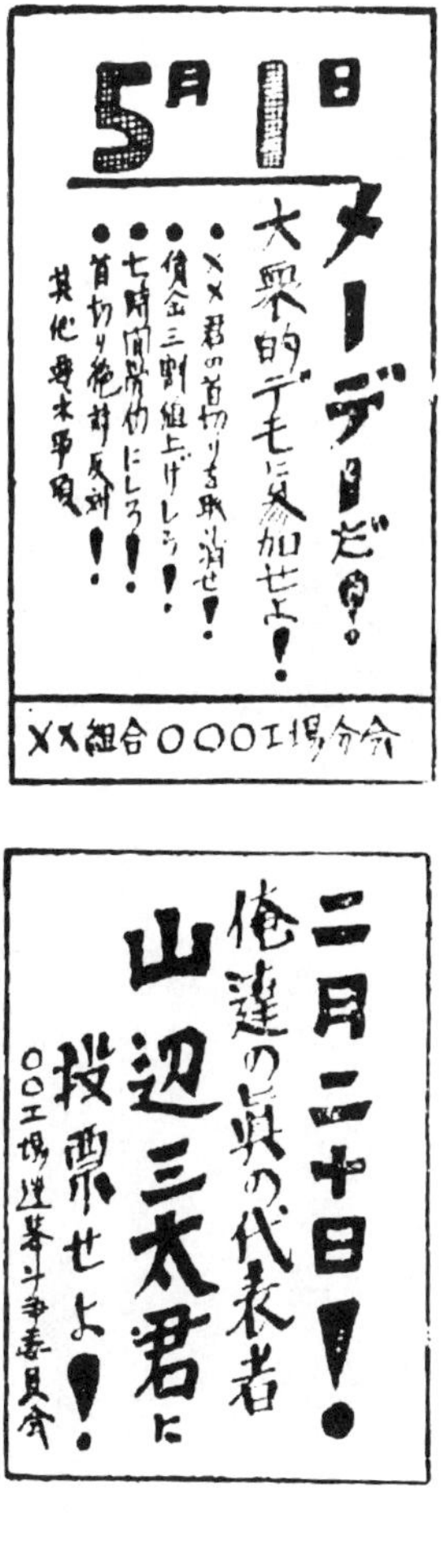

カット、マン画の位置は、ビラ、伝単の内容を生かす様にその構図の如何によって上、下、四隅、中央の何れかに選定する。尚筆者はマン画を主とした伝単の発行を推奨する。かかるものではマン画が中心になって訴えの主眼文字が上、上横等に入れられるだろう。（第二十五図）

(2)　ニュース又は新聞

イ、扉

ニュースの体裁は色々あるだろうが、第一問題になるのは、ニュース名（之を扉と呼ぶ）の位置とその大きさである。位置は右上隅に縦書又は上部の左中、右等に横書にするのが普通である。上一段横に全部とって大きくハッキリ書くのも効果がある。

大きさは紙面との釣合上、縦は六段組でも五段組みでも二段にハマる様に書き、幅はこの長さと釣合う様に適度にとるがよい。横書は縦書に比し幾分大き目がよかろう。半紙判二つ折にした一枚四頁の場合は扉の大きさは半紙半枚に釣合う様に小さい方がよい。横書の場合も之に準ずる。

何れにしてもこれは定期刊行物（よし、それが現在不定期に出ていても）なのだから、扉は常にハンコで押した様に一定する事が望ましい。それには扉の原図を書いておいて写す様にする。

次の様にすれば最も便利だ。

即ち、原紙を寸分違わぬ様に十枚程重ねて一端を火箸でロー付けする。これには一枚ずつ順にロー付けするがよい。その一番上の原紙の下に半紙に書いた扉の原図を入れ、同じくローづけして、これを固い板、又はヤスリの上におき、鉄筆を以てえどると十枚一度に扉の下絵が出来上る。これを一枚ずつ鑢《やすり》にかけてつぶせば同じものが一時に十枚出来る。仕事の暇な時にこさえておけば何時でも間に合う。すべて普段用意の出来る分は書いておくがよい。
ロ、日附、号数、発行所名、定価
日附、号数、発行所名、定価はデコデコせぬ様一目で分る様に必らずつけておかねばならぬ。これは扉のワク内に書いてもよし上欄の適当な所にかいてもよい。又扉に絵を入れる事はニュースを親しみあるものにする効果がある。その画を時々変えると、尚生々さす。
ハ、組方
原紙の種類によっても違って来るが通常最も使いやすいのは一分五厘方眼と一分方眼である。一分五厘の時は二桝に三字、一分の時は一桝に一字かき、行数は三分に二行になる様に書くがよい。（第二十六図）
文の読み易いのは字の大きさよりもその配置如何にある。字間はつめても行間には多少のゆとりがなければならぬ。東京日々新聞をみると、縦は八分に十字横一寸四分に十行入れてある。

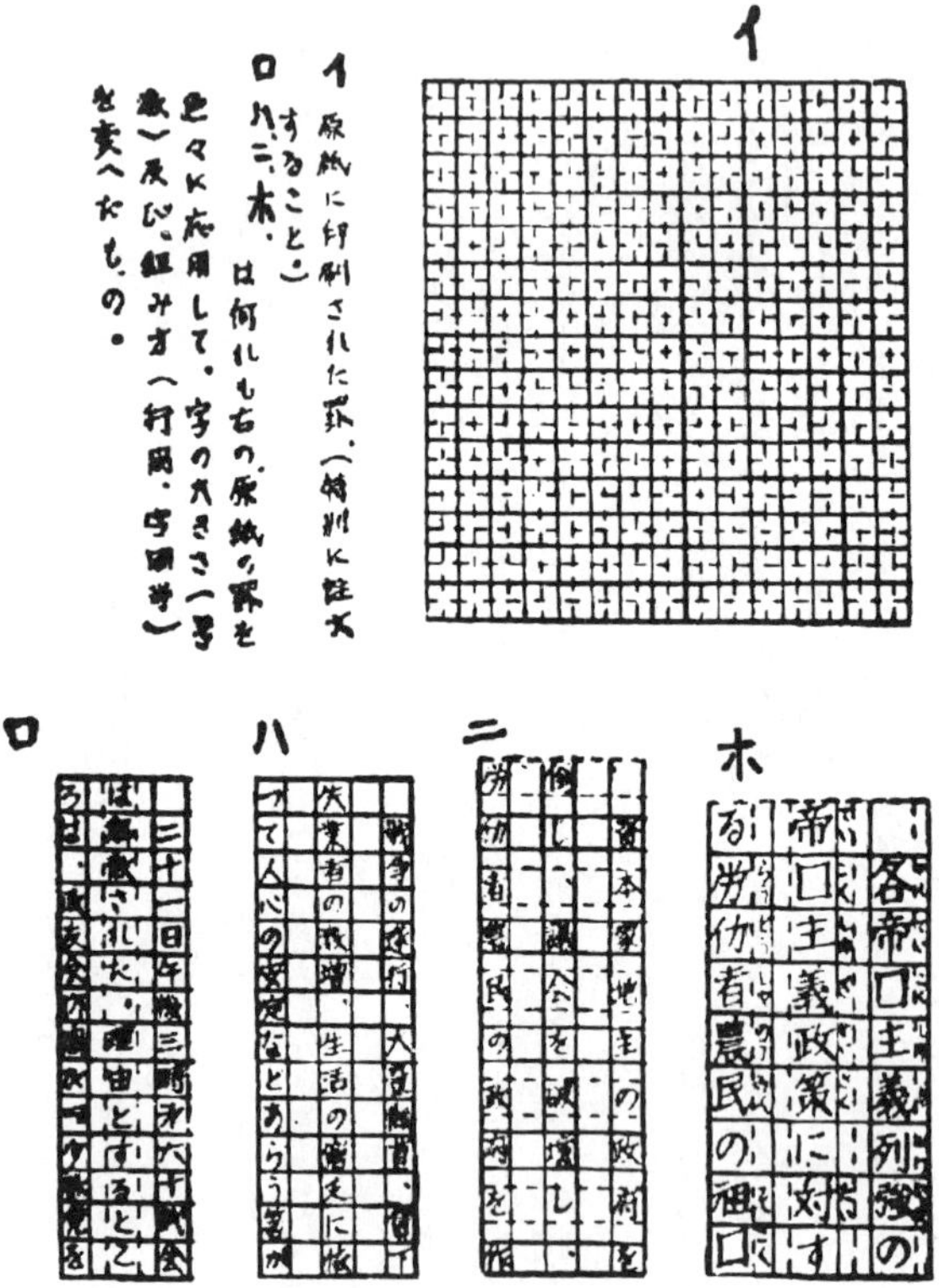

〔第二十六圖　一分方眼の種々應用〕

行間は七厘位あく事になるがルビが付くから四厘あいている。行間は大体文字の大きさの半分乃至、三分の二を明けておくがよい。

次に活字の種類を定めておくと便利だ。普通の活版では活字の大きさは定まっていて、特号、初号、一号――六号等とあるが、近頃ポイント活字や新聞社毎に自分の活字をもつ様になってややこしいから、ここでは之を規準にしない。

原紙との関係からここでは次の如く大きさと名称とを付する事にする。

一分平方細字	五ベタ	（五号ベタ）	
一分平方つぶし書き	五ゴジ	（五号ゴジック）	
一分五厘平方 〃	四ゴジ	（四号ゴジック）	
二分平方 〃	三ゴジ	（三号ゴジック）	
二分五厘平方 〃	二ゴジ	（四号《ママ》ゴジック）	サブタイトル及タイトル用
三分平方 〃	一ゴジ	（一号ゴジック）	タイトル用
三分五厘平方 〃	初号	（初号ゴジック）	
四分五厘平方 〃	特号	（特号ゴジック）	

こうしておけばタイトルに何行、サブタイトルに何行、本文に何行必要だと云う事を勘定するのに都合がよい。（但し、必要に応じては之等を変形して或は平たく或は縦長にする。）

〔第二十七圖〕

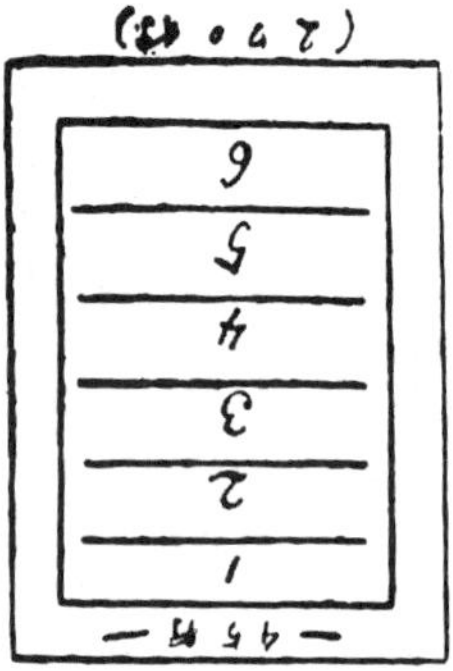

(1)　印刷面の大きさ及び一頁の所要行数の決定、　印刷すべき面積は半紙判では横七寸——七寸五分縦九寸——九寸五分だ。是を四段組、五段組、六段組等にする。（三段組、二段組は不可。一般に一段の字数は少ない方が読み易い。六段組が最も読み易く、紙面に変化を与えることも五段組に比して容易である。）

今、六段組にした場合を例にとると、一段十四字詰、四十五行で、縦九寸一分、横七寸二分を要する事になる。一段四十五行、一頁六段組で二七〇行。之を第一に決定する。（第二十七図）

(2)　一頁の行数が決定次第、記事、論文、マンガ、サシエカット等に要する行数を夫々正確に勘定し、このニュースに必要な行数を得る。（勘定の仕方は一字々々は面倒故、二字又は三字宛数えて一行の字数——この場合十四字に達したら、そこに記号を付し、一句切り毎に何行あるかを記し、最後に総計して全文の必要(行数を得る）こうしておいて小さな紙でニュースのヒナ形を作り、之に各記事、論文、絵の配置を編集する。之は出来る丈実行せねばならぬ。（ニュースのみでなく、ビラ、伝単も亦然り）原稿は原稿用紙に書いて貰うと尚好都合なワケだ。

余白があると、みっともないばかりでなく、敵に逆用される恐れがあるから、出来る丈け空けておいてはならぬ。その為には編集を厳密にして、出来た余白を適当な場所に譲ってそこにカットや漫画を入れるとか、後述するタイトル（見だし）、サブタイトル（小見出し）に要する行数を増すとか、論文中の適当な処を大活字にして行数をのばすとかする。一段の行数を減らして、例えば四十五行を四十四、三行等にするのも一つの方法である。反対にハミ出す場合は一段の行数を増加し、タイトルを小さくし、カットを少くする等の外、句点をつめ、仮名を漢字にして行数を減らす工夫をする。

(3)　どうすれば読み易くかけるか

1　楷書（行書、草書、自己流はダメ！）で画数をゴマカさず、一画、一画正直に刻むこと。

2　字の大きさを整一ならしめ、カナは漢字に比し、稍、小さく書くこと。

3　行間に余裕を与えること。

4　各行の天地をととのえること。

5　文面に変化を与えること。五ベタのみで書くと文面が単調になり、読みあきがする。文中重要な所に五ゴジ、四ゴジを使用すると一目で主要点が目にとまり読み易くなる。傍点は案外効果がうすいし、小さくなり易いから、出来る丈け大きくするがよい。傍線は傍点よりも効果的である。これは定規をあてて、真直ぐ引く。

長文の場合は、例えば各段一ケ所か二ケ所句読の一字―三字を三ゴジにすれば文全体を読み易くする。

6　ルビを附すること。凡てルビ付きにすることは困難であろうが六ヶしい字には必らずルビ（ふりがな）を付する。片仮名で思い切り小さく。

7　一行の字数を多過ぎぬ様段を組むこと。

8　区画線等を付すること。記事と記事との間に区カク線をほどこすと、各文章間に一区切りをつける意味から読み疲れがしない。一記事を函の中に区画するのも有効である。凡て直線を応用する場合にはキチッと引く。引きすぎて飛び出たり、引き□《ママ》りぬ所は必らず修正して印刷に附する。線の引き方一つが全体をぶちこわすことにもなる。

(4)　カット、マン画、サシエの位置

論文や記事との関係を考慮に入れて適当に配置すべきである。文と絵と関連するものはなるべくその文の間、前後等に入れ、然らざるものは紙面全体の調子を見て挿入すべき場所を決定する。ツヅキ漫画を数頁に、或は数号に連載する場合にはその位置を一定しておくがよい。又、一欄をマンガ欄として、或は「ソヴェート同盟社会主義建設」欄等として特設する際にも位置を一定する事が望ましい。（絵の位置が決まり次第、字より先きにやっておくがよい。絵は字よりも失敗し易いからだ。）

附　タイトル　サブタイトルの書き方

イ、活字の大きさ。タイトル、サブタイトルはその文に於て述べんとする主眼点を予めハッキリ示し、ピンと来る様にする。それ故、これは明瞭に而も本文から浮き出ていねばならぬ。本文の五ベタと同等、若しくはそれよりやや大きい位の字では効果はあがらない。又、大字でもゴシック体でないと同じくダメだ。大体、「ニュース、新聞の組方」で決めた特号、初号、一ゴジ、二ゴジはタイトル用、二ゴジ、三ゴジはサブタイトル用。

尤も、小さいのが駄目だから大きい程よかろうと思うのは誤りで、半紙判に特号を沢山使用するなら大きすぎて反って効果を失う。特号は特別の場合に使用することにして普段は初号、一ゴジ等を最大活字として使用する方が釣合から云っても紙面の経済から云っても適している様に考えられる。

ロ、タイトル、サブタイトルの組方

タイトルは、文の如何によって、二段ぬき又は三段ぬき等にする。短文の場合は一段に書くこともある。サブタイトルは一段又は二段ぬきにする。字数の多いタイトルは適当に切って二行又は数行にし、主要な行の文字を他の行の文字よりも大きくしたり、又、他の行も大小取り

〔第二十八圖〕タイトル―サブタイトルの書き方

まぜ、色々変化を与え、何を云わんとするかを一目でハッキリ分る様に組む必要がある。

各行の天地は斜左下へと並ぶ様にかくのが最も普通のやり方であるが、自在に変化を与えるがよかろう。

位置は、タイトルの中心を段の中心より上に配置するがよい。下がるのは上りすぎるよりもみっともない。（換言すればタイトルの上下のアキは下に比して上を狭くする。上のアキ過ぎはミットもない）

タイトルを数行組にする際、出来る丈キレ字（労働者を【万国の労働　者団結せよ】と書くが如し）は避けるがよい。更にタイトルは縦書ばかりでなく、横書をも時に交えるがよい。淡白なプロレタリア的カット風のカザリはつけるがよいが、ブル新[*3]の家庭欄に見るが如き余りコリ過ぎた、而も生気のないものは賛成出来ぬ。

字数と文意との関係から配置がウマク行かぬ時には字の間隔をはなしたり、つめたり、長い字、平たい字等にするがよい。又、補助線を使用すれば案外うまく行く。補助線の太さと濃さは字との釣合を見て決定される。太すぎても濃すぎても文字を圧倒し易いし、細すぎると補助の効をなさない。補助線の外に補助点も使用する。之は字間が空きすぎる時使用すれば間が抜

けなくてよい。（第二十八図参照）

ハ、タイトルの配列

タイトルの組方と関連して大事なのはその配列である。タイトルの大きさ、形式等が画一であると疲れてよくない。主要記事のタイトルを最も目立ち易く、比較的大字を用い間隔をゆったりとる。其他のタイトルはその記事の内容に応じて大小とりまぜて配列するがよい。位置から云えば紙面中、第一段目、中心等は主要論文、記事の座席である。

ニ、色刷り

主要文のタイトルやスローガン等を色刷にすることは大いに望ましい。只、扉が色刷の場合はそれと近接したタイトルが同色になると、両者とも色刷の効果が相殺されるから、かかる場合には、例えば横書にする等の方法でタイトルの位置を扉から引き離す必要がある。

尚、我々はタイトル、サブタイトル及区画線等を大いに内外のブル新聞やブル雑誌から学びとらねばならぬ。彼等はかかる方面には断然勝れているから。

参考となるものはドシドシ切り取ってスクラップブック（蒐集帳）を作る様にすすめる。

初出　『赤旗パンフレット』第21号、日本共産党、一九三二年

＊1――ツブす：外部から圧力を加えてもとの形をおしくずす。また、圧して平たくすること。
＊2――ブル共：ブルジョワどもの意。
＊3――ブル新：ブルジョワ新聞。

［小説］

アスファルトを往く

片岡鉄兵

1

資本主義《しほんしゅぎ》の行手《ゆくて》は短《みじか》く、アスファルトの道《みち》は長《なが》い――

皮膚《ひふ》をスリ剝《む》く。血《ち》が吹《ふ》き出《で》る。その血《ち》がかたまり、固《かた》くなる。都会《とかい》の皮膚《ひふ》を剝《は》いで行《ゆ》く。剝《は》いだ痕《あと》をかためる。アスファルトの色《いろ》を見《み》よ、冷酷《れいこく》な表情《ひょうじょう》。血《ち》なまぐささ。

大東京《だいとうきょう》の復興《ふっこう》は、アスファルトを煮《に》る煙《けむり》と共《とも》に伸《の》びて行《い》った。路面《ろめん》をいぶす煙《けむり》が晴《は》れて行《ゆ》く、その跡《あと》にくっきりと、肌《はだ》を表《あら》わす幹線道路《かんせんどうろ》。それは消費《しょうひ》と享楽《きょうらく》の街《まち》にも、又《また》、生産《せいさん》と失業者《しつぎょうしゃ》の工場地帯《こうじょうちたい》にもアスファルトの道路網《どうろもう》は「公平《こうへい》」に、大都会《だいとかい》の動脈《どうみゃく》を形成《けいせい》した。更《さ》らにそれは、郊外《こうがい》八方《ぼう》に伸《の》びて行《ゆ》きつつある。

幾多《いくた》の利権《りけん》、幾多《いくた》の搾取《さくしゅ》、幾多《いくた》の中間搾取《ちゅうかんさくしゅ》の底《そこ》に、無数《むすう》の労働者《ろうどうしゃ》が土《つち》を掘《ほ》り、石《いし》を運《はこ》びアスファルトを煮《に》た。

自動車《じどうしゃ》はすべる。トラックは軋《きし》る。断髪《だんぱつ》、モボ、*1恋人《こいびと》、菜葉服《なつぱふく》*2、スパイの眼《め》、眼《め》、眼《め》。

飛行機《ひこうき》の上《うえ》から見《み》よう。都会《とかい》の層《そう》がうるんだ空気《くうき》の底《そこ》に沈《しず》んで見《み》える。建物《たてもの》の四角《かく》な頭《あたま》、積《つ》み重《かさ》なる屋根《やね》の流《なが》れに深《ふか》く切《き》れ込《こ》んだ縦横《じゅうおう》の幹線道路《かんせんどうろ》が、ヤケドの痕《あと》のように光《ひか》っている。

今《いま》や、アスファルトは、東京《とうきょう》と横浜《よこはま》とをつなぎ、大阪《おおさか》と神戸《こうべ》とを結《むす》んだ。

全日本《ぜんにほん》の、一切《さい》の産業上《さんぎょうじょう》、軍事上《ぐんじじょう》の重要地点《じゅうようちてん》が、この大動脈《だいどうみゃく》によって連結《れんけつ》されるであろう。

全日本《ぜんにほん》のあらゆる車輛《しゃりょう》が××されるその日《ひ》までに！

アスファルトの、大進軍《だいしんぐん》！　壮大《そうだい》なる未来《みらい》！　トランペットは響《ひび》く、砲車《ほうしゃ》はつづく、絡繹《らくえき》*3と。

2

工場地帯《こうじょうちたい》のアスファルト。本所《ほんじょう》、深川《ふかがわ》の十三間道路《げんどうろ》だ。

工場《こうじょう》から市場《しじょう》へ、生産品《せいさんひん》を満載《まんさい》したトラックが、狂気《きょうき》したように奔《はし》っている。

歩道《ほどう》では、労働者《ろうどうしゃ》が行《ゆ》く。商人《しょうにん》が行《ゆ》く。此所《ここ》を歩《ある》いている人間《にんげん》は、みんな逞《たく》しい顔《かお》をしている。それは兎《と》も角《かく》、のらくらして、暮《く》らしていない人間《にんげん》の顔《かお》だ。生活《せいかつ》している肩《かた》だ。

のらくらしている奴《やつ》らを軽蔑《けいべつ》している。そいつらを、ガンと一つ——いつでも凹《へ》こます事《こと》の出来《でき》そうな人間《にんげん》だ。

アスファルトの道《みち》は道《みち》だが、その癖《くせ》、埃《ほこ》りっぽい、空《そら》は、いつも煤煙《ばいえん》で曇《くも》っている。世界《せかい》は灰色《はいいろ》だ。空気《くうき》も、鼻《はな》の穴《あな》も、肺《はい》の中《なか》も、胃《い》の底《そこ》も、灰色《はいいろ》だ。

女工《じょこう》さんが出《で》て来《く》る。モスリン工場《こうじょう》から、東洋紡績《とうようぼうせき》から。

彼女《かのじょ》らは固《かた》い頬《ほほ》をしている。バサバサした髪《かみ》を引《ひ》っ結《つ》めている。硬直《こうちょく》したように、腰《こし》から上《うえ》を据《す》えて、歩《ある》いている。

商店《しょうてん》は、食《た》べ物《もの》を売《う》る店《みせ》が多《おお》い。飯屋《めしや》、氷屋《こおりや》、ライスカレーの立看板《たてかんばん》。

銅張《どうば》りの壁《かべ》に金文字《きんもんじ》の看板《かんばん》——ところで本当《ほんとう》は銅《どう》ではない。ブリキを銅色《どういろ》に塗《ぬ》って、家《いえ》の正《しょう》面《めん》に張《は》っただけだ、食料品屋《しょくりょうひんや》、三河屋《みかわや》だ。そしてすしやだ。

失業者《しつぎょうしゃ》が歩《ある》いて行《ゆ》く。剝《はげ》っちょろけた絆纏《はんてん》の自由労働者《じゆうろうどうしゃ》。仕事《しごと》にあぶれて、物憂《ものう》げな眼《め》をチラとあげては、幸福《こうふく》そうな奴《やっ》らに憎悪《ぞうお》を投《な》げるが、それも刹那《せつな》だ。すぐ黙々《もくもく》と眼《め》を伏《ふ》せて、喘《あえ》ぎながら歩《ある》いて行《ゆ》く。

アスファルトの道《みち》は、何《なん》と歩《ある》きにくいのだろう。仕事《しごと》にあぶれた足《あし》には地獄《じごく》の道《みち》だ。

この埃《ほこり》っぽいアスファルトで、食事《しょくじ》をしよう。一ぜん飯屋《めしや》に入《はい》る。テーブルクロスのない木《もく》卓《たく》がある。清潔《せいけつ》だ、土間《どま》もきれいだ。きりょうは悪《わる》くなく、然《しか》し、少《すこ》しも淫猥《みだら》でない少女《しょうじょ》が、飯《めし》を運《はこ》んで呉《く》れる。鰈《かれい》の煮付《につけ》、ほうれん草《そう》、鱈《たら》の汁《しる》、香《こう》の物《もの》、そんな物《もの》を注文《ちゅうもん》する。主人《しゅじん》の婆《ばあ》さんが、家庭的《かていてき》にいたわって呉《く》れる。労働者《ろうどうしゃ》たちは仲々御馳走《なかなかごちそう》を喰《た》べる。おいしいのだ。健康《けんこう》な味《あじ》だ、払《はら》いは二十五銭。

労働者《ろうどうしゃ》がいかに清潔《きれいず》好きであるかは、斯《こ》うした飯屋《めしや》で一度喰《どた》べたら、誰《だれ》にだってすぐ諒解《りょうかい》されるだろう。

3

そのアスファルトの道《みち》に、時折《ときお》り「フオン」なビラが貼《は》られている。

去年《きよねん》の四月から五月頃《ごろ》まで、この往来《おうらい》はいつも無数《むすう》の×××で満《み》たされていた。其所《そこ》を通《とお》る電車《でんしゃ》の中《なか》、バスの乗場《のりば》、交錯路《こうさろ》、等々《とうとう》にうすっぺらな、スプリングコオトを着《き》た下品《げひん》な紳士《しんし》が、どんなに眼《め》をギョロつかせていたことか。

此頃《このごろ》は、だいぶ、それが尠《すくな》くなった。あんな所《ところ》を、大物《おおもの》はめったにウロウロしてはいませんよ。

一九三〇年も、もうそろそろ五月一日を迎《むか》えようとしている。メーデーだ。労働祭《ろうどうさい》だ。

今年《ことし》のメーデーは、きっと素晴《すば》らしいだろう。ところが、このメーデーの大示威行列《だいじいぎょうれつ》は芝《しば》から越中島《えっちゅうじま》まで、殆《ほとん》どアスファルトを踏《ふ》みつづけて進行《しんこう》するのだ。

あの日《ひ》は、アスファルトの上《うえ》を、労働者《ろうどうしゃ》の十万の脚《あし》が踏《ふ》みつけながら流《なが》れて行《ゆ》く。闘争《とうそう》のスロオガンと、組合旗《くみあいき》とが、アスファルトの上《うえ》を公然《こうぜん》と飜《ひるがえ》りながら進《すす》んで行《ゆ》くのだ。

4

自動車《じどうしゃ》はすべる、アスファルト。

けれども、私共《わたしども》は考《かんが》えよう。自動車《じどうしゃ》をすべりやすくするためにのみ、巨大《きょだい》な費用《ひよう》をかけてあんな道《みち》を拵《こしら》えたのだろうかと。

私共《わたしども》は、参謀本部《さんぼうほんぶ》に行《い》って訊《き》いて見《み》よう。

5

おお、アスファルト。

すずかけの並木《なみき》はなげく。

6

国家総動員《こっかそうどういん》、青年訓練所《せいねんくんれんじょ》*4、思想善導《しそうぜんどう》、車輛《しゃりょう》××、これらの間《あいだ》に緊密《きんみつ》なつながりがあるのは、今更《いまさ》ら云《い》うまでもない。

然《しか》し、青訓《せいくん》とアスファルト。この二つの間《あいだ》に何《なに》かつながりがあるかと云《い》えば、人《ひと》は茫然《ぼうぜん》とするに違《ちが》いない。

然《しか》し、アスファルトを歩《ある》きながら、私《わたし》は青訓《せいくん》の組織《そしき》をきっと連想《れんそう》するのだ。こんな事《こと》を連想《れんそう》するのは。私《わたし》の神経質《しんけいしつ》だろうか？　イヤ断《だん》じてそうではない。

先《ま》ず、アスファルトの道《みち》があれば、必《かなら》ずその近《ちか》くに、鉄筋《てっきん》コンクリートの、小学校《しょうがっこう》がある事《こと》を記憶《きおく》されたい。いつか、青訓《せいくん》の諸君《しょくん》は、このコンクリートの建物《たてもの》を見物《けんぶつ》させて貰《もら》えるだろう。その建物《たてもの》の上《うえ》からアスファルトの道路《どうろ》を見下《みお》ろせよ。

自動車《じどうしゃ》はすべる。――

自動車《じどうしゃ》がすべりやすい事《こと》は、他《た》のあらゆる車《くるま》のすべりやすい事《こと》を意味《いみ》する。他《た》のあらゆる車《くるま》、――機関銃《きかんじゅう》の車《くるま》も、大砲《たいほう》の車《くるま》も。

十三間道路《げんどうろ》、二十間道路《けんどうろ》、三十間道路《けんどうろ》。

国家総動員《こっかそうどういん》。

青訓《せいくん》。コンクリートの近代城砦《きんだいじょうさい》の如《ごと》き小学校《しょうがっこう》。

おお、敵《てき》はアメリカか？　イギリスか？

7

然《しか》し、海軍々縮会議《かいぐんぐんしゅくかいぎ》で七割説《わりせつ》を固執《こしつ》する力《ちから》のある日本《にほん》は、めったにアメリカやイギリスの兵隊《へいたい》を上陸《じょうりく》させるようなことはせぬ。アスファルトの道路《どうろ》は、あいつらとの戦争《せんそう》では、決《けっ》して戦《せん》場《じょう》には、ならん！

8

だが、春《はる》だ。

歩《ある》きたい誘惑《ゆうわく》だ。あたたかい日光《にっこう》は、アスファルトの上《うえ》に輝《かがや》いている。

銀座《ぎんざ》へ！　私《わたし》たちは銀座《ぎんざ》を歩《ある》こう。美《うつ》くしき文化《ぶんか》の花咲《はなさ》く銀座《ぎんざ》。星《ほし》と月《つき》とを永遠《えいえん》に意識《いしき》せぬ不夜《ふや》の檻《おり》。私《わたし》たちは、其所《そこ》の歩道《ほどう》を埋《うず》める群衆《ぐんしゅう》の夥《おびただ》しさに、実際《じっさい》びっくりするのである、そして世《よ》の中《なか》では、こんなに沢山《たくさん》の人《ひと》が幸福《こうふく》なのだろうかと、考《かんが》える。

銀座《ぎんざ》を歩《ある》いている人々《ひとびと》は、実際《じっさい》たのしそうだ。彼《かれ》らは自信《じしん》がありそうに、歩道《ほどう》を踏《ふ》んでいる。みんなが「個人《こじん》」を守《まも》りながら肩《かた》を聳《そび》やかしている。で、そういう顔色《かおいろ》から、此所《ここ》を歩《ある》いている大多数《だいたすう》が「仕事《しごと》」を持《も》った人《ひと》たちである事《こと》が察《さっ》せられる。何《なん》らかの仕事《しごと》を、或者《あるもの》はオフィスを持《も》って、どうも事業《じぎょう》がうまく行《ゆ》かぬのを心配《しんぱい》しているのかも知《し》れない。或者《あるもの》は、雇主《やといぬし》にひどく搾取《さくしゅ》されていて、上役《うわやく》や重役《じゅうやく》ばかりが巧《うま》いことしやがると憤慨《ふんがい》しているのかも知《し》れない。けれども、彼《かれ》らはたしかにたのしそうだ。彼《かれ》らは、第《だい》一、朝《あさ》から晩《ばん》まで働《はたら》いて一円七十銭の日給《にっきゅう》を貰《もら》って、それで一家《か》五人を養《やしな》わなければならぬような身分《みぶん》ではない。どんなに月給《げっきゅう》が尠《すくな》くても、会社《かいしゃ》で馬鹿《ばか》にされていても、現代《げんだい》で、何《なん》らかの職業《しょくぎょう》を持《も》っていると云《い》うことは、素晴《すば》らしい幸福《こうふく》なのだ。何所《どこ》でも、彼所《かしこ》でも失業者《しつぎょうしゃ》が、ウヨウヨしている時《とき》、たとえ四十円の月給《げっきゅう》にでも有《あ》りついているという事《こと》は！　斯《かか》る優越人種《ゆうえつじんしゅ》でみたされた銀座《ぎんざ》だ。

それ故《ゆえ》、彼《かれ》らはたのしそうだ。新橋《しんばし》から京橋《きょうばし》まで、二つの橋《はし》の間《あいだ》の遊歩場《ゆうほじょう》。けれども、どんな享楽《きょうらく》の巷《ちまた》の中《なか》に居《い》ようとも、もしそこの歓《よろこ》ばしいどよめきから「生活《せいかつ》」を感《かん》じ出《だ》さないなら、それは低脳《ていのう》だ。二つの橋《はし》の間《あいだ》の遊歩場《ゆうほじょう》は、たとえば刑務所《けいむしょ》の散歩場《さんぽじょう》のようなものなのだ。囚人《しゅうじん》が青《あお》い空《そら》を眺《なが》めて呼吸《こきゅう》するように銀座《ぎんざ》の遊歩《ゆうほ》者《しゃ》は、高度《こうど》な消費文明《しょうひぶんめい》の陳列窓《ちんれつまど》を眺《なが》めて愉快《ゆかい》になる。囚人《しゅうじん》は、重《おも》い鎖《くさり》を曳《ひ》きずっている。銀座《ぎんざ》の遊歩《ゆうほ》者《しゃ》が、生活《せいかつ》の重《おも》い鎖《くさり》を曳《ひ》きずっていないと誰《だれ》が云《い》い得《う》るのだ？

その証拠《しょうこ》にわれわれ銀座《ぎんざ》を歩《ある》いて、一歩《ぽ》その外《そと》に出《で》たら、われわれの楽《たの》しそうな顔色《かおいろ》は、すぐ別《べつ》な落《お》ちつきのない、無興味《プロザイク》な顔色《かおいろ》になっちまうだろう。

それはさておき、春《はる》だ。私《わたし》は今《いま》、銀座《ぎんざ》を歩《ある》いている。私《わたし》は埃《ほこり》を吸《す》い、光《ひかり》をくぐって、暖《あたたか》く疲《つか》れている。自動車《じどうしゃ》はすべる。電車《でんしゃ》はきしる。街路樹《がいろじゅ》は、春《はる》が来《き》たのにと、嘆《なげ》いている。

二つの大《だい》百貨店《かてん》が、群《むらが》る商店《しょうてん》の中《なか》に聳《そび》えている。大群衆《だいぐんしゅう》は、その巨大《きょだい》なビルディングの中《なか》に溢《あふ》れている。工場《こうじょう》のプロレタリアの手《て》から今出《いまで》て来《き》たばかりの商品《しょうひん》が、新鮮《しんせん》な匂《にお》いを散《ち》らしている。

新鮮《しんせん》な匂《にお》いから、私《わたし》はそれらを生産《せいさん》する者《もの》を感《かん》じ、そして、それらを、消費《しょうひ》する者《もの》を、此所《ここ》に殺到《さっとう》して来《く》る群衆《ぐんしゅう》の中《なか》に見《み》るのだ。
銀座《ぎんざ》、ここを華《はな》やかに飾《かざ》る商品《しょうひん》を生産《せいさん》した者《もの》は誰《だれ》なのか？　私《わたし》たちはそれら生産者《せいさんしゃ》の影《かげ》すら此所《ここ》で捜《さが》し出《だ》すことが出来《でき》るか。

然《しか》しながら、私《わたし》たちは二つの巨大《きょだい》な百貨《か》店《てん》と、それをつないで軒《のき》をならべた商店《しょうてん》との間《あいだ》の、猛烈《もうれつ》な争闘《そうとう》を見《み》るだろう。大資本《だいしほん》が空《そら》たかく誇《ほこ》りながら、もろもろの小商店《しょうしょうてん》を眼下《がんか》に見《み》くだしているその姿《すがた》を、そのまま見《み》るだろう。

華《はな》やかな商店《しょうてん》の前《まえ》に。みがかれたパカアドは停《とま》り、大《だい》ブルジョアの婦人《ふじん》が傲然《ごうぜん》と爽《さわ》やかな、軒《のき》をくぐる。

飾窓《かざりまど》の、高度《こうど》な消費文化《しょうひぶんか》を誇《ほこ》る商店《しょうてん》は、それらの大《だい》ブルジョアにのみ関係《かんけい》があるのだ。然《しか》も、銀座《ぎんざ》の銀座《ぎんざ》である所以《ゆえん》は、街頭《がいとう》の日《ひ》なたに、何《なん》万円の宝石《ほうせき》や、何《なん》千円の毛皮《けがわ》が公然《こうぜん》と曝《さら》されてある所《ところ》に在《あ》る。云《い》い換《か》えるなら、大《だい》ブルジョアの消費生活《しょうひせいかつ》に其所《そこ》の華《はな》やかさが依存《いそん》している。それにも拘《かかわ》らず、其所《そこ》の歩道《ほどう》を埋《うず》めているのは、そうした高度《こうど》の消費生活《しょうひせいかつ》とは殆《ほとん》ど関係《かんけい》のない、中産階級《ちゅうさんかいきゅう》、又《また》は小《しょう》ブル人士《じんし》なのだ。

だが、これに何《なん》の不思議《ふしぎ》があろう。彼《かれ》らはみんな味方《みかた》なのだ。彼《かれ》らは中産階級人同志《ちゅうさんかいきゅうにんどうし》――お互《たが》いに大《だい》ブルジョアに依存《いそん》しているものとしての仲間《なかま》を、此所《ここ》でお互《たが》いに感《かん》じ合《あ》うために集《あつま》るのだ。

仲間《なかま》よ！
行交《ゆきか》う群衆《ぐんしゅう》は、互《たが》いに親愛《しんあい》の眼《め》を投《な》げ合《あ》いながら、無言《むごん》の挨拶《あいさつ》をする。

9

そこで、銀座《ぎんざ》を歩《ある》く群衆《ぐんしゅう》は、一つの点《てん》で溶《と》け合《あ》っている。それは、彼《かれ》らの外容《がいよう》や服装《ふくそう》が悉《ことごと》く中産階級的美学《ちゅうさんかいきゅうてきびがく》で統一《とういつ》されている、という事《こと》だ。

そこを歩《ある》いている一人の女《おんな》を見《み》よう。はでな銘仙《めいせん》の絞《しぼ》り染《ぞ》めの羽織《はおり》か錦紗《きんしゃ》の着物《きもの》かの上《うえ》に、白《しろ》い春《はる》のショールをまとっている。洋服《ようふく》でも、しっとりしたサロンに適《ふさ》わしいアフタヌーン・ドレスではない。又《また》、夜《よる》そこを行《ゆ》く外套《がいとう》を剝《は》いで見《み》たまえ、私共《わたしども》はめったに彼女《かのじょ》の白《しろ》い肌《はだ》と腕《うで》とを匂《にお》わせた夜会服《やかいふく》を見出《みいだ》さないのだ。

多《おお》くの金《かね》を費《ついや》さずに、きれいに調《ととの》う服装《ふくそう》は全《まった》く好《この》もしい。然《しか》し、大《だい》ブルジョアの虚栄《きょえい》の市《いち》として光《ひか》り輝《かが》やく銀座《ぎんざ》に、斯《かか》る中産階級的統一《ちゅうさんかいきゅうてきとういつ》の下《もと》に流《なが》れている群衆《ぐんしゅう》しか見《み》ないという事《こと》は一つの悲劇《ひげき》だ。それは、大名《だいみょう》がかくれていて家来《けらい》が躍《おど》っていることだ。そこは大名《だいみょう》の花園《はなぞの》だ。踊《おど》っている家来《けらい》は、自分《じぶん》の花園《はなぞの》であるかのように幻想《げんそう》している！

アスファルトの道路《どうろ》を作《つく》る事《こと》を企《くわだ》てたのは大《だい》ブルジョアだ。これを、真《まこと》の意味《いみ》で利用《りよう》するのは、少数《しょうすう》の彼《かれ》らだ。群衆《ぐんしゅう》は、そこで踊《おど》るべく、自然《しぜん》に組織《そしき》されている。そこで踊《おど》り得《う》る光栄《こうえい》に酔《よ》って、群衆《ぐんしゅう》は、彼《かれ》らの味方《みかた》として組織《そしき》されるの余儀《よぎ》なき身《み》の上《うえ》だ。ジャズで踊《おど》ってリキュウで更《ふ》けて――彼《かれ》ら支配階級《しはいかいきゅう》のテサキとしての幸福《こうふく》が、銀座《ぎんざ》のアスファルトの上《うえ》に在《あ》る。

10

銀座《ぎんざ》の有名《ゆうめい》なカフェに入《はい》って見《み》よう。ここで、小《しょう》ブルジョアの讃美《さんび》する女給《じょきゅう》さんを見《み》せて貰《もら》うが好《よ》い。そして、私《わたし》たちは、きっとヘドを吐《は》く。酔《よ》ってではない。醜《みにく》さにあきれるからだ。紫組《むらさきぐみ》とか、紅組《べにぐみ》とか、ここでは無数《むすう》の女給《じょきゅう》が、ブルジョア娘《むすめ》を真似《まね》て働《はたら》いている。彼女《かのじょ》らは、日本中《にほんじゅう》のあらゆる、カフェの女給《じょきゅう》の中《なか》で最《もっと》もイゴイスチックで、欲深《よくふ》かで、その底知《そこし》れぬ無智《むち》と正比例《せいひれい》した高度《こうど》のゴウマンさを持《も》っている。女給《じょきゅう》は芸妓《げいしゃ》の進化《しんか》した姿《すがた》だと誰《だれ》か云《い》っていたが、この野獣《やじゅう》の巣《す》のようなカフェの女給《じょきゅう》はいちばん、おくれた芸妓《げいしゃ》よりも文化《ぶんか》の程度《ていど》が低《ひく》いではないか。

おお銀座《ぎんざ》、そこのアスファルトは目立《めだ》たない。そこは少《すこ》しも、現代文化《げんだいぶんか》の尖端《せんたん》ではない！

11

アスファルトの路《みち》は、大東京《だいとうきょう》の新《あたら》しいメイン・ストリートを作《つく》った。われわれはいわゆる、金座通《きんざどお》りに立《た》とう。銀座《ぎんざ》にまさる金座《きんざ》であり得《う》るか、此所《ここ》は落《お》ちつきのない、中心《ちゅうしん》のない大街《だいがい》路《ろ》だ。用事《ようじ》を持《も》った人《ひと》が其所《そこ》を通《とお》りすがりに歩《ある》いて行《ゆ》く。みんな用事《ようじ》を持《も》っているのだ。みんな忙《いそが》しいのだ。急《いそ》がなければならない。この街《まち》を飾《かざ》るための、資本《しほん》がまだ出揃《でそろ》わないのだ。

ただ、白《しろ》い明治座《めいじざ》がその大《おお》きな近代《きんだい》ルネサンスの建物《たてもの》と、昔風《むかしふう》な芝居《しばい》との矛盾《むじゅん》を悩《なや》むように、どっしり据《す》わっている。

私《わたし》は、神田《かんだ》から上野《うえの》へとつづくアスファルトの上《うえ》を歩《ある》いている。ひじり橋《ばし》の明《あか》るさは、白《しろ》い石《いし》の反映《はんえい》だ。私《わたし》は上野広小路《うえのひろこうじ》で、眩暈《めまい》に近《ちか》いものを感《かん》じた。そこでは、成長《せいちょう》してゆく大都会《だいとかい》が感《かん》じられる。浅草公園《あさくさこうえん》の裏《うら》には、巨大《きょだい》な田舎《いなか》がある。そこのアスファルトの上《うえ》には、農村《のうそん》から来《き》た失業者《しつぎょうしゃ》の投《な》げ捨《す》てたバットの吸殻《すいがら》がいつまでも、細《ほそ》い煙《けむり》を上《あ》げていた。更《さ》らに、私《わたし》は芝《しば》にいた、お成門《なりもん》ちかくいつでも砲砦《ほうさい》に代《かわ》るであろうコンクリートの建物《たてもの》が、警察署《けいさつしょ》のマークを光《ひか》らせていた。

これらの無数《むすう》のアスファルトの大通《おおどお》りに、私《わたし》は何《なに》を見《み》たか？

私《わたし》は見《み》た、あかがね色《いろ》に塗《ぬ》られた急造《きゅうぞう》の商店《しょうてん》を。表《おもて》は、あかがね色《いろ》に金文字《きんもじ》を浮《う》かせ、裏《うら》はあら壁《かべ》と米材《べいざい》の露出《ろしゅつ》。

12

そして私《わたし》は見《み》た。聳《そび》える鉄筋《てっきん》コンクリートの城砦《じょうさい》、近代小学校《きんだいしょうがっこう》の建物《たてもの》を。

丸《まる》の内《うち》。

雨《あめ》が降《ふ》る。アスファルトは、黒《くろ》く光《ひか》る。建物《たてもの》は、白《しろ》い遠景《えんけい》——

青《あお》い芝生《しばふ》にこそばゆく雨《あめ》が降《ふ》る。孤独《こどく》なレインコートが、警視庁《けいしちょう》のオートバイと、すれちがいさまに、黒《くろ》い洋傘《ようがさ》を傾《かたむ》けた。

霞《かすみ》ケ関《せき》から、永田町《ながたちょう》へ、坂《さか》を滑《すべ》り上《あが》る。

参謀本部《さんぼうほんぶ》の緑青《ろくしょう》の屋根《やね》にも、雨《あめ》が降《ふ》る。建築中《けんちくちゅう》の、あの広大《こうだい》な議院《ぎいん》の頂上《ちょうじょう》に、働《はたら》く人間《にんげん》が、小《ちい》さく小《ちい》さく見《み》える。

赤《あか》い煉瓦《れんが》の司法省《しほうしょう》、海軍省《かいぐんしょう》、その他各省《たかくしょう》。ブルジョアの政治機関《せいじきかん》が積《つ》み重《かさ》なっている。ここにブルジョアの大組織《だいそしき》の、心臓《しんぞう》がある！

そればかりではない。ここには銀行集会所《ぎんこうしゅうかいじょ》があり、電気《でんき》クラブがあり、一切《いっさい》の大《だい》トラスト、*5大《だい》カルテルの頭脳《ずのう》がある。

高《たか》い建物《たてもの》の並《なら》ぶ一直線《ちょくせん》、舗石《ほせき》の日《ひ》かげを、春《はる》の女《おんな》が行《ゆ》く。恋人《こいびと》が歩《ある》く。

邦楽座《ほうらくざ》へ行《ゆ》くのだ。

丸《まる》ビル、東京駅《とうきょうえき》、其所《そこ》の広場《ひろば》は人間《にんげん》の海《うみ》だ。

全日本《ぜんにほん》のアスファルト道路網《どうろもう》の中心《ちゅうしん》は、ブルジョア組織《そしき》の中心《ちゅうしん》である丸《まる》の内《うち》だ。全身《ぜんしん》の動脈《どうみゃく》が、心臓《しんぞう》を中心《ちゅうしん》とするように。

そして、ここから派生《はせい》するあらゆるアスファルト道路《どうろ》は、やがて日本《にほん》の全師団《ぜんしだん》、全軍港《ぜんぐんこう》を結《むす》び付《つ》けるだろう。

13

麻布《あざぶ》のアスファルト。

大学《だいがく》の制服《せいふく》をつけた男《おとこ》が歩《ある》いて行《い》く。三四十間《けん》あとから、汚《よご》れた紳士《しんし》が歩《ある》いて行《ゆ》く。学生服《がくせいふく》の男《おとこ》が足《あし》をはやめると、汚《よご》れた紳士《しんし》も足《あし》をはやめた。ゆるめると、後者《こうしゃ》も、やはりその歩調《ほちょう》に合《あ》わせて歩《ある》く。あとを付《つ》けているのだ。学生《がくせい》は、こいつ、見込《みこ》まれたな、と思《おも》った。往来《おうらい》で見込《みこ》まれるのなら、きれいな娘《むすめ》さんに限《かぎ》るのだが、あんなオジさんじゃ、迷惑《めいわく》この上《うえ》もない。

学生服《がくせいふく》の男《おとこ》は、しかし平気《へいき》だ。逃《に》げおわせるという自信《じしん》がある。この辺《へん》の地理《ちり》を、彼《かれ》は実によく心得《こころえ》ていた。

彼《かれ》は背《うし》ろを振《ふ》り向《む》いた。よごれた紳士《しんし》は、治安維持法《ちあんいじほう》の外套《がいとう》を着《き》て、こっちを見詰《みつ》めながらやって来《く》る。学生服《がくせいふく》は、横町《よこちょう》を曲《まが》ろうとして、ひょいと帽子《ぼうし》をとり、うしろのオジさんに、ぴょこんと頭《あたま》を下《さ》げて見《み》せた「はいちゃ」。そして、すぐ、横町《よこちょう》へ身《み》をかくした。「泥棒《どろぼう》!」今《いま》はまぎれもなく逮捕《たいほ》する者《もの》の意志《いし》をさらけ出《だ》して、汚《よご》れた紳士《しんし》は疾風《しっぷう》の如《ごと》く駆《か》け出《だ》した。

14

池袋《いけぶくろ》のアスファルト道《みち》を、彼女《かのじょ》は歩《ある》いていた。約束《やくそく》の時間《じかん》がすこし過《す》ぎるのだが、出会《であ》うべき男《おとこ》に出会《であ》わない。

場末《ばすえ》の活動写真館《かつどうしゃしんかん》が埃《ちり》まみれに立《た》っている。そこに近《ちか》づく頃《ころ》、くるりと回《まわ》れ右《みぎ》して、同《おな》じ歩道《ほどう》を歩《ある》いて行《い》った。

彼《かれ》は来《こ》ないのじゃあるまいか――ふと、そんな事《こと》を考《かんが》えた。彼《かれ》は来《こ》ない――彼《かれ》は、スパイに摑《つか》まったのじゃあるまいか。

アスファルトの路面《ろめん》が、急《きゅう》に彼女《かのじょ》の脚《あし》を吸《す》い付《つ》けるような感《かん》じがした。一歩《ぽ》も歩《ある》けなくなった。が立止《たちど》まってはいられない。

多《おお》くの同志《どうし》が、いろいろの時《とき》にアスファルトの上《うえ》で突然《とつぜん》の絶望《ぜつぼう》を感《かん》じた。彼女《かのじょ》もその一人だ。

15

夜《よる》、一瞬間《しゅんかん》、停電《ていでん》した。

長《なが》いアスファルトが、月《つき》の光《ひか》りに青《あお》く濡《ぬ》れつつ、遠《とお》くつづいていた。

16

神戸《こうべ》、鷹取《たかとり》の鉄道工場《てつどうこうじょう》へビラ撒《ま》きに行《い》った二人の男《おとこ》がひどく急《いそ》いで来《き》て、円《えん》タク[*6]を摑《つか》まえた。運転手《うんてんしゅ》は、二人の男《おとこ》のボロ洋服《ようふく》が、生々《なまなま》しい血《ち》と泥《どろ》とによごれているのを見《み》て、拒絶《きょぜつ》しようとした。が、その瞬間《しゅんかん》に、二人は車《くるま》の中《なか》に飛《と》び込《こ》んでいた。うしろから、ドスを擬《ぎ》して「走《はし》れ！」と命令《めいれい》した。

神戸《こうべ》と大阪《おおさか》をつなぐ阪神大国道《はんしんだいこくどう》を、織《お》るように行《ゆ》く無数《むすう》の自動車《じどうしゃ》や電車《でんしゃ》の中《なか》に、一台《だい》のタクシーが狂気《きょうき》したように奔《はし》っていた。

そこのアスファルトは白《しろ》っぽい、左手《ひだりて》に六甲山《ろっこうざん》がつづき、右手《みぎて》に遠《とお》く海《うみ》が光《ひか》っている。赤《あか》い屋根《やね》、宮殿《きゅうでん》のような住宅《じゅうたく》、松林《まつばやし》――巨大《きょだい》な野球場《やきゅうじょう》のスタンドが、松林《まつばやし》の彼方《かなた》に聳《そび》えて見《み》える。一切《いっさい》の風景《ふうけい》は明《あか》るくゆたかだ。

狂気《きょうき》のように奔《はし》る円《えん》タクは、警官《けいかん》に咎《とが》められ、行手《ゆくて》をさえ切《ぎ》られた。運転手《うんてんしゅ》はホッとした。恐《おそろ》しき脅迫者《きょうはくしゃ》から、初《はじ》めて遁《のが》れたと、思《おも》った。

が、二人の血《ち》まみれな、ビラ撒《ま》きは、疾《と》くの昔《むかし》に、車《くるま》を捨《す》てて姿《すがた》をくらませていたのだ。

今年《ことし》、××闘争《とうそう》の一場面《ばめん》。

17

おお、アスファルト
其所《そこ》は既《すで》に戦場《せんじょう》だ。
其所《そこ》は頽廃階級《たいはいかいきゅう》の恋人《こいびと》の遊歩場《ゆうほじょう》だ。
其所《そこ》は自動車《じどうしゃ》の極楽《ごくらく》だ。
其所《そこ》は失業者《しつぎょうしゃ》の針《はり》の道《みち》だ。
私《わたし》たちは、アスファルトを踏《ふ》む、搾取《さくしゅ》された無数《むすう》の労働者《ろうどうしゃ》の、道路人夫《どうろにんぷ》の肌《はだ》を感《かん》じる。
私《わたし》たちは、アスファルトから強固《きょうこ》な敵《てき》の組織《そしき》を感《かん》じる。
敵《てき》は組織《そしき》されてあるぞ。
私《わたし》たちはアスファルトを歩《ある》きながら、日本中《にほんじゅう》の車輌《しゃりょう》の動員《どういん》される日《ひ》を思《おも》う。
鉄筋《てっきん》コンクリートの小学校《しょうがっこう》を見上《みあ》げる。
青訓《せいくん》を思《おも》う。
おお、アスファルトの上《うえ》の、ビッグ・パレエド！
壮大《そうだい》な未来《みらい》！

初出　『中央公論』三月号、中央公論社、一九三〇年
底本　『綾里村快挙録』戦旗社、一九三〇年

＊1——モボ：モダンボーイの略語。モダンガールの場合はモガ。
＊2——菜葉服：工場労働者がよく着ている作業着。
＊3——絡繹：人や車の往来がたえまないさま。
＊4——青年訓練所：青少年に軍事教練をほどこした教育機関。青訓はこれの略語。
＊5——大トラスト、大カルテル：複数の企業の高度な合同形態。
＊6——円タク：大正末期から昭和初期まで流行した一円均一料金のタクシー。

片岡鉄兵（かたおか・てっぺい）　一八九四（明治二七）～一九四四（昭和一九）年
岡山県生れ。慶大仏文科予科を退学。新聞記者をしながら、一九二〇年に「舌」を書き、里見弴の好意で『人間』新進作家号に紹介される。一九二四年、横光利一らと『文芸時代』を創刊し、新感覚派の論客として活躍するも、その後は、プロレタリア文学派に転じた。時代の動きに敏感な作家人生を歩む。プロレタリア文学系の代表作としては「綱の上の少女」「綾里村快挙録」「愛情の問題」など。

［詩］

奪《うば》え、奪《うば》え何《なん》でも奪《うば》え

市ヶ谷刑務所　×××××

奪《うば》え、奪《うば》え、何《なん》でも奪《うば》え、
目《め》と鼻《はな》と口《くち》を奪《うば》え
耳《みみ》と手《て》と足《あし》を奪《うば》え
心臓《しんぞう》と胃《い》と腸《ちょう》を奪《うば》え
それで何《なに》が奪《うば》えたか

勝《か》ったつもりか、負《ま》けないぞ
殺《ころ》したつもりか、死《し》なないぞ

肺《はい》は半分腐《はんぶんくさ》ったが、

舌《した》は釘《くぎう》打たれ、動《うご》かぬが
獄底《ごくそこ》の病《やまい》の床《とこ》に
まだ歌《うた》うのだ、俺達《おれたち》の歌《うた》。

初出　『戦旗』七月号、戦旗社、一九二九年

パラレタリア文学②

［小説］

高架線

横光利一

　まもなく高架線《こうかせん》となって横《よこ》たわるであろう高《たか》い漆喰《しっくい》の平面《へいめん》、——その平面《へいめん》を支《ささ》える鉄《てつ》の角柱《かくばしら》の集《あつま》りが地上《ちじょう》に長《なが》い洞穴《ほらあな》を造《つく》っていた。夜《よる》になると、此《こ》の鉄《てつ》の洞穴《ほらあな》は雑閙《ざっとう》した市街《しがい》の中央《ちゅうおう》に真暗《まっくら》な線《せん》を引《ひ》き始《はじ》める。市街《しがい》をうろつく浮浪人《ふろうにん》らのいくらかは、風《かぜ》に吹《ふ》き寄《よ》せられた塵埃《ごみ》のようにいつの間《ま》にか此《こ》の洞《ほら》の中《なか》へだんだんと溜《たま》り込《こ》んだ。

　雨《あめ》が降《ふ》ると洞《ほら》の中《なか》は満員《まんいん》になった。彼《かれ》らは柱《はしら》と柱《はしら》との間《あいだ》に重《かさ》なった木材《もくざい》の上《うえ》へ、濡《ぬ》れた雑巾《ぞうきん》をぶつけたように倒《たお》れていた。肩《かた》を擦《す》り合《あわ》せて寝《ね》ている着物《きもの》が、どちらの着物《きもの》か分《わか》らなかった。泥足《どろあし》の間《あいだ》から、まだ眠《ねむ》らぬ顔《かお》がときどき夜警《やけい》の足音《あしおと》をききつける。下《した》の木材《もくざい》やコンクリートの高低《こうてい》に従《したが》ってうねる襤褸《ぼろ》の中《なか》から、ここには似合《にあわ》しからぬまるまる肥《こ》えた太股《ふともも》の皮膚《ひふ》が、芽《め》のように露《あらわ》れていた。彼《かれ》らの誰《たれ》も動《うご》こうともしなければ話《はな》そうともしなかった。ただ深夜《しんや》になると、それらの団塊《だんかい》の間《あいだ》に挟《はさ》まれた新聞紙《しんぶんし》の乾《かわ》いた部分《ぶぶん》が、じくじく濡《ぬれ》た部分《ぶぶん》に食《く》われていくだけだった。

浮浪人達《ふろうにんたち》の中《うち》には、此《こ》の鉄《てつ》の洞《ほら》を根拠《こんきょ》として動《うご》かぬ者《もの》が三十人《にん》ほども集《あつま》っていた。町《まち》の夜警《やけい》の高助《たかすけ》は洞《ほら》の中《なか》から彼《かれ》らが動《うご》かねば動《うご》かぬほど助《たす》かるのだ。町会《ちょうかい》は警察《けいさつ》へ浮浪人《ふろうにん》を追《お》えと迫《せま》る。追《お》えば彼《かれ》らが塊《かたま》っているより危険《きけん》である。捨《す》てておけば、町《まち》の女《おんな》や子供《こども》の夜遊《よあそ》びも危《あやう》くなる。そこで町会《ちょうかい》は紹介所《しょうかいじょ》から回《まわ》されて来《き》た浮浪人《ふろうにん》の高助《たかすけ》を拾《ひろ》い上《あ》げて来《き》て、夜警《やけい》にした。——彼《かれ》は傴僂《せむし》*1の老人《ろうじん》で歩《ある》くと今《いま》にも羽根《はね》の生《は》えそうな恰好《かっこう》である。

高架線《こうかせん》の洞穴《ほらあな》を挟《はさ》んで高助《たかすけ》の喘息友達《ぜんそくともだち》の保市《ほいち》がいる。保市《ほいち》はやがて取《と》り払《はら》われるであろう旧《きゅう》線《せん》の踏切番《ふみきりばん》だ。二人《ふたり》は年《とし》が三つ違《ちが》うがどちらもだんだん子供《こども》のようになって来《き》た。高架線《こうかせん》が眼《め》の前《まえ》で出来《でき》上《あが》れば保市《ほいち》も浮浪人《ふろうにん》の中《なか》へ落《お》ち込《こ》むより仕様《しよう》がないのだ。

高助《たかすけ》は洞穴《ほらあな》の前《まえ》を回《まわ》って来《く》ると、踏切《ふみきり》の保市《ほいち》の箱《はこ》の中《なか》を覗《のぞ》いてみた。ブリキ箱《ばこ》の火鉢《ひばち》の上《うえ》で、凹《くぼ》んだ薬缶《やかん》の尻《しり》が灰《はい》の中《なか》へ座《すわ》っている。保市《ほいち》は青《あお》い旗《はた》を持《も》ったまま居眠《いねむ》りの最中《さいちゅう》だ。

「おい、起《お》きなよ、終列車《しゅうれっしゃ》はまだじゃねえか。」

貨物駅《かもつえき》に集《あつま》った真黒《まっくろ》な貨車《かしゃ》の中《なか》へ、雨《あめ》に打《う》たれたレールの群《むれ》が刺《さ》さっていた。

「おい起《お》きてなって、危《あぶ》ねえよ。」

保市《ほいち》は眼《め》を醒《さ》ますと、いきなり飛《と》び出《だ》してウインチを解《と》き出《だ》した。

「おい、おい、終列車《しゅうれつしゃ》はまだじゃねえか。」

するど、保市《ほいち》は暫《しばら》くぼんやり駅《えき》の方《ほう》を見《み》ていてから、急《きゅう》にまたウィンチを巻《ま》き上《あ》げた。朦朧《もうろう》自動車《じどうしゃ》が深夜《しんや》の泥水《でいすい》を跳《は》ね上《あ》げながら、鎖《くさり》の下《した》をかい潜《くぐ》って疾走《しっそう》した。一人《ひとり》の立《た》っている足《あし》の下《した》では、高架線《こうかせん》と交錯《クロッス》している地下鉄道《ちかてつどう》の作業場《さぎょうじょう》が、大《おお》きな穴《あな》を開《あ》けていた。

――高助《たかすけ》は拍子木《ひょうしぎ》を叩《たた》きながら、ガードの鉄《てつ》の中《なか》へ這入《はい》っていった。雨《あめ》が傴僂《せむし》の合羽《かっぱ》の上《うえ》で跳《は》ね返《かえ》る。彼《かれ》は歩《ある》きながら、洞穴《ほらあな》の中《なか》の浮浪人《ふろうにん》を嚇《おど》しつける恰好《かっこう》ばかり考《かんが》えるのだ。彼《かれ》は浮浪《ふろう》人達《にんたち》が汚《きたな》いと云《い》っては怒《おこ》る。道《みち》へ足《あし》が出《で》てると云《い》っては怒《おこ》る。頭《あたま》に魚《さかな》の骨《ほね》がたかっていると云《い》っては怒《おこ》る。とにかく、彼《かれ》には怒《おこ》ることだけが此《こ》の世《よ》の何《なに》よりの楽《たの》しみになっているのだ。

しかし、彼《かれ》の一番恐《ばんおそ》れたのは夜中《よなか》にときどき起《おこ》る喘息《ぜんそく》の発作《ほっさ》であった。それは長《なが》い浮浪生活《ふろうせいかつ》から成長《せいちょう》させた彼《かれ》の唯一《ゆいいつ》の不動産《ふどうさん》だ。一度《ど》発作《ほっさ》が起《おこ》り出《だ》すと、番小屋《ばんごや》の床几《しょうぎ》の上《うえ》から転《ころ》がり落《お》ち、庭《にわ》の上《うえ》を這《は》い回《まわ》り、火鉢《ひばち》の薬缶《やかん》を蹴《け》倒《たお》してもとまらなかった。それが長《なが》く続《つづ》くと、昔《むかし》を忍《しの》ぶかのようにときには街路《がいろ》の石《いし》に抱《だ》きついたまま、朝《あさ》まで咳《せ》き続《つづ》けることが度々《たびたび》あった。保市《ほいち》と友達《ともだち》になったのも実《じつ》は此《こ》の街路《がいろ》の石《いし》からだ。

浮浪人《ふろうにん》の中《なか》には一人《ひとり》若《わか》い女《おんな》が混《まじ》っていた。彼女《かのじょ》は男《おとこ》を選《えら》ばなかった。触《さわ》った男《おとこ》が忽《たちま》ち彼女《かのじょ》の餌《え》になった。一人《ひとり》の老人《ろうじん》は髯《ひげ》を垂《た》らして娘《むすめ》と孫《まご》とを連《つ》れていた。胸《むね》から肩《かた》へ帽子《ぼうし》を幾《いく》つも連《つ》らねたまま、いつも洞穴《ほらあな》の口《くち》に立《た》っていた。マッチの空箱《あきばこ》ばかり集《あつ》めている男《おとこ》、女《おんな》の化粧道具《けしょうどうぐ》を小腋《こわき》にかかえて柄《え》のついた鏡《かがみ》ばかりを覗《のぞ》いている男《おとこ》、炭《すみ》で地《じ》べたに絵《え》ばかり書《か》いて喜《よろこ》ぶ男《おとこ》、乞食《じき》の夫婦《ふうふ》、必要以上《ひつよういじょう》に着物《きもの》を身《み》につけ、いつも片手《かたて》に下駄《げた》を持《も》っている老人《ろうじん》、五分《ふん》おきにモルヒネ注射《ちゅうしゃ》をする大工《だいく》——洞穴《ほらあな》の中《なか》は、拾《ひろ》って来《き》た鍋《なべ》やタオルや残飯《ざんぱん》や、男達《おとこたち》の延《の》びるに任《まか》せた頭髪《とうはつ》で掃溜《はきだめ》のような匂《にお》いがした。しかし、この洞穴《ほらあな》の汚《きたな》さは、町《まち》の汚物《おぶつ》を集《あつ》めて来《き》た汚《きたな》さだ。町《まち》の裏通《うらどお》りの不潔《ふけつ》さは絶《た》えず彼《かれ》らに洗《あら》われているのと同様《どうよう》だった。それにも拘《かかわ》らず、町《まち》にとって彼《かれ》らの集《あつま》っていると云《い》うことが、一層《いっそう》の不潔《ふけつ》となった。町会《ちょうかい》は高架線《こうかせん》を建設《けんせつ》した鉄道省《てつどうしょう》に責《せ》めつけた。鉄道省《てつどうしょう》は警察《けいさつ》に注告《ちゅうこく》した。すると、警察《けいさつ》は町《まち》を憐《あわ》れむよりも、此《こ》の都会《とかい》の田虫《たむし》のような浮浪人《ふろうにん》を憐《あわ》れんだ。浮浪人達《ふろうにんたち》は、北風《きたかぜ》が吹《ふ》けば柱《はしら》を背《せ》にして南《みなみ》を向《む》いた。南《みなみ》の町《まち》が雑閙《ざっとう》すると、顔《かお》をそ向《む》けて北《きた》に回《まわ》った。彼《かれ》らは柱《はしら》を中心《ちゅうしん》に絶《た》えず生活《せいかつ》を移動《いどう》させながら、日々《ひび》黙《だま》って暮《くら》していた。食物《しょくもつ》がなくなると、浮浪人《ふろうにん》の中《うち》の若者《わかもの》は魚《さかな》や香物《こうのもの》を町《まち》から両手《りょうて》に持《も》って来《き》て、老人《ろうじん》や子供《こども》に分《わ》けてくれるのだ。ここでは飢《う》えるものは誰《だれ》もなかった。働《はたら》いて食《く》うものは一番馬鹿《ばんばか》な人間《にんげん》だと思《おも》っているかのように、ただ彼《かれ》らは動《うご》かないだけであった。朝《あさ》になって、近《ちか》くに見《み》える職業紹介所《しょくぎょうしょうかいじょ》に並《なら》んだ労働者《ろうどうしゃ》の群《むれ》を眺《なが》めていても、動《うご》き出《だ》すものは一人《ひとり》もなかった。夕暮《ゆうぐれ》になって、靄《もや》のかかった鳥居《とりい》の下《した》を緋鯉《ひごい》のように泳《およ》ぎ出《だ》す芸者達《げいしゃたち》の群《むれ》を見《み》ていても、洞穴《ほらあな》の中《なか》は静《しず》まっていた。しかし彼《かれ》らは、夜警《やけい》の傴僂《せむし》の高助《たかすけ》だけは、恐《おそ》れねばならなかった。彼《かれ》は用《よう》もないのに出《で》て来《く》ると竹《たけ》で地《じ》べたを叩《たた》きながら、怒鳴《どな》り立《た》てるのだ。浮浪人《ふろうにん》は高助《たかすけ》を恐《おそ》れるよりも、高助《たかすけ》の連《つ》れて来《く》る警官《けいかん》が恐《こわ》いのだ。

昼《ひる》になると、此《こ》の静《しず》かな洞穴《ほらあな》を中心《ちゅうしん》にして、上《うえ》と下《した》との世界《せかい》は最《もっと》も活動《かつどう》を続《つづ》け出《だ》す。上《うえ》は高《こう》架線《かせん》の作業場《さぎょうじょう》で下《した》は地下線《ちかせん》の作業場《さぎょうじょう》だ。高架線《こうかせん》では、数台《すうだい》のコンクリート混合機《こんごうき》が砂利《じゃり》と砂《すな》とセメントを食《く》いながら、絶《た》えずねばねばしたコンクリートを吐《は》き出《だ》した。一輪車《りんしゃ》のネコトロが樽《たる》と樽《たる》との山《やま》の間《あいだ》を、縦横《じゅうおう》に辷《すべ》っていく。セメント銃《ガン》が漆喰《しっくい》の窪《くぼ》みを狙《ねら》って、コンクリートを吹《ふ》きつける。杭打《くいう》ちの煤煙《ばいえん》とセメントの粉《こな》が、追《お》っ駈《か》け合《あ》って渦《うず》を巻《ま》く。圧搾機《あっさくき》のモーターの爆音《ばくおん》と、リベッティングの釘打《くぎう》ちと、投《な》げつけられる鉄材《てつざい》と、——攻《せ》め上《あが》って来《く》る音響《おんきょう》の中《なか》で、起重機《きじゅうき》の翼《つばさ》が悠々《ゆうゆう》と回転《かいてん》する。

踏切番《ふみきりばん》の保市《ほいち》は踏切《ふみきり》の箱《はこ》の中《なか》から、起重機《きじゅうき》の回《まわ》る翼《つばさ》を見《み》る度《たび》に、じりじり首《くび》を斬《き》られるような思《おも》いがした。

「いやな奴《やつ》じゃ、あ奴《やつ》は魔物《まもの》じゃ。」

或《あ》る日《ひ》、保市《ほいち》は高架線《こうかせん》を見上《みあ》げながら高助《たかすけ》に云《い》った。

「お前さん、首《くび》になったら、どこ行《ゆ》きだ。」

「俺《おら》ア、首《くび》になんぞならねえや。」

「ならねえたって、お前《まえ》、あれが出来《でき》りゃ、お前《まえ》も俺《おら》もいられめえ。」

「ならねえ、ならねえ。」

亀《かめ》のように傴僂《せむし》を張《は》ると急《きゅう》に高助《たかすけ》は歩《ある》き出《だ》した。が、またくるりと回《まわ》って戻《もど》って来《く》ると、

「ならねえぞ。」

「ならねえたって、考《かんが》えて見《み》な。線《せん》が出来《でき》りゃ、お前《まえ》も俺《おら》もおけらじゃねえか。」

高助《たかすけ》は瘤《こぶ》の下《した》から起重機《きじゅうき》の羽根《はね》を見上《みあ》げたまま、黙《だま》り出《だ》した。彼《かれ》は線《せん》が出来《でき》ればどうして首《くび》になるのか、幾《いく》ら考《かんが》えても分《わか》らなかった。

その夜《よ》、彼《かれ》は一眠《ひとねむ》りしてから夜警《やけい》に出《で》た。月《つき》が面丁《めんてい》にあたり出《だ》すと、ふと、昼間《ひるま》保市《ほいち》に云《い》われた言葉《ことば》を思《おも》い出《だ》した。——待《ま》てよ、線《せん》が出来《でき》ると、首《くび》になる、と——

彼《かれ》はまた急《いそ》いで踏切《ふみき》りへ出《で》かけていって、箱《はこ》の中《なか》へ首《くび》を突《つ》っ込《こ》むと云《い》った。

「おい、首《くび》にゃ、ならねえぞ。」

箱《はこ》の中《なか》では、保市《ほいち》は丁度喘息《ちょうどぜんそく》の発作《ほっさ》が起《おこ》って咳《せ》き込《こ》んでいるときであった。高助《たかすけ》はぼんやりしたまま長《なが》く延《の》びて慄《ふる》えている保市《ほいち》の咽喉《のど》を眺《なが》めていた。すると、急《きゅう》に自分《じぶん》の息《いき》も詰《つま》って来《き》た。

「おッ、これや。」

と彼《かれ》は云《い》うと、箱《はこ》から顔《かお》をひっ込めた。が、迫《せま》って来《く》る保市《ほいち》の咳《せき》が背中《せなか》へ乗《の》り移《うつ》って来《き》た。

彼《かれ》は片手《かたて》で箱《はこ》の戸《と》を摑《つか》んだまま、最初《さいしょ》の咳《せき》を喰《く》い留《と》めようとして延《の》びたり縮《ちぢ》んだりし始《はじ》めた。

彼《かれ》は周章《しゅうしょう》して湯呑《ゆのみ》を探《さが》した。と、とうとう引《ひ》き摺《ず》り込《こ》まれて彼《かれ》も一緒《いっしょ》に咳《せ》き出《だ》した。二人《ふたり》は暫《しばら》くお辞儀《じぎ》の稽古《けいこ》をしているように頭《あたま》を擦《す》り合《あわ》しては、離《はな》れていた。ぜいぜい鳴《な》る咽喉《のど》の笛《ふえ》が、一方《いっぽう》が停《とま》ると、また一方《いっぽう》が鳴《な》り出《だ》した。保市《ほいち》は高助《たかすけ》の背中《せなか》の瘤《こぶ》を抱《だ》きかかえた。高助《たかすけ》は、突《つ》きかかるように頭《あたま》を保市《ほいち》の腹《はら》へくっつけた。保市《ほいち》は湯呑《ゆのみ》に湯《ゆ》を注《つ》ぐとぶるぶる慄《ふる》えながら、高助《たかすけ》の口《くち》の傍《そば》へ持《も》っていった。

「飲《の》めよ、飲《の》めよ。」

云《い》っているうちに、波《なみ》を打《う》ち出《だ》した高助《たかすけ》の瘤《こぶ》に突《つ》き上《あ》げられて、湯《ゆ》はこぼれた。高助《たかすけ》は保市《ほいち》の胴《どう》に抱《だ》きついたまま、

「水《みず》、水《みず》、」とうなり出《だ》した。保市《ほいち》はまた湯呑《ゆのみ》に湯《ゆ》を注《つ》ぎかけようとすると、今度《こんど》は自分《じぶん》がやられて揺《ゆ》れ始《はじ》めた。彼《かれ》は横《よこ》に羽目板《はめいた》へ頭《あたま》を擦《す》りつけながら、俯伏《うつぶ》せになろうとして、腹《はら》の上《うえ》の高助《たかすけ》を蹴《け》りつけた。高助《たかすけ》は保市《ほいち》の腹《はら》の上《うえ》から辷《すべ》り出《だ》すと、蹲《しゃが》み込《こ》んだまま、椅子《いす》の足《あし》を抱《だ》きかかえた。

保市《ほいち》は高助《たかすけ》の瘤《こぶ》を踏台《ふみだい》のように踏《ふ》みつけながら、椅子《いす》の上《うえ》へ円《まる》くなった。二人《ふたり》は一つの椅子《いす》を中心《ちゅうしん》に下《した》と上《うえ》とでかわるがわる咳《せ》き続《つづ》けた。ぶくぶく二つの背中《せなか》が波《なみ》を打《う》った。咽喉《のど》が伸縮《しんしゅく》しながら、絞《しぼ》るように、鳴《な》り続《つづ》けた。すると、急《きゅう》に高助《たかすけ》は激《はげ》しく襲《おそ》って来《き》た咳《せき》に揺《ゆ》られて、立《た》ち上《あが》った。椅子《いす》の上《うえ》の保市《ほいち》の腰《こし》が、高助《たかすけ》の頭《あたま》に突《つ》き上《あ》げられた。保市《ほいち》の身体《からだ》が、椅子《いす》と一緒《いっしょ》

に床《ゆか》の上《うえ》に転《ころ》がった。薬缶《やかん》が火鉢《ひばち》の上《うえ》で顛覆《てんぷく》した。灰《はい》が箱《はこ》の天井《てんじょう》を突《つ》き抜《ぬ》くように、舞《ま》い上《あが》った。高助《たかすけ》と保市《ほいち》はまた同時《どうじ》に灰《はい》の中《なか》で、咳《せ》き出《だ》した。二人《ふたり》は箱《はこ》の入口《いりぐち》へもたれかかったまま背《せ》中《なか》を互《たがい》に撫《な》で合《あ》った。しかし、それでも二人《ふたり》の咳《せき》はとまらなかった。二人《ふたり》はいつの間《ま》にかまた別々《べつべつ》に放《はな》れると、地面《じめん》にへばりついて咳《せ》き始《はじ》めた。

間《ま》もなく、保市《ほいち》は鎖《くさり》の傍《そば》まで這《は》い寄《よ》って、ウィンチを解《と》き出《だ》した。貨物列車《かもつれっしゃ》が真黒《まっくろ》な塊《かたまり》のまま頭《あたま》の上《うえ》を飛《と》びぬけた。暴風《あらし》のような音響《おんきょう》が遠《とお》ざかるに従《したが》い、その後《あと》から、また保市《ほいち》と高助《たかすけ》の咳《せき》が、盛《も》り上《あが》って来《き》た。

二人《ふたり》の発作《ほっさ》が停止《ていし》したのはそれから二十分《ぷん》もしてからだった。汗《あせ》に濡《ぬ》れた顔面《がんめん》に灰《はい》を浴《あ》びたまま、まだかすかに鳴《な》る咽喉《のど》の笛《ふえ》を聞《き》いているかのように、どちらも首《くび》を垂《た》れて黙《だま》っていた。

高助《たかすけ》はまたこれから夜警《やけい》に回《まわ》らねばならぬのだ——

「俺《おれ》も、もう直《じ》きに死《し》ぬだ。」と彼《かれ》は云《い》うと、自分《じぶん》の小屋《こや》の方《ほう》へ歩《ある》き出《だ》した。

高架線《こうかせん》が出来上《できあが》ると浮浪人《ふろうにん》がいなくなる。浮浪人《ふろうにん》がいなくなれば、高助《たかすけ》に用《よう》はない。何《な》ぜ用《よう》がなくなるのか。此《こ》の簡単《かんたん》なことが高助《たかすけ》に分《わか》ったのは、それから一週間《しゅうかん》もしてからだった。彼《かれ》は町《まち》の酒屋《さかや》の番頭《ばんとう》から説明《せつめい》を訊《き》いたのだ。その夜《よ》、高助《たかすけ》は夜警小屋《やけいごや》の中《なか》で毛布《もうふ》を冠《かぶ》ったまま、算術《さんじゅつ》を考《かん》えるように考《かんが》え出《だ》した。すると、だんだん浮浪人《ふろうにん》に養《やしな》われているのは、「俺《おれ》」だと云《い》うことになって来《き》た。彼《かれ》は毛布《もうふ》の中《なか》でいきなり唾《つば》を吐《は》き出《だ》した。が、無闇《むやみ》に悲《かな》しくなると飛《と》び起《お》きて保市《ほいち》の所《ところ》へ出《で》かけていった。

保市《ほいち》は地面《じめん》にべったり顔《かお》をくっつけながら、板《いた》の隙間《すきま》から地下《ちか》鉄道《てつどう》の作業場《さぎょうじょう》を覗《のぞ》いていた。高助《たかすけ》は保市《ほいち》の高《たか》く尖《とが》った今《いま》にも咳《せ》き出《だ》しそうな桃尻《ももじり》を見《み》つけると、何《なに》も云《い》うことが出来《でき》なくなった。そのまま保市《ほいち》の傍《そば》へ蹲《しゃが》み込《こ》むと、彼《かれ》も一緒《しょ》に穴《あな》の底《そこ》を覗《のぞ》き出した。穴《あな》の中《なか》では、露出《ろしゅつ》した埋設物《まいせつぶつ》の鉄管《てっかん》が、肋骨《あばら》のように絡《から》まり合《あ》ってじいじい音《おと》を立《た》てていた。泥水《どろみず》の湧《わ》き上《あが》って来《く》る下《した》の方《ほう》では、黒々《くろぐろ》とした古《ふる》い土《つち》の断面《だんめん》の縞《しま》の中《なか》で、手足《てあし》を壊《こわ》された骸骨《がいこつ》の頭《あたま》が半面《はんめん》を仰向《あおむ》けたまま、静《しず》まっていた。

「今日《きょう》はこれで五つも出《で》た。あれは墓《はか》だとさ。」と保市《ほいち》は云《い》った。

「墓《はか》か。」

墓《はか》なら興味《きょうみ》がないと云《い》うように高助《たかすけ》は立《た》ち上《あが》った、しかし、保市《ほいち》は蹲《しゃが》み込《こ》んだまま、

「見《み》ろってよ、お前《めえ》、あの墓《はか》から小判《こばん》が十三枚《まいと》飛《で》び出たそうだよ。」

「小判《こばん》か。」と云《い》うと、高助《たかすけ》はまた急《いそ》いで穴《あな》の中《なか》を覗《のぞ》き込《こ》んだ。彼《かれ》はよく見《み》える板《いた》の隙間《すきま》を取《と》ろうとして保市《ほいち》の頭《あたま》をぐんぐん隅《すみ》へ押《お》しつけた。二人《ふたり》の口《くち》から吐《は》き出《だ》す息《いき》が湯気《ゆげ》になって、板《いた》の木目《もくめ》の上《うえ》から跳《は》ね返《かえ》って来《き》た。

「小判《こばん》はねえじゃねえか。」と高助《たかすけ》は云《い》った。

「ねえさお前《まえ》、今頃《いまごろ》ありゃ、俺《おれ》だってとっちまアな。」

高助《たかすけ》は不平《ふへい》そうに立《た》ち上《あが》ると、暫《しばら》く空《から》の起重機《きじゅうき》の姿《すがた》を眺《なが》めていた。

「お前《まえ》は首《くび》にならねえのか。」と突然《とつぜん》高助《たかすけ》は云《い》い出《だ》した。

保市《ほいち》はのろのろ起《お》き上《あが》って膝《ひざ》の塵《ちり》を払《はら》いながら、

「しょうがねえさ、首《くび》にならねえたって、此《こ》の年《とし》じゃ、知《し》れてらァな。」

保市《ほいち》が箱《はこ》の中《なか》へ這入《はい》ろうとすると、高助《たかすけ》はそのまま真直《まっす》ぐに自分《じぶん》の小屋《こや》の方《ほう》へ戻《もど》っていった。

彼《かれ》は歩《ある》きながら、雲《くも》を呼《よ》ぶように小屋《こや》から放逐《ほうちく》される日《ひ》の幻想《げんそう》ばかりを呼《よ》び集《あつ》めた。彼《かれ》は通《とお》りかかった町《まち》の男《おとこ》を見《み》ると、ひょこりと頭《あたま》を下《さ》げて笑《わら》いかけた。洞穴《ほらあな》の前《まえ》まで来《く》ると、その暗《くら》い洞《ほら》は、いつもと違《ちが》って俄《にわか》に大《おお》きく、新《あたら》しく見《み》え始《はじ》めた。

彼《かれ》は中《なか》へ這入《はい》ってみた。ぼろぼろに錆《さ》びたトタンを立《た》て回《まわ》した中《なか》で、四五人《にん》の浮浪人《ふろうにん》が首《くび》を集《あつ》めて蹲《しゃが》んでいた。セメントのくっついた古《ふる》い機械《きかい》の間《あいだ》で、モルヒネ患者《かんじゃ》が慄《ふる》えていた。高助《たかすけ》は柱《はしら》に手《て》をつきながら奥《おく》の方《ほう》へ回《まわ》ってみた。草《くさ》のように茫々《ぼうぼう》と繁《しげ》った頭髪《とうはつ》のより集《あつま》っている中《なか》で、魚《さかな》の骨《ほね》を舐《な》めている女《おんな》の児《こ》の唇《くちびる》が、ときどき街路《がいろ》から輝《かがや》く自動車《じどうしゃ》のヘッドライトに浮《う》き上《あが》った。材木《ざいもく》だと思《おも》って乗《の》ると、古下駄《ふるげた》の山《やま》が、崩《くず》れ出《だ》した。高助《たかすけ》は洞穴《ほらあな》の中《なか》の顔《かお》が自分《じぶん》を見上《みあ》げながら、いつものように柔順《じゅうじゅん》に警戒《けいかい》している空気《くうき》を感《かん》じると、愉快《ゆかい》になった、と、不意《ふい》に、彼《かれ》の足《あし》へ、ぶくぶく膨《ふく》れた腕《うで》が巻《ま》きついた。

「これや、放《はな》せ、放《はな》せ、」と彼《かれ》は云《い》った。

膝《ひざ》へ擦《す》りよせて来《く》る顔《かお》が生温《なまあたたか》く鰻《うなぎ》のように昇《のぼ》って来《き》た。高助《たかすけ》は足《あし》をあげながら、柱《はしら》の間《あいだ》で傾《かたむ》くと、身体《からだ》がだんだん、低《ひく》くなった。彼《かれ》は彼《かれ》を下《した》へ引《ひ》き摺《ず》り降《お》ろそうとする相手《あいて》の頭《あたま》を圧《おさ》えながらばたばたした。足《あし》の間《あいだ》で鞍《くら》のように盛《も》り上《あが》って来《く》る顔《かお》が、しつこく彼《かれ》の手首《てくび》を舐《な》め始《はじ》めた。彼《かれ》は動《うご》きとまると、相手《あいて》の顔《かお》を覗《のぞ》いてみた。が、いつまで待《ま》っても射《さ》し込《こ》まぬヘッドライトにいらいらし出《だ》すと、マッチを擦《す》った。明《あか》るくなった足《あし》の下《した》から、眼脂《めやに》を溜《ため》てにたにた笑《わら》っている女《おんな》の顔《かお》が、舌《した》を出《だ》したまま、延《の》び上《あが》って来《き》た。高助《たかすけ》は瘤《こぶ》をぴったり鉄《てつ》の柱《はしら》へくっつけると、肩《かた》を縮《ちぢ》めた。破《やぶ》れた着物《きもの》の裾《すそ》から投《な》げ出《だ》された女《おんな》の足《あし》が、穢《あか》の擦《す》り落《お》ちた皮膚《ひふ》の部分《ぶぶん》を鱗《うろこ》のように生白《なまじろ》く浮《う》き上《あが》らせ、じりじり高助《たかすけ》の方《ほう》へ動《うご》いて来《き》た。高助《たかすけ》の首《くび》は夜警《やけい》の体面《たいめん》を忘《わす》れて女《おんな》の足《あし》と一緒《いっしょ》に延《の》び始《はじ》めたが、指《ゆび》もとまで燃《も》え上《あが》って来《き》たマッチの火《ひ》に手《て》を焼《や》かれると、彼《かれ》は狼狽《うろた》えて叫《さけ》び出《だ》した。

「これや、お倉《くら》、放《はな》せ、放《はな》さんか。」

高助《たかすけ》は足踏《あしぶ》みしながら漸《ようや》く女《おんな》から放《はな》れると、洞穴《ほらあな》の入口《いりぐち》まで逃《に》げ出《で》て来《き》た。彼《かれ》はそこで、苦《くる》しそうに息《いき》を吐《は》き出《だ》しながら、更《あらた》めて洞《ほら》の奥《おく》の方《ほう》を覗《のぞ》いてみた。

「あ奴《やつ》は、蛇《へび》じゃ、」と暫《しばら》くしてから彼《かれ》は云《い》うと、急《きゅう》ににこにこして小屋《こや》の方《ほう》へ戻《もど》っていった。

洞《ほら》の中《なか》では、職業紹介所《しょくぎょうしょうかいじょ》からあぶれて来《き》た老人連《ろうじんれん》が、だんだん多《おお》くなって来《き》た。しかし、浮浪人《ふろうにん》らは仲間《なかま》が増《ま》しても減《へ》っても同《おな》じであった。吹《ふ》き込《こ》んで来《く》る煤烟《ばいえん》の中《なか》で、お洒落《しゃれ》は手鏡《てかがみ》を持《も》って笑《わら》いながら終日《しゅうじつじ》自分《ぶん》の顔《かお》を覗《のぞ》いていた。画家《が》は馬《うま》の画《え》ばかり書《か》いて楽《たの》しんだ。モルヒネ注射《ちゅうしゃ》の大工《だいく》はふらふらしながら、針《はり》で腕《うで》を刺《さ》しそこねてはひょろけていた。その間《あいだ》に挟《はさ》まった帽子屋《ぼうしや》の老人《ろうじん》は冷《ひ》える周囲《しゅうい》の漆喰《しっくい》のために、喘息《ぜんそく》を起《おこ》し出《だ》した。しかし、喘息《ぜんそく》は帽子屋《ぼうしや》だけではなかった。後《あと》から混《まじ》って来《き》た老人達《ろうじんたち》は殆《ほとん》ど大半《たいはん》が喘息《ぜんそく》にかかっていた。夜中《よなか》になって、柱《はしら》の隅《すみ》から誰《たれ》か一人《ひとり》が咳《せ》き始《はじ》める。すると、急《きゅう》にあちらこちらの闇《やみ》の中《なか》から、風《かぜ》のように喘息《ぜんそく》が巻《ま》き起《おこ》った。一度《ど》起《おこ》ると、老人達《ろうじんたち》は朝《あさ》の太陽《たいよう》が昇《のぼ》るまで、下《した》の材木《ざいもく》を抱《だ》きかかえて咳《せ》き続《つづ》ける。そうして、漸《ようや》く咳《せ》きがとまった頃《ころ》になると、職業紹介所《しょくぎょうしょうかいじょ》の前《まえ》でひしめき合《あ》う労働者《ろうどうしゃ》の逞《たくま》しい群《むれ》が、鉄柱《てっちゅう》の間《あいだ》から見《み》え始《はじ》める。昨日《きのう》あぶれた洞《ほら》の中《なか》の老人達《ろうじんたち》は今日《きょう》こそと思《おも》って出《で》かけていく。すると、またはじかれて落《お》とされる。落《お》とされた老人達《ろうじんたち》は作業場《さぎょうじょう》の焚火《たきび》の傍《そば》で円陣《えんじん》を作《つく》りながら、ぼんやり若者達《わかものたち》の売《う》れる姿《すがた》を眺《なが》めていた。こうしてそこで落《お》ち合《あ》った老人達《ろうじんたち》は仲間《なかま》となると洞《ほら》の中《なか》へ日々《ひび》新《あたら》しく流《なが》れて来《き》た。だんだん洞《ほら》の中《なか》は老人《ろうじん》で詰《つ》まり出《だ》した。

これらの老人達《ろうじんたち》の頭《あたま》の上《うえ》では、進行《しんこう》する高架線《こうかせん》が一日《にち》に六百樽《たる》のセメントを、呑《の》み込《こ》み出《だ》した。五台《だい》のコンクリート混合機《こんごうき》が、十台《だい》になった。巨大《きょだい》な鉄塊《てっかい》の横腹《よこばら》で絞《し》めつけられるリベットが、終日終夜《しゅうじつしゅうや》火《ひ》を噴《ふ》いた。その下《した》の店々《みせみせ》では、こぼれる火屑《ひくず》で店頭《てんとう》の日覆《ひおおい》を焼《や》かれて町会《ちょうかい》へ訴《うった》えた。掘《ほ》り返《かえ》される道路《どうろ》の悪《わる》さのために、商品《しょうひん》が売《う》れなくなったと云《い》っては、また町会《ちょうかい》に膨《ふく》れて来《き》た。しかし、町会《ちょうかい》では、進行《しんこう》する高架線《こうかせん》と地下線《ちかせん》の動力《どうりょく》を阻止《そし》することは、不可能《ふかのう》であった。いつも、町会《ちょうかい》は鉄道省《てつどうしょう》には負《ま》け続《つづ》けていなければならぬのだ。

或《あ》る日《ひ》、夜警《やけい》の高助《たかすけ》は町会《ちょうかい》から呼《よ》び出《だ》されると、突然《とつぜん》、そのまま首《くび》になった。理由《りゆう》は高架線《こうかせん》の下《した》の浮浪人《ふろうにん》がますます増加《ぞうか》して来《き》たからだと云《い》う。高助《たかすけ》のごとき老人《ろうじん》では、最早《もはや》彼《かれ》らを警戒《けいかい》することが出来《でき》なくなった——高助《たかすけ》は洞《ほら》の中《なか》で増加《ぞうか》して来《き》た老人《ろうじん》の群《むれ》のために、投《な》げ出《だ》されたのと同様《どうよう》であった。

それにしても高助《たかすけ》にはこれはあまりに意外《いがい》だった。高架線《こうかせん》が出来《でき》れば首《くび》にはなろう。しかし、今頃《いまごろ》突然《とつぜん》、彼《あ》の小屋《こや》から投《な》げ出《だ》されようとは——

彼《かれ》は毛布《もうふ》をかかえて外《そと》へ出《で》ることだけは、漸《ようや》く分《わか》った。彼《かれ》は保市《ほいち》のいる箱《はこ》の前《まえ》へ来《き》た。が、彼《かれ》を見《み》ると、急《きゅう》に保市《ほいち》の姿《すがた》が豪《えら》く見《み》え出《だ》した。彼《かれ》は保市《ほいち》には黙《だま》って箱《はこ》の前《まえ》を通《とお》り過《す》ぎると、職《しょく》業紹介所《ぎょうしょうかいじょ》の前《まえ》へ来《き》た。しかし、そこには馬《うま》が一疋《ぴき》、曇《くも》り日《び》の下《した》で静《しず》かに首《くび》を垂《た》れているだけだった。高助《たかすけ》は暫《しばら》く、馬《うま》の尻《しり》から落《お》ちる糞《ふん》の重《かさ》なりが、盛《も》り上《あが》ると崩《くず》れる形《かたち》の面白《おもしろ》さに見惚《みと》れながら、ぼんやり下《した》を向《む》いて立《た》っていた。彼《かれ》の後《うしろ》の方《ほう》から騒《さわ》ぐ人声《ひとごえ》が聞《きこ》えて来《き》た。洞《ほら》の中《なか》から出《で》て来《き》た老人《ろうじん》の群《むれ》が、地下《ちか》鉄道《てつどう》の作業場《さぎょうじょう》の上《うえ》から底《そこ》を、重《かさ》なり合《あ》って覗《のぞ》いていた。高助《たかすけ》もその方《ほう》へ歩《ある》いていくと、彼《かれ》らに混《まじ》って下《した》を覗《のぞ》いた。下《した》では高架線《こうかせん》を潜《くぐ》り抜《ぬ》ける地下線《ちかせん》いっぱいに拡《ひろ》がって、瓦斯洩《がすも》れの青い炎《あおほのお》が土《つち》の中《なか》から燃《も》え上《あが》って来《き》た。

「火事《かじ》だ。」と不意《ふい》に高助《たかすけ》は云《い》うと、街《まち》の方《ほう》へ駈《か》け出《だ》した。が、また急《きゅう》に立《た》ち停《どま》ると、彼《かれ》は不服《ふふく》そうにのろのろ老人達《ろうじんたち》の間《あいだ》へ戻《もど》って来《き》た。

一人《ひとり》の老人《ろうじん》は帰《かえ》って来《き》た高助《たかすけ》を見《み》て云《い》った。

「お前《まえ》、あれは小判《こばん》だとさ。」

「小判《こばん》じゃねえ、火事《かじ》だよ。」と一人《ひとり》が云《い》った。

「火事《かじ》だ、火事《かじ》だ、」そう云《い》う声《こえ》の方《ほう》が小判《こばん》を包《つつ》んで、だんだん大《おお》きくなって来《き》た。街路《がいろ》からは群衆《ぐんしゅう》が駆《か》けて来《き》た。穴《あな》の底《そこ》では工夫達《こうふたち》が土《つち》を火《ひ》の上《うえ》へぶっつけた。

高助《たかすけ》は人《ひと》が集《あつ》まれば集《あつ》まるほど、首《くび》を切《き》られた自分《じぶん》を明瞭《めいりょう》に感《かん》じ出《だ》した。彼《かれ》はひとり群衆《ぐんしゅう》から離《はな》れてガードを潜《くぐ》ると、いつのまにかまた自分《じぶん》の小屋《こや》の前《まえ》へ戻《もど》っていた。彼《かれ》は障子《しょうじ》の破《やぶ》れ目《め》から中《なか》を覗《のぞ》いた。中《なか》では自分《じぶん》のかけておいた薬缶《やかん》が、ひとり湯気《ゆげ》をたてて鳴《な》っていた。彼《かれ》は足音《あしおと》を忍《しの》ばせて中《なか》へ這入《はい》ると柱《はしら》にかかった拍子木《ひょうしぎ》を一つ叩《たた》いた、常《つね》とは変《かわ》って俄《にわか》に大《おお》きな音《おと》を立《た》て出《だ》したその拍子木《ひょうしぎ》に驚《おどろ》くかのように、彼《かれ》は周章《あわ》ててそれを柱《はしら》へかけ直《なお》そうとした。すると、その姿勢《しせい》の中《なか》から、彼《かれ》がいつも夜警《やけい》を終《お》えてそうするときに思《おも》い出《だ》す女《おんな》の顔《かお》が――洞《ほら》の中《なか》の女《おんな》の顔《かお》が、足《あし》が、手《て》が、彼《かれ》の首《くび》に絡《から》まりつき、彼《かれ》の手首《てくび》を舐《な》め始《はじ》めた。――お倉《くら》だ。――彼《かれ》が、あの洞《ほら》の闇《やみ》の中《なか》へ這入《はい》ったときにいつの間《ま》にか斬《き》りつけられていた傷口《きずぐち》から、今頃突然《いまごろとつぜん》血《ち》が噴《ふ》き流《なが》れて来《き》たのである。

小屋《こや》の中《なか》から出《で》て来《き》た高助《たかすけ》の顔《かお》は、全《まった》く前《まえ》とは変《かわ》って眉毛《まゆげ》を吊《つ》り上《あ》げながら、生《い》き生《い》きと血《ち》をさして笑《わら》っていた。

その夜《よ》高助《たかすけ》は夜《よ》が更《ふ》けると洞《ほら》の中《なか》へ這入《はい》っていった。彼《かれ》は暫《しばら》く鉄柱《てっちゅう》の影《かげ》に身《み》を潜《ひそ》めたまま、お倉《くら》の居所《いどころ》を索《さぐ》っていた。密集《みっしゅう》している柱《はしら》のために、曲《まが》りくねった鍵型《かぎがた》の廊下《ろうか》のように見《み》える洞《ほら》の中《なか》では、お倉《くら》の姿《すがた》を一目《ひとめ》で探《さが》すことは、困難《こんなん》であった。殊《こと》に洞《ほら》の中《なか》のお倉《くら》の居所《いどころ》は毎夜《まいよ》のように変《かわ》っているのだ。高助《たかすけ》は毛布《もうふ》を被《かぶ》ったまま、手探《てさぐ》りながら眠《ねむ》っている人々《ひとびと》の胸《むね》や手足《てあし》の群《む》れの間《あいだ》を渡《わた》り出《だ》した。いつものように街角《まちかど》から襲《おそ》うヘッドライトが、ときどき見覚《みおぼ》えのある鍋《なべ》の縁《ふち》や古下駄《ふるげた》を浮《う》き上《あ》がらせては、消《き》えていった。高《たか》く積《つ》った板《いた》の上《うえ》に、寝《ね》ている痩《や》せた肋《ろっ》骨《こつ》があると思《おも》うと、急《きゅう》に足《あし》もとで古《ふる》トタンが音《おと》を立《た》てた。びしょびしょ濡《ぬ》れた残飯《ざんぱん》を踏《ふ》みつけると、足《あし》の裏《うら》へひっついた紙片《かみきれ》が、騒《さわ》ぎながら彼《かれ》の後《あと》から追《お》って来《き》た。

高助《たかすけ》は先夜《せんや》彼《かれ》がお倉《くら》に足《あし》をとられた所《ところ》まで這入《はい》って来《く》ると、マッチを擦《す》った。下《した》では、膏薬《こうやく》をはり回《まわ》した老婆《ろうば》の背中《せなか》が、襤褸《ぼろ》の中《なか》から傷口《きずぐち》の肉《にく》を爆《はじ》かせて覗《のぞ》いていた。その傍《そば》に倒《たお》れている画家《がか》とお洒落《しゃれ》の叢《むら》がった髪《かみ》の中《なか》から、鏡《かがみ》の面《おもて》が光《ひか》っていた。股《もも》と股《もも》との間《あいだ》を、鼠《ねずみ》の背中《せなか》が流《なが》れていった。それらの鼠《ねずみ》は前《まえ》から高助《たかすけ》の移動《いどう》につれて追《お》われて来《き》た鼠《ねずみ》の群《むれ》と一つに塊《かたま》ると、組《く》み合《あわ》された膝《ひざ》の垣《かき》や老人《ろうじん》の胸《むね》の間《あいだ》を網《あみ》のように拡《ひろ》がりながら辷《すべ》り出《だ》した。高助《たかすけ》はマッチを擦《す》りかえながら鼠《ねずみ》の後《あと》を追《お》うように奥《おく》の方《ほう》へ忍《しの》んでいった。しかし、彼《かれ》の行《ゆ》くさきざきからは、いくらぐるぐる回《まわ》ってみてもお倉《くら》の姿《すがた》は見《み》えなかった。彼《かれ》は蹲《しゃが》みこむと、その一夜《や》を寝《ね》る自分《じぶん》の場所《ばしょ》を捜《さが》そうとした。すると、遠《とお》くの方《ほう》から、夜警《やけい》の拍子木《ひょうしぎ》の音《おと》が聞《きこ》えて来《き》た。高助《たかすけ》は猟犬《りょうけん》のように、首《くび》を立《た》てた。彼《かれ》は自分《じぶん》と代《かわ》ったその夜警《やけい》の顔《かお》が見《み》たくなった。だが、今頃《いまごろ》洞《ほら》の中《なか》でひとりごそごそ動《うご》いていては、夜警《やけい》に疑《うたが》われるに定《きま》っていた。もし疑《うたが》われて怒鳴《どな》り出《だ》された所《ところ》を見《み》つかれば、お倉《くら》は何《なん》と思《おも》うだろう。――しかし、高助《たかすけ》はいつの間《ま》にか近《ちか》づいては離《はな》れていく拍子木《ひょうしぎ》の音《おと》に調子《ちょうし》を合《あわ》せながら、自分《じぶん》も頭《あたま》を動《うご》かした。

「うむ、あ奴《いつ》は、初《はじ》めてじゃねえ。」

高助《たかすけ》は俄《にわか》に分別《ふんべつ》くさい顔《かお》つきで思案《しあん》に暮《く》れながら、やがて新《あたら》しい夜警《やけい》に飛《と》びつき出《だ》すであろうお倉《くら》の顔《かお》を、考《かんが》えた。

――これや、今夜《こんや》でなくちゃ、――お倉《くら》の奴《やつ》はまだ知《し》りやしめえ。

拍子木《ひょうしぎ》の音《おと》が消《き》えていくと、高助《たかすけ》はまた逆《ぎゃく》に洞《ほら》の中《なか》を回《まわ》り始《はじ》めた。暫《しばら》くすると、彼《かれ》はふとモルヒネ患者《かんじゃ》の顔《かお》を見附《みつ》けて立《た》ち停《どま》った。彼《かれ》は周章《あわ》ててマッチを擦《す》り変《か》えた。と、落《おと》された鳥《とり》の群《む》れのように満《み》ちている襤褸《ぼろ》の中《なか》から、仰向《あおむ》きかかった乳房《ちぶさ》が見《み》えた。お倉《くら》だ。――彼《かれ》は顔《かお》を近々《ちかぢか》とお倉《くら》の傍《そば》へ擦《す》り寄《よ》せた。豊《ゆた》かな乳房《ちぶさ》の間《あいだ》の窪《くぼ》みの中《なか》で、飴色《あめいろ》の微細《びさい》な虫《むし》が行列《ぎょうれつ》を作《つく》って動《うご》いていた。足《あし》は開《ひら》きかかった裾《すそ》の垢《あか》の中《なか》から、毛《け》孔《あな》の縮《ちぢ》んだこぶらの半面《はんめん》を覗《のぞ》かせながら、重《おも》たげに曲《まが》っていた。高助《たかすけ》は毛布《もうふ》を深《ふか》く被《かぶ》り直《なお》して足《あし》で女《おんな》の腰《こし》を踏《ふ》みつけた。女《おんな》は眼《め》を開《あ》けると、また眠《ねむ》った。彼《かれ》は女《おんな》の耳《みみ》をひっぱった。女《おんな》は彼《かれ》の手《て》を払《はら》い除《の》けながら、仰《あお》向《む》きになると、急《きゅう》に血《ち》の込《こ》んだ大《おお》きな眼《め》を開《あ》いて高助《たかすけ》を見《み》詰《つ》め出《だ》した。高助《たかすけ》は女《おんな》の耳《みみ》に口《くち》をよせると小声《こごえ》で云《い》った。

「おい、嫁《よめ》になれよ、嫁《よめ》に、毛布《もうふ》をやるぞ。」

女《おんな》は虫《むし》をつけた胴《どう》のままで、にやにや下《した》から笑《わら》い出《だ》した。高助《たかすけ》は、地《じ》べたが突然《とつぜん》笑《わら》い出《だ》したように感《かん》じると、そのまま闇《やみ》の中《なか》へ沈《しず》み込《こ》んだ。——

しかし、間《ま》もなく、高助《たかすけ》の喘息《ぜんそく》の発作《ほっさ》が、いつの日《ひ》よりも激《はげ》しく襲《おそ》って来《き》た、彼《かれ》は女《おんな》の腹《はら》の上《うえ》へ額《ひたい》を擦《す》りつけながら、うめき出《だ》した。鼻《はな》のさきが、放《はな》れまいとして喰《く》いつく嘴《くちばし》のように、咳《せ》く度《たび》にだんだん深《ふか》く皮膚《ひふ》の中《なか》へ喰《く》い込《こ》んだ。彼《かれ》の片足《かたあし》は傍《そば》のモルヒネ患者《かんじゃ》の懐《ふところ》の中《なか》へ刺《さ》さったまま、腹《はら》を蹴《け》った。手《て》は投《な》げ出《だ》された一本《ぽん》の股《もも》を紋《し》めつけながら、揺《ゆ》れ始《はじ》めた。

高助《たかすけ》の周囲《しゅうい》では、彼《かれ》の咳《せ》きに眼《め》を醒《さ》まして動《うご》き出《だ》す者《もの》が、多《おお》くなった。モルヒネ患者《かんじゃ》は彼《かれ》に蹴《け》られる度《たび》に、腰《こし》を躍《おど》らせて慄《ふる》えていた。それを中心《ちゅうしん》に、その周囲《しゅうい》の者《もの》らは起《お》き上《あが》ったり、座《すわ》ったり、動《ど》揺《よ》めきの波《なみ》を漸次《ぜんじ》に次《つぎ》の波《なみ》に伝《つた》えながら、柱《はしら》を回《まわ》って拡《ひろ》がり出《だ》した。あちらこちらの老人達《ろうじんたち》の群《む》れの中《なか》から、また新《あたら》しく咳《せ》き出《だ》す者《もの》が、続出《ぞくしゅつ》した。初《はじ》めはそれは共通《きょうつう》した巨大《きょだい》な器官《きかん》から噴《は》き出《だ》す噴出物《ふんしゅつぶつ》であるかのように、合唱《がっしょう》しながら、一連《れん》の咳《せ》きが停《とま》ると、また一連《れん》の咳《せ》きが、舞《ま》い上《あが》った。と、それらの咳《せ》きの中心《ちゅうしん》は気圧《きあつ》のように追《お》っ駈《か》け合《あ》い、絡《から》まり合《あ》い、だんだん高調《こうちょう》に達《たっ》すると、乱発《らんぱつ》しながら、崩《くず》れ出《だ》した。転《ころ》がるもの、這《は》い出《だ》すもの、抱《だ》き合《あ》うもの、——ざわめき立《た》った洞《ほら》の中《なか》では、鍋《なべ》が飛《と》んだ。草履《ぞうり》が柱《はしら》から柱《はしら》へ叩《たた》きつけられながら、渡《わた》っていった。

高助《たかすけ》は洞《ほら》の中《なか》の騒《さわ》ぎを感《かん》じると、逃《に》げ出《だ》そうとして立《た》ち上《あが》った。しかし、柱《はしら》を放《はな》れると、忽《たちま》ち横《よこ》たわっている身体《からだ》に足《あし》をとられて、投《な》げ出《だ》された。彼《かれ》は見《み》えない膝《ひざ》と膝《ひざ》との間《あいだ》へ頭《あたま》をつっ込《こ》んだまま、咳《せ》き続《つづ》けた。周囲《しゅうい》の足《あし》が、彼《かれ》の身体《からだ》を突《つ》き合《あ》い出《だ》した。骨《ほね》だらけの足《あし》と足《あし》との波《なみ》の中《なか》で高助《たかすけ》の背中《せなか》の瘤《こぶ》が浮《う》いたり沈《しず》んだりして、のた打《う》った。彼《かれ》は頭《あたま》をシャベルのように床《ゆか》につけると、乱《みだ》れた足《あし》や汚物《おぶつ》を掬《すく》いながら、這《は》い回《まわ》った。残飯《ざんぱん》が擦《す》り剝《は》げた顔《かお》に、べたべたへばりついた。扁平《へんぺい》な乾物《ひもの》になった鼠《ねずみ》の死骸《しがい》の牙《きば》が、彼《かれ》の頭《あたま》にひっかかって来《き》た。しかし、彼《かれ》はもう息《いき》が切《き》れそうであった。咳《せ》き出《だ》すものも尽《つ》きたかのように、腹《はら》の皮《かわ》は痙攣《けいれん》したまま、動《うご》かなかった。彼《かれ》は古下駄《ふるげた》の積《つ》み上《あが》った中《なか》へ顔《かお》をくっつけると、両手《りょうて》で穴《あな》を掘《ほ》り始《はじ》めた。しゃくり上《あ》げる度《たび》に、咳《せき》に代《かわ》って血《ち》が咽喉《のど》から噴《ふ》き出《で》て来《き》た。彼《かれ》は彼自身《かれじしん》の血《ち》の後《あと》を追《お》うように頭《あたま》をますます深《ふか》く、掘《ほ》り下《さ》げた下駄《げた》の穴《あな》の中《なか》へ突《つ》っ込《こ》んだ。と、穴《あな》の底《そこ》から、輝《かがや》いた海《うみ》や花《はな》や帆船《はんせん》が現《あらわ》れ出《だ》すと最後《さいご》に、巨大《きょだい》な赤貝《あかがい》が天空《てんくう》のように浮《う》き出《で》て来《き》た。「南無《なむ》、南無《なむ》、南無《なむ》、」と彼《かれ》は呟《つぶや》いた。すると、彼《かれ》の身体《からだ》はその中《なか》へ辷《すべ》るように流《なが》れ込《こ》むと、彼《かれ》は下界《げかい》を足《あし》で蹴《け》りつけた。

初出　『中央公論』二月号、中央公論社、一九三〇年

底本　『横光利一全集』第三巻、河出書房新社、一九八一年

＊1——傴僂：背骨が曲がって弓なりになっている病気。

横光利一（よこみつ・りいち）一八九八（明治三一）～一九四七（昭和二二）年　福島県生まれ。早稲田大学中退。一九二四年に川端康成、片岡鉄兵、中河与一らと『文芸時代』を創刊し、新感覚派の筆頭として活躍する。プロレタリア文学派とは形式主義論争で激しく戦う。一九三五年に発表された評論「純粋小説論」は大きな反響を呼んだ。翌年に欧州旅行にでかけ大作『旅愁』に着手するが、この辺りを転機に国粋主義的な作風に傾斜する。「日輪」「蠅」「機械」『上海』など代表作多数。

第三部　女性にとって革命とはなにか?

［小説］

殴る

平林たい子

一

日露戦争が始まろうとする頃であった。

十月がすぎると藁の上に雪が降った。白樺の幹は目立たなくなった。こまかい枝から塩の様な雪がさらさら辷り落ちた。空一面灰色の雪が落ちて来た。地面に近くなると塩の様に白くなって落ちた。屋根の庇《ひさし》は重くなったせき板の隙間からきらきらの様に光って吹き込んだ。重くなった屋根の下にしめった炬燵があった。爪に黒い垢をためて、馬鈴薯のこおるのを心配しながら冬を越さなければならなかった。

藁の髯の被った雪靴は軒下に脱ぎ飛ばしてあった。大きなのが四つ小さなのが六つあった。一つは雪の中にたおれ、一つは籾殻《もみがら》の山の上にほうってあった。その上によくこおった雪がさらさら積った。

父は頭のてっぺんまでよく禿げて酒を呑んだ。赤土の崖の様に赤い皮膚が額まで辷り落ちていた。松造と言った。冷い縁側に坐って背を曲げた。雪の中へうすい手洟《てばな》を飛ばした。子供の方へ首を回し、黒目をよせて睨んだ。それにはこちらを見るなという意味があった。子供等はいじけて、乾飯《ほしいい》を頬ばって体をよじった。三人ともそういうわざを知って居た。炬燵の中で爪の伸びた足がふれ合った。

夏納屋の前の蓆で乾して保存しておいた乾飯は鶏の糞の香がした。もみじの様な鶏の足がはこんだ泥もまじっていた。泥は、黒砂糖をまぜて噛む時には判別出来なかった。

父は右手で縁の下の藁をがさがさ分けた。鉈《なた》で薪と一緒に切りとった指は一と節足りない所から爪が出ていた。それが鳶口の様に伸びていた。

そこにもこまかい雪が吹きよせていた。それを分けると、手製の酒の甕《かめ》の蓋が破れる。白い煙の様な息を鼻毛の中から吐いた。隠しておいた酒甕を縁の上まで引摺り上げた。酒は買えば高いものだ。米を糀屋《こうじや》で甘酒をつくると言って糀と取り換えて来れば手数だけでうまい酒が出来る。役人に見つかる。そんな事は千度に一度もきいた事がない事だ。雪がふれば米の飯より必要な酒だ。

子供らは、学校から持って帰った本の表紙に鉛筆で冗書《むだがき》をして、炬燵布団の上に乾飯をぼろぼろこぼした。父は冷たい甕の縁をとって炬燵の側まで持って来た。また立って行って雪の中に水の様な手洟を飛ばした。

子供らは黒砂糖がなくなって我にかえった時またいつもの事が始っているのに気がついた。鳶口の様な爪のある手が母の耳のところに打ち下された。雪やけの皮膚の上で、皮の厚い父の掌の思いきり乾いた音がした。つづけて音がした。

母の細い腰には芯の出た腰紐が食い込んでいた。母は狭い背を懶く動かして松造の体を避けた。表情を忘れた顔で赤土の崖のような父の額を見ている様であった。錆びたランプの吊鉤を見ている様でもあった。父は酔った目を母の下瞼のところに据えた。そして女が自分などを問題にせずに鶏小屋の屋根に落ちる雪の音に耳を澄している様に思った。そして団扇の様にひろげていた掌を握った。そしてなぐった。古い木槌で堤の杭を打ち込む時のビーンと来る手応えがなかった。それが物足りなかった。母が倒れると子供は泣き出した。黒砂糖のついた口で喚いた。父は口のかけた湯呑を子供の方へ投げた。酒になってふやけた糀が蛆《うじ》の様に散った。子供は炬燵を出て更に大声で泣いた。しかし、一番末の四歳の女の子は泣かなかった。低い小鼻を遠くはさんだ二つの目で、下から憎悪をこめて父の鼻の穴を見上げていた。そして何かのはずみにいきなり父の足へ噛みついた。

父の松造ははじめて手が恐しく冷たくなっていた事に気がついた。そして湯呑を拾いあげて酒を酌み出した。雪はさらさら降っていた。子供らの泣く声は家の中にこもった。二人の男の子が泣きやんだ頃に末の女の子は急に割れる様に泣きだした。

二人の男の子は父を恐れた。皆が家の中にあつまってすごす冬が早く過ぎればいいと思った。土間では一日中手洟と俵を編む藁の音がした。子供は手洟の音の聞えない裏口の方の戸口で、遊んだ。味噌桶のかげで、縁から雪の中へ黄色な細い小便をして面白がった。あたたかい小便は雪を黄色に染めて深い穴を穿った。

末の女の子は火のついた様な赤い髪をもつれさせていた。小鼻が殆んど平な顔をしていた。横から見ると二つの上瞼だけが平な顔のおもてに腫れ上っていた。二人の兄に並んでまじまじと父の顔を見ながらよく飯を食った。茶碗を抱く胸がてかてか光って来た。父も何となしにこの髪の赤い子の目が気になる様であった。この子はたしかに父を恐れていなかった。それが何となく気に食わなかった。

新聞にはいよいよ戦争が始ろうとしている事が出た。軍艦の写真も出た。村には新聞をとっている家は幾軒もなかった。しかし軍籍にあるものの所へは足止めが来た。そして村人は戦争を知った。

雪がとけはじめるとあわただしく田の畔に草が生える。凍りあがってとけた畔は崩れた。畔にはいじけたはこべがはみついて生えた。家の中の生活は、畔まで運ばれて行った。青い弱々しいはこべの蔓は少し伸びて行っては根をおろした。そしてまた伸びて行った。

　母は子供を歩ませるのをもどかしく思い、男の兵児帯で背負って行った。女の子は赤い髪で腐った藁の香のする泥をいじった。松造は畔で、母を殴った。手を振上げる時には、堤や堰の所に人が働いている事も忘れてしまった。鳶口の様な爪のある手で鎌をといでいる母をなぐった。かわいた泥がぼろぼろ落ちた。女の子はどうして母が泣かないのだろうかと思った。母は黒い暈《くま》のある目でうすく笑った。そして落ちた櫛を拾ってさした。

　女の子は土の塊を拾って、いきなり父の方へ投げた。土は方角ちがいの、母が鎌をといでいる水たまりの中へ落ちた。父は赤い額の下にある目でじっと女の子を見た。そして田の草の中へ手洟を飛ばした。

　むらむらと胸にこみ上げて来る怒りを待受けている様であった。やがて父の顔がみちて来た怒りの為にぼんやり拡った様に思った。父は近づいて来て拳《こぶし》を振上げた。それが打下された。それきりあとはどうなったかわからなかった。

　白い梨の花が散ると薯《いも》の花が咲いた。皺のある葉がくれに、星の様な花が白くぽっと咲いた。長い梅雨がやって来た。家には金が少しもなかった。売る米もなかった。子供等は紙が買って貰えずに新聞紙を切って習字帳をつくった。その新聞紙さえ家にはなかった。父は少し酸くなった酒を呑んだ。蛆の様に糀の浮いたのを呑んだ。酒の甕の蓋を藁で掩うことも面倒になって来た。蓋には白い黴《かび》が生えた。母は田の水を見に行って濡れてかえって来た。父はそれを待受けていた様に何かぶつぶつ言った。そして着換えようとしてぬれた着物を脱いだ所を二つつづけて殴った。白い皮膚の下がぱっと赤くなった。

戦争は激しくなって来た。一人行き二人行き日の丸の旗で送られて汽車に乗って行った。それが自分達の暮し向とどういう関係があるか、それは誰にもわからなかった。しかし、幾人か戦地へ送っている若者の生命の事を考えるとやはり勝って貰わなければこまると思った。戦地から来る手紙には一つもいい事は書いてなかった。腹いっぱい餅が食いたいとか、脚気で足が立たないとかこんな事が書いてあった。新聞に出て来る様な勇しいものではない事だけが皆にわかった。

八月に入っても雨がふった。梨の実は長い柄のついたまま落ちて来た。稲の穂はあぶなげな白い粉を吹いた。それが花であった。しかし、一番かわいた風が必要な時にじとじと雨が降った。九月に入っても雨がふった。子供等の傘は紙が爛《ただ》れて破れ、骨に黒い黴がはえた。軒からは膿の様に雨垂が落ちた。屋根板のくさる雫《しずく》がまじって濁っている様であった。草はかんざしの足の様にただすうすう伸びた。そして先のところにぽっと痩せた穂を出した。

付近一帯は大阪屋という町の酒造問屋の持地であった。鎌を入れる前に小作料低減の下検分をして貰うことを協議した。刈取ってからは文句を言ったとてそれは聞入れられるものではなかった。消防小頭をやっている男と顔ききの老人とが行くことになった。老人は新しい蓑を着た。小頭は冬のマントを被って行った。松造の家の前にぬかった新道があった。道の両側が稲田であった。軽い穂が雨空を向いてツンツン伸びていた。二人は興奮してそれを指した。泥を蹴って行った。夕暮になっても二人は戻らなかった。新道の稲田の上に霧がおりて一時雨はやんだ。そして暗くなった。

夜になって二人の酔払いが村に戻って来た。マントには泥がついていた。老人は道々いたずらに抜いた穂を指に巻きついてよろけた。公会堂ではランプの真下は油壺のかげだけうす暗かった。そこに皆集って待っていた。二人は肝腎の報告を忘れて帰りに遊廓を覗いた話などを始めた。そしてその間には台所へ立って行って鼻を鳴らして柄杓《ひしやく》で水を呑んだ。便所へ立って行った。瀬戸物を外れて板へ小便の注ぐ音がした。結局用向は果たされなかった。少しの酒でうまく買収されて帰って来たのであった。

父の松造は翌朝庭でその話をきいた。そして無口な彼が今度は自分が行こうと言った。母は父の顔を見た。その心がいかにも見えすいた。父はこまかい女の気持などには気付かずに瓜棚の下へ手洟をかんだ。瓜の掌の様な葉には茶色の星が現れた。それが雨毎にひろがって来た。下った瓜の先からしょぼしょぼ雫が落ちた。いい黄色な酒がごくごくと桝で呑みたいだけ呑める、それが父の行きたい第一の理由に違いなかった。それは買収されに行く様なものであった。

頭の赤い禿はいやしく光って見えた。穂が軽くって皆青息している時に、酒が呑みたさに行く夫、その交渉は不調にきまっている。しかし母はいつものとおりだまっていた。疚《やま》しい父に母のだまっている気持が映った。いきなり節の高い腕が重量をもって母の背に飛んで来た。家の中では子供たちが何か奪い合って喧嘩をしていた。

地主は見に来なかった。黄色に変るべき筈の青い稲は灰色になった。根元はくさり出した。取入れが始った。若い男を戦地にとられて手のない家では桂庵[*1]から旅の者を傭って来た。雨の晴れ間に、都会風に派手な印絆纏が稲叢の間で鮮な紺に見えた。

母は女の子を負って水の薬缶をさげて行った。父は砥石を腰にさげて子供を叱った。

帰りには父は新しい藁を一束さげて来た。新しい糀は黄色な細く裂いた羊毛の様な毛を生やしていた。甕の底を覗き込むと温度のある酵母の香が頬にさわって来る。彼は薄暗くなったあたりを、嗅ぐように顔を突出して見回した。納屋のかげに、笠を冠った男が立って見ていた様に思った。いきなり甕と反対の方へ背を向けて、煙草入を腰から抜こうとした。が、煙草入は向うの縁に忘れて来た。恐る恐る振向くと未だ立っている。同じ姿勢であった。松造は近よって行って見た。それは、自分がかけておいた土もっこであった。甕には新しい藁がかぶった。丈の短い灰色の藁であった。

米は小作料にも足りなかった。唐箕《とうみ》[*2]であおると軽い籾が皆外の俵の口へ踊りだした。独活《うど》の塚の上はしいな[*3]で山になった。

十月が来ると初雪が降った。大きい雪が砕けながら落ちて来て地面で消えた。白樺の剝げかけた白い幹は目立たなくなった。雪がやむと斬り込む様に蓼科おろしが吹きまくった。町へ小遣銭だけの米を売りに出る日和がなかった。父は縁に立って新道を巻いて行く埃の行方を見ていた。そして土の上に手洟を飛ばした。

二

そして醜い女の子は自分がぎん子と呼ばれる女であった事に気付いた。

父に打たれる腰の細い母を見ながら成長した。目と目の間はますます平になり、二つの目頭の間は遠く離れた。耳の下の顎骨は岩の様に突出して来た。恐しくなかった父が恐しくなって来た。男は女を打つ為にうまれ、女は男に打たれる為に生れて来るものかと思った。

世の中が、博多の帯の様な二つの鮮な縦縞に織り分けられているのを見た。明るい糸に織り込まれた人間たちは、家の中にいてにこにこと目尻で笑って小作料の米をはかりにかけた。目方の足りない俵は上り框《がまち》に立って薦の方へ事もなげにほうり投げた。そして膝についた藁塵を気にして細い指で払った。女は男の後にいて次々に赤飯の膳を運んで来さえすればよかった。頬の皮膚の表面だけに薄い皺をよせて笑った。縁の下に股引を履いて立っているのが黒い糸に織り込まれた人間どもであった。それに冷たい風の様な微笑を送ればよかった。言うまでもなく自分達はその黒い糸で織られた縞の一部であった。それは日向と日かげの様な関係でもあった。それは地主と小作人であった。どこまでも並行して行く縞であろうか、と少女は考えたのであった。大樹の日かげにいる様な憂鬱を知った。学校へ行っては暗い廊下で鉛筆を拾った。そして家へ帰って来ると目の爛れた弟に与えて遊んだ。

ある年には堤が切れて洪水が田の上に押流して来た。暗緑色の泥と一緒に、蓼科山の谷から白い斑入《ふいり》の石ころが流れて来た。水が引くと一面花崗岩の磧《かわら》であった。水に浸って黴くさい米は納屋の暗がりに積んでおいた。黒いこおろぎが叺《かます》の下で鳴いた。そこへ差押えが来た。小作料が出せないのは一軒だけではなかった。村中一せいに来た。競売の日どりがきまった。

霜は夜があける前に白く冴えて地面におりた。明月夜の頃であった。公会堂の庭の柳の残り葉は夜どおしばらばらと散った。公魚《わかさぎ》の様に細長い葉であった。梢で風にかわいてばらばらと落ちて来た。裏の桑畑にも吹きよせて来た。桑の枝は三本ずつ藁で結ばれて朝風を梳《す》いて立っていた。執達吏役場の者は自転車に乗ってやって来た。自転車は珍しかった。村は新道にそって勾配の強い屋根を被っていた。父の松造は縁側にかかっている長股引をはいた。母は炬燵に背をふせて咳き込んだ。

米を買いに来た馬方は馬をひいて村の道を行った。あかいたてがみを垂れた駄馬は冷い空気の中に毛の生えた耳を立てた。乾いた地面に落ちた馬の糞は少し砕けた。いきが立昇った。

母は去年うまれた男の子を背負って公会堂へ行った。ぎん子も足袋を履いてついて行った。

米の値を呼ぶ声が起った。それに応じる声があった。

母は妨害する為に負《おぶ》っている子供の尻をつねった。柔い弟の尻をつねる母の指をぎん子は下から見上げた。人々は振向いた。髪の乱れた女の背に泣いている男の子を見ると人々は少し腹を立てた。そして執達吏の呼声の方へ注意を戻した。が、さらに男の子は母につねられて喚いた。執達吏は咽喉に絡んだ痰を払った。

ぎん子は必死になって競売を妨害している母の顔を見た。二筋の縞が走った。米を取上げられた自分達は、今鮮に真黒な糸で織込まれた黒い縞であった。

だが、それは、どこまでも並行して行く縞であろうかと少女はまた考えたのであった。そして、ぎん子は、横合から弟の柔い尻を歯を食いしばってつねった。

母は、妨害の姑息だった事を恥じて足の裏の汚い子を負って行った。

米を積んだ馬は辷った。高い金額の取引で気の荒くなった馬方は馬を綱で殴った。馬は積慣れない米の重味で動けなかった。なぐられる毎に悲しげに小便を出した。しゅっしゅっと悲し気に落した。

ぎん子は弟の紫のあざのある柔い尻が赤黒く腫れたであろう事を思った。そして涙を流した。

疣《いぼ》の様な乳首がふと熱くなる事があった。そして痒くなった。痛くなった。そこで桃の花の様に赤くなった。腫れて来た。

着物の下で芯が出来て来た。それを何となくもてあました。若い男とすれ違うとほのかな毛織物の様な香を覚える年頃になった。しかし、男は女を打つ為に生れて来ているのだ。

白い雲の多い七月になった。長い栗の花がぽたりぽたりと落ちて来て、母はまた孕《みごも》った。太くなった腰には腰紐が食い込まなかった。

瓜棚の父の手洟の飛んでいる所に濁った唾を吐いた。子供等は兄にならって新聞紙を包丁で切って習字帳をとじた。米は騰ったが百姓は苦しかった。騰った米の値段は土用浪の様なものであった。どこかに打突かって高い物価になって打戻って来た。

栗の花は高い梢から白い尾の様に抜けて落ちて来た。動かないむしむしする空気の中で、生気のない人間の顔だけが白っぽく目立つ様な七月であった。

山の際で鉄砲が鳴った。赤土の山膚にこだましてうすい空気の中を横に響いて行った。梨畑の中を股引の足で走って行く男があった。

女達も牝鶏の様に体を振って走った。踏切小屋のトタン屋根の上のあたりで白い煙があがった。煙が散ってから山にこだまする鉄砲の音がした。

米騒動[*4]がこの山間の小駅にも入り込んで来たのであった。線路で礫《こいし》を掘っていた工夫の一《ひと》団《かたま》りが駅から米を載せて来た馬力を遮った。高い米代に苦しみ裸で働いていた工夫らが憤って米問屋の馬力の米に鶴嘴《つるはし》を打込んだのであった。塵埃焼却場付近で暮しを立てている人達も走って来た。俵を引摺りおろした。馬ははね上って大きい歯をむき出した。新聞記事で怯えていた米問屋の若主人がすわと土蔵の二階にかけておいた猟銃を外して射ったのであった。米が買えないのは何人かの命にかかわる問題であった。二台の馬力の米の収益は具体的にはうら盆の、或る丸ぽちゃな土地の芸者の配り物に錦紗の帛紗《ふくさ》*5が添うか添わないかの結果しかもたらさない問題であった。それなのに彼はうろたえて土蔵の二階から鉄砲をうった。弾はうどん屋の軒提灯に飛び込んだ。黄色な、大提灯が波に乗ったように揺れた。馬は軽くなった車を曳いて踊り上った。俵に突刺した鶴嘴の穴から米がこぼれた。玄米は砂の様な音をたててさらさらこぼれ落ちた。女等は、うろたえながらも人に踏みにじられない前にその米を拾うことを忘れる事は出来なかった。ぎん子も埃と一緒に掌で前掛に掬い込んだ。だが、じきに馬鹿馬鹿しく悲しくなった。雀の様に頭数の多い自分等の家族にこの前掛に包み得るだけの米が幾日あるものかと考えた。あの俵数だけの米を奪ったとて一年とあるものかと考えた。その米がなくなった時にはやはりもと通りの欠乏へ、磁石の針が北と南へ落着きたがる様に戻って行くだけだ、と考えた。

保線事務所構内のバラック*6から線路工夫等が子供達を家に残して引いて行かれた。町も村も静かになった。栗の花は白い尾の様に梢から抜けて落ちて来た。塵埃焼却場付近に住む屑拾い一家の主人たちもあとから引かれて行った。裸で下水の樋《とい》を埋めていた土工等もそのあとから引かれて行った。米問屋の土蔵は青い西空に向けて扉をあけた。貯蔵米に風を通す為に、厚い昼の様に扉を外に向けてあけた。静かな初夏の空気を吸い込んだ。磨いた猟銃が二階にかけてあるのが見えた。土蔵の脇の空地には駅から馬力で新しい材木が運ばれて来た。線路わきの草地へ米屋に懲りた米問屋が製糸工場を建てるとのことであった。しかし、夕暮には米も馬力でとどいて来た。

おくれて駆けつけた軍隊は狭い町の真中へ砲車を据えて示威の為に演習をはじめた。白い煙が散ってから山にこだまする銃声が聞えた。村外れの畔できくと何かはいっと胸が轟いた。そして次には憂鬱になった。やはり以前どおりの苦しい百姓であった。深い井戸の底に落ちて手のとどかない青空をのぞむ様な侘しい百姓であった。兵隊は汗と革の香を伴って村の方までやって来た。

すべてが以前どおりの軌道にはまり込んだ。そしてのろのろ動いた。畔ではこべの蔓に米の様な花が咲いた。伸びて行っては根をおろした。母は濁った唾を吐きながら父に殴られた。泥のついた鳶口の様な指を拳の中に握り込んで父は母をなぐった。

ぎん子は、稲荷の森の下をとおって新しく出来た製糸工場へ通った。無数の不幸な娘が、細い歌に合わせて、枠をくるくる繰っていた。絹糸をつくり出す自分等が絹で織った着物をきることが出来ずに、木綿の袖口をびしょびしょに濡らして糸をとった。ぎん子も袖口をぬらして糸をとった。三十円の前借は五円だけ母の産婆の礼になり二十円は借金の戻しに消えた。残りの五円のうちから新しいランプの笠を買って来た。はぜくりかえった新しい笠のランプの下に、六畳の古畳があった。六畳の真中ごろに油壺のかげが薄暗く丸く落ちた。工場から宵に戻ると切れた畳の上で丸いかげが揺れた。ランプを動かして立上った父は縁側で糀を嚙みながら甕の酒を呑んだ。硬化した咽喉笛を酒の過ぎる音がごくりと聞えた。

油壺の形は脂くさい母の産褥《さんじょく》の上までゆれて行ってゆれて戻る。いっそ東京へ行こうかしらん、畳を見つめながらぎん子はふとそう考えた。ぎん子は新聞をかりて来てつづき物を母によんできかした。しかし自分はつづき物などに興味はなかった。都会には勇敢な労働争議などがある。すべて都会の人間の生活は、率直で勇気がある。新聞を読んで家の中を見回し、ぎん子はそう思った。しかし、それは誰にも打明けられない事であった。よし、春になったらどうかして東京へ行こうと考えた。

十月が過ぎると藁の上に雪がふった。こまかい塩の様な雪が、白樺の枝からさらさら辷り落ちた。そして三月がやって来ると塩の様な雪は重い大きな淡雪に変った。鶏は藁を足で掻いて青く縮まった草の芽をつついた。ぎん子は森の下を工場へ通いながら雪のとけるのを待った。地主のある所には小作人が必ずあった。資本家のある都会には必ず労働者があった。そして、それはやはり日向と日陰の関係であり、白い糸と黒い糸とに織り込まれた帯の鮮かな縞目であった。貧乏人のある所には必ず貧乏人の運動が起り得る。——しかし、十八歳にしかならなかったぎん子は東京へ行かなければ明るい生活はあり得られないと考えた。

三

埃で赤く霞んだ東京の街を布の様に皮膚にふれて来る春風が吹いた。風が過ぎると空気はぬるま湯の様に淀んだ。淀んだ空気の中を電車は埃をのせて走って行った。そして走って来た。自動車は辷る様に坂を上った。人の傍を通る時には割れる様なラッパの音を吹き流した。轍《わだち》は埃をまき起した。埃は風にまじって布の様に皮膚にふれて来た。

帯を低く締めたぎん子は自働電話を離れた。手拭をつかんで襟のあたりを拭き、風呂敷包を持ちかえた。交換手募集、見習期間短し、初任給二十一円、判任官登用の途あり。自働電話に立てかけた板にはそう書いてあった。白ペンキは銀色に輝いた。蝸牛《かたつむり》の様に一字一字を辿って行き足許の自働電話の日かげに目を落すと休まるのを感じた。初任給二十一円！　判任官とは裁判所の役の名前の筈だが、と彼女は考えて電車にのった。しかし何となく不安であった。宿屋は何処だろうか、と見回した所に交番があった。彼女は無断で家を出て来たのであった。

——根掘り工事の男等は水道口で鼻を鳴らして水を呑んだ。呑み終ると赤い背中を見せて再び穴の中に飛び降りた。コンクリートミキサーはセメントと砂利をまぜて雷の様に鳴って回った。穴を掘りながら頭の上に聞くと他のすべての音は抹殺された。空気には、他の音が入って来る余地がなかった。耳の中を真黒に塗られた気持であった。それは、無音の真空にいるのと同じであった。光るシャベルで土をすくい、頭の上にほうり投げた。落ちて来るシャベルの先の光るのを見た。土を掬った。頭の上にほうり投げた。――聴覚をつぶされた土工達は自分の手足をばらばらな機械に感じた。渇を覚える時にだけ、前の舗道を走る自動車のラッパを遠い潮鳴りの様に聞いた。目に土塊の入った時にだけ高いビルデングの上の青空を感じた。窓の中の交換手の女を感じた。女は青い顔で黒い胸掛電話機をかけていた。青い顔だな、と思う瞬間に、またもとのばらばらな機械に戻った。コンクリートミキサーだけが音もなく回転している様に見えた。それ程雷の様に喚いて回った。

目立って背の低い土工の磯吉は三十を過ぎていた。土を投げて頭を上げた時に、彼はふと穴の上で女の瞳に突当った。土を掬って再び目を上げた時には彼は女の両顎が耳の下に岩の様に突出しているのを見た。ぎん子は赤くなって中央電話局への道をきいた。彼は聞えずに聞きかえした。目頭の遠い二つの目が瞬いた。彼は吃ってその建物を指した。彼は鶏冠《とさか》の様に赤くなった。彼ははじめて穴の上で翻っていた女の着物の見すぼらしかった事に気付いた。女は田舎者に違いなかった。ミキサーの回転を雷の様に煩く感じた。既にその時には女は礼を言って歩き出した。彼はいつまでも自分の異常に短い背丈を感じ、雷の様な回転を煩く思った。

ぎん子は足袋に埃をのせて出て来た。目のまわりに睡眠不足の黒い枠があった。近づいて来て彼の顔を認めると、赤くなって黒い枠が消えた。彼が女が去ったあとから印絆纏を肩にかけて走って行った。女が、横切る電車を待っていた時に彼は追付いた。半日の労働を放棄したことを彼は悔いはしなかった。……

翌朝下谷万年町の浅草の森に面した駄菓子屋の窓は三十分だけ遅くあいた。女は壁に向いて軍隊毛布をたたみ、男は背中に女を意識して、ズボンを穿き終えた。そして体を女の方へ向けるのに硬ばった。ぎん子と磯吉とは既に夫婦であった。世の中のすべての結婚の習慣と手続とを嘲って夫婦になった。窓は目の下の飯屋の煤煙をゆるい呼吸で吸い込んだ。毛布の毛埃と一緒に男の衣類の蒸れた香を吐き出した。鉄工場の鋲を打つ音と電車の響とを吸い込んで来た。ぎん子は頭を掻きながら、耳かきのついたかんざしを一本買おうと思った。そんな気持になった。ついでに男の足袋を買って来ようと思った。昨日は十日も前の事の様であった。汽車にゆられた一昨日は一ケ月も前のようであった。男は女を打つために生れて来ている。それは、幾重にも青い山脈にかこまれた、山の中の人間どもにしかあてはまらない理屈だったと思った。

一夜で膚が白くなった様に思った。

生活が始った。窓に新しい茶色の七輪を出し赤い渋団扇であおった。柔い桜炭は下の方から華かな火花をあげた。十銭で買って来る焚付け[*7]の袋には「火の母」と書いてあった。火の母とはよく言ったものだ。……自分も母になるのかしらと考えた。もうなっていはしないかと考えた。濡れた手で「火の母」の袋を持ち白い布巾を持つと毒々しい赤がついて来る。

磯吉は五月の日給をためて袴の生地を買って来た。それを、階下の女房が近所で仕立てさして来た。腰に結びつけて見て、小さい手鏡の足をひらいた。一部分ずつ体をうつして見た。気がさして少し笑った。田舎では袴をはいた女が通れば、家の中から駆け出して見たものだ。小鼻が平で二つの目頭の遠いのが少し気になった。

布の様に皮膚に触れて来る春の風が吹きまくった。ぎん子は袴をはいて電話局へ通った。男は土工の亭主を知られては可哀そうだと思った。そして電車が止り切らぬうちに飛降りて作業場へ消えた。コンクリートミキサーは雷の様に回転した。女は窓の中で胸掛電話機を掛ける事を習った。通話器具の名称を覚えた。接続を要求して来る信号ランプをパイロットランプと言った。「パイロット」と覚えるために三日かかった。呼び出す事をオーダーすると言った。田舎のオダという言葉ですぐ覚えた。交換手達は電池くさい交換台の前で唇の先で喋った。交代が来ると高い白天井の下で休んだ。

休憩室まで来るとコンクリートミキサーの響がとどいて来た。それは病院の様な光景であった。しかも肺病院の様な光景であった。女達はなるべく体を動かされぬ様にして電池の香を忘れようとした。張り切った皮膚が艶を失って鮎の死魚の様であった。

電話局長は欧米視察を終えて戻って来た。電気時計を買って来た。交代室に休息している者を集めた。プラチナの鎖をさし渡して欧州に大流行の電気時計を交換台の上に据えることを話した。親時計が一つで、無数の子時計の針を動かす。それを親燕が子燕の巣へ餌を運んで来る様に愛らしいものの如く話した。彼女達は自分のかかわらない事がらになると頻に足を横坐りにした。そして動かした。春さきになると、交換台の下には白いうどんげが咲いて脚気の気味があった。脚気のないものでも板の間へ坐るのはひどかった。聴き手の体が動いて注意が乱れたと見ると、時計の正確な事を言って恩をきせる様に言った。だが、そこには、自分の通話の為に電話交換をやっている女は一人もいなかった。

彼等が彼等の利益の為にやらせる電話交換の為にいい時計をおく事は、彼等の勝手であった。それは少しも交換手と関係ない問題であった。局長は少してれてネクタイにさわった。「新しく雇員になられた方々へ一言訓辞を」と言った。婦人参政権とか何とか世間で喧しい事を言うが、諸君は男子と同等に、立派に行政にたずさわっておられる。諸君は官庁で立派に働いておられる。これこそ実質的な婦人参政権だ、と彼は言った。それは自動車の中から用意して来た言葉の様であった。しかしそれでも交換手の白い顔は散漫に動いた。救われ難い女等だ！　と腹の中で舌打った。

帰りには彼女は夫の仕事場の前をとおった。袴の裾と足袋との間に白く少し足が見える。それが、女学生とちがった感であった。どうしても交換手の感であった。女学生と見せる為に靴をはいている女もあった。小足に歩けば見破られそうな気がした。大足にぎゅっぎゅっと歩いた。しかし、聴話器の金具を頭へはめたあとが、浪の様に庇髪《ひさしがみ》についていた。そこに電話局があるという事は天下周知の事であった。そこから出て来たと思われたくない為に次の停留場まで歩いて乗る女もあった。講談本だけ風呂敷に包んで、「現代」というのだけを高尚らしく手に持った。そこまで歩くと乗換の女学生が沢山立っていた。逃げ込む様にその群に入ってもやはり彼女達と違う所のある事を自分で感じた。袴の紐の締め方をかえてみた。髪の結い方をかえてみた。やはり、麦にまぎれて生える雑草の鬼麦の様に何となく違うところがあった。

三ケ月たった。田舎では、白い栗の花が抜けて落ちて来る頃であった。東京では高い邸の塀の中に白木蓮が咲いた。電話局への往復の道は白くかわいて来た。間借りの窓の下に白い襁褓《おしめ》がヒラヒラ旗の様に掲げられる四月であった。白い雲が月島の海の方へ流れた。彼女は依然として見習であった。白い制服をきて胸掛電話機をかけ、指の腹で信号キイを向うに押した。赤いランプが呼んで来る。青いランプが終話を信号する。赤いランプは消えたかと思うとすぐ次を呼んでついて来た。仕事は完全に一人前だった。初任給二十一円は拝命してからの事であった。見習期間は手当として十三円しか貰えなかった。電車賃が五円かかった。下駄や足袋やクリーム代に六円はかかった。残りの内一円は共済会積立金で、あとの一円は休息時間の餡パン代にも足りなかった。ぎん子は一人で長い間考え、夜店で仮名つきのパンフレットを買って来た。それには働く者と資本家との関係が親切に書いてあった。長い間の疑問がそれで解けた様に思った。うれしかった。更に今一冊買って来た。更にわかって来た様に思った。

交代室には制服と脱ぎかえた着物の戸棚があった。二人の主事補が紫の主事補章を肩から下げて、出勤簿を整理し餡パンを売った。交代室監督という名義で露骨に戸棚の着物の番をした。

ぎん子は交代室をさけて便所の鏡の前に立った。勤務中の女は便所へ行く顔をして鏡の前に来た。聴話機を頭から外し髪についた痕を手でなおした。鏡を覗き込んで懐から紙白粉を出した。ぎん子は傍へ寄って行った。そして見習期間の長い事を話しかけた。女は鏡の中でぎん子の顔を見、強く首肯《うなず》いた。が、申し合わせて昇給願をでも出そうじゃないのと言うとだまってしまった。鏡に顔を近づけ唇を尖らして口紅を塗った。そういう女が多かった。

が失望しなかった。新聞通話は午後三時で終った。相場の電話も午後四時には終った。赤いランプは消えて疣《いぼ》の様に並んだ。ぎん子は、触角の様なプラグをとり記録台を呼んだ。そこに退屈そうに鉛筆を削っている見習に赤い信号を送った。相手もプラグをとり応じた。背を曲げて監督台の方を見た。こちらを向いていたずらそうに笑った。ぎん子は、胸掛電話機の椀の様な口に唇をよせて、見習期間の長いことを言った。相手もそうだと答えた、何とかしようじゃないかと言った。蟻の様な声が答えた。それに満足して監督を気にしてプラグを抜いた。が、やはり話は監督台に通じたのであった。監督台は、そこに坐ってプラグをさしさえすれば、すべての交換手の話が聞きとれる装置になっていた。そこで男の加入者との冗話を取締り、交換手同士の雑談をきいた。紫の主事補章を肩に下げた庇髪の女は腰に手をまいて草履を引摺って来た。歩きながら口をあけて欠伸をした。その口を歪めて庇髪の中を掻いて寄って来た。夜勤に回された。

朝、勤務を終えて寝不足の目で埃の階段に袴の裾を引摺って降りた。もはやコンクリートミキサーが雷の様に回る時間であった。金属製の漏斗《じょうご》に砂利のなだれ込む音が憂鬱であった。脇の下ではニューム*8の弁当箱の中で箸が鳴った。夕暮、埃の町を電車に乗って来た。建物の角を曲ると男らはセメント袋をかついで行った。鉄片の落下を防ぐ金網の下を背を曲げて通った。疲れて、破れた絆纏を着ているのが夫であった。一番背が低かった。

夫婦は月と太陽の様に食いちがった。朝二階へ戻って来ると、皿の上にバットの吸殻があった。白粉の箱をいじってみたことがあった。白い粉が畳にこぼれていた。夫の香を探して歩いた。男は一日休んで夜働く工事場を探しに行った。が下駄の鼻緒を切り蟇口を落してかえって来た。浅草の森に花火があがり、夕暮であった。男は裸になって団扇を探した。凸凹な畳の上を歩いた。袴をはいている女に団扇のありかをきいた。夫のかえりを待って出勤時刻におくれた女が二言三言答えた。いきなり駆けて行って裸で女を殴った。

女は体をよじった。腰の細かった女を思い出した。背の低い男にむかって行こうとしたがふとやめた。

夫婦は月と太陽の様に食いちがった生活をつづけた。二人が顔を合わせるにはどちらかが休まねばならなかった。九月になった。街路樹の葉はひらき切り、澄んだ風がさわさわと終日渡って行った。彼女はやはり見習であった。十三円のうちから休んだ日数だけの金額が少なかった。幾度かよんで手垢のついたパンフレットを人にすすめた。一と晩で読んで来る様な人間は大抵話がわかった。そして長い見習期間に不平を持ち、仲間を誘う事に同意した。が便所の鏡の前に長く立っている様な女には望がなかった。「ええありがと」と言い洗面流しの縁に置いて刷毛を使った。そして戻りには白粉だけを帯にはさんで、それを置忘れて行った。これが、主事補の手を経て苦い感情で彼女に戻って来た。ある日に突然解雇された。「私儀家庭の都合により……」と書かされ、一円紙幣を十三枚受取った。

戸棚を片付けていると主事補が何気なく寄って来た。電話局では解雇される者は今まで盗癖者ときまっていた。交代の女達も何となく引掛って来る視線を寝ながら投げて来た。朝であった。女ははぜの佃煮を買って袴の裾をもって二階へのぼって行った。男は一升罎の尻を持上げて茶碗に冷酒を注いだ。茶碗に溢れた酒は畳に流れた。男は酔って皮膚の毛孔があいた。顔をあげて晩に帰って来ない女房はいらないと舌を巻いて言った。小さい赤い目を、女の顔に据えておけない程酔っていた。女は袴のまま立って解雇されて来た事が言えなかった。男の小さい体が拳を振上げて狼の様に向って来た。女は父を思出していた。胸に渦が巻いて来て男の膝の脇の畳に佃煮を投げた。そして目をつぶって殴りかかった。男の背中のやけた皮膚は、脂が浮いて掌が密着する感があった。

　女は十三円で朝顔の鉢を買い、浅草で男の着物を買った。九月が末になるとトタン屋根の上に露がおりた。月は埃の多い空を大きくトタン屋根の上に昇った。のぼりながら小さくなった。朝顔の蕾はねじれて夜のうちに筆の様に尖った。朝になると紫のラッパの様なひ弱い花に開き、昼にはしぼんで夕暮には落ちた。男は残暑の空の下の労働で脂肪を出し切った。藁の様になって帰って来た。窓に腰をかけて掌で膝を撫でて頻に酒を呑みたがった。撫でる掌も膝も乾いてしゃりしゃり鳴っている様に女は思った。一日休むと一日食えない。生活だけが歯車の様に正確に室の中を回転した。女は、北と南を指したがる磁石を思出さずには居られなかった。

　布団に入ると男はすぐ眠った。昼の疲れで溶けてしまいそうに眠った。が、女は畳を鳴らして、幾度か寝返った。

　女は電話局へ出掛けて行った。小使に呼んで貰って下駄箱のかげで話した。若い交換手は何処かに沁み込んだ、電池の香を撒きながら、振返って角の廊下を気にした。そこが主事室になっていた。貴女の馘首《かくしゅ》[*9]を皆怒っている。そして不平組がふえたと少女は言って胸掛電話機を揺り、相手の肩に手をかけた。ぎん子は満足して工事場の脇を帰った。夕空に鉄筋を打つ音が響いた。男は家へ戻ると頻に酒を呑みたがった。黴の生えた一升罎を押入れから出して蝿が落ちているので気を悪くした、蝿は濡れて黒く淀んでいた。

朝、男は女が下で七輪に焚きつけを燃している間に手拭をつかんで出て行った。茶碗を並べていると、梯子段を踏み外す音がした。男は酔って昇って来た。飯前の朝酒が腸《はらわた》にこたえて、材木の様な音を立てて寝転った。女が二言三言言った。男は大きな声を出してねたまま財布を投げた。手膏《てあぶら》のついた空の財布は畳の上に紙の様に落ちた。

男は体を起して目をあいた。いきなり殴りかかって来た。打下した手を振り上げ下した。女は男の人さし指が一節足りない所から切れている様に思った。そこから鳶口の様に曲った爪が白く出ている様に思った。そして自分の体は、しなやかな母の体の様であった。腰紐が腰に食い込んでそこが痛い様に思った。

女は飛び出した。浅草の人混みを暫く歩き、宮城前まで電車にのった。そこから電話局まで歩いた。並木を揺って秋の風が吹いた。

工事場の足場の下には裸の男達が集っていた。女は遠くから磯吉の顔を探した。男等の肩までの背丈の男を探した。そこに夫のいない事をたしかめ、うつろになって近寄って行った。鉄骨を機械で打込む音が頭の上に響いた。近寄ると男等の輪の真中に詰襟の現場監督がいた。男は髯の顔を動かしどなっているのであった。そしてその前に頭を垂れてどなられているのは夫であった。現場監督は青い設計図をポケットからはみ出させていた。手に吋尺《インチじゃく》を持って半ズボンの上に被せた靴下の片足を傍の材木の上に踏みかけているのであった。現場監督は腹の底から押出す声でどなった。そして吋尺で夫の横顔を殴った。

監督は更に夫を見下して吋尺を持たない方の掌で横に殴った。頭を殴られた夫はもうよろけて傍の男に突当り体を安定さした。それは人間の卑屈な姿であった。ぎん子はいきなり人を分け入って、監督に一と声浴せかけた。人の足をふんで行き卑屈な夫の代りに監督の胸ぼたんの所に自分でもわからない怒声を吐きかけた。監督はたじろいだ。

瞬間であった。

監督の方へ向いて卑屈に固っていた夫の顔が、女の方へ向いて赤ダリヤの様にパッと拡がった。夫は何かどなった。夫は拳を振りあげて女の上に振り下した。

それは見慣れた拳であった。それが力いっぱいに振り下された。女はセメントの濡れている地面に投げつけられた。声をあげて泣いた。割れる様に泣き出した。鉄骨を打ち込む音が頭の上の空にひびいた、呆れて立っている監督の前で夫は妻を殴った。

初出　『改造』一〇月号、改造社、一九二八年

底本　『平林たい子全集』第一巻、潮出版社、一九七九年

＊1——桂庵：奉公人、雇い人、芸者などの周旋業者のこと。
＊2——唐箕：米と籾殻や異物を選別するための農具。
＊3——しいな：殻ばかりで中身のないもみ。うまく実らないで、しなびてしまった果実。
＊4——米騒動：一九一八年に米価高騰を理由に主に主婦たちが起こした民衆運動。
＊5——帛紗：絹でできた薄い織物。
＊6——バラック：仮設建設物。
＊7——焚付け：着火剤。
＊8——ニューム：「アルミニウム」の略。
＊9——馘首：仕事をクビにすること。

平林たい子（ひらばやし・たいこ）　一九〇五（明治三八）〜一九七二（昭和四七）年
長野県生まれ。本名はタイ。電話交換手や書店員などの職を転々とし、アナーキスト・グループに接近。グループにいた山本虎三と子をもうけるも栄養不良のためすぐに死んでしまう。これを小説化したのが出世作の「施療室にて」。「嘲る」が『大阪朝日新聞』の懸賞短編小説に入選したことで有力新人として認められる。戦後は反共的姿勢に転ずる。「こういう女」で第一回女流文学賞を受賞。没後、平林たい子文学賞が創設された。

［読者投稿欄］

珍らしがられる仕事

佃速記事務所　大野優子

S様!!　あなたはW県、私はO町時代お互にJ雑誌上で名前を知り合ったまま、数年を過して来た今、偶然に、本当にはからずも意外な処でお目にかかる事が出来た悦びに笑んだその時――私は、あなたの御自信ある御発言（無論他にも沢山の方々が集って会談されましたが）を、一句も聞き洩すまいとして、鉛筆を走らす速記者の立場にいようとは……何と云う奇しき引合せでございましょう。

あなたも、「珍らしいお仕事」と仰しゃいましたね。速記術を習得した婦人はかなりあるのですけれど、その割に職業的婦人速記者として働いている人は少いようです。ですから、女の身で速記をすると云うことは、出掛けて行く先々《さきざき》で随分珍らしがられます。「アア速記者ってあなたですか――」へえ女なのか……と言いたそうな、妙な表情をしながらジロッと体中を見回わされると、かけ出し速記者、いい加減熱くなってしまう上に、ギッシリと詰った聴衆の全視線を浴びながら、広い講堂の真正面に案内される晴れがましさに馴れるまでには、余程の場馴れを経験しなければ、唯もうカッと上《のぼ》せるばかりで、肝心の手先が竦《すく》んでしまいます。中には又「女の方で偉いですね。全く速記は婦人に適した仕事ですよ、ま精々お励みなさい。」なんてひどく恐縮させられたり、こんな女に速記が出来るだろうかと、疑われながらのお話を、あなたも御覧になったあのボーフラが踊ってるような、妙な字で書き初めると、やっと安心したように喋べる調子を早め、速記文字を見い見い「変な字ですね、それが読めるんですか?」などと脱線してしまう滑稽さに、失笑させられる事が、個人訪問の速記の時なんかよくあります。

何の仕事にも伴う苦しさ……私達にとってのそれは、迚《とて》も速口《はやくち》で少しも纏りのない長談議をする人、発音のはっきりしない人、或は周囲の雑音の為に話が聴取れない場合、等、等、限りない程ありますが、要するに速記を取らせ馴れている人と、そうでない人とで、速記の易さ難さもしみじみと味わいます。御自分の演説振りはすっかり棚に上げてしまって、唯速記者の無能さをのみ咎められる無理解さに泣かされる一方には、所謂弁舌爽かに、よく意味の徹底したお話の書取り易さ手の動きの軽さに、其人のお胸にすがって感謝したい程の嬉しさを感じも致します。

兎に角、技は拙なく、頭脳も鈍い自分ではあるが、精一ぱい根限り殪《たお》れるまでも努力し続けて、常に講演者の蔭に隠れて文字に直した講演振りを引立たすべく、地味ではあるが尊い仕事に生きようとする、緊張しきった生活の歓びに浸る時、もっともっと婦人速記者として、拓いて行きたい向上の道への精進を、一しお怠るまいと念ずるのであります。そうして、珍らしがられる域から脱して、どんどん速記需用者達の間に活動し得るよう、婦人の仕事として認められることを希ってやみません。

私達の前に閉ざされた扉――両院議場の壇上に、国事を議する獅子吼《ししく》振りを筆に写し、各県に開かれる県会議事に依って、それぞれのローカルカラーを忍ぶべく……聴て[*1]は開かれるであろうことをも期待しながら……。

終りに、速記者として立ち得るまでの過程を一寸お話添えて置きましょう。それは――二年間斯道の先生に就て速記術を習得する……斯う申しますと、大変簡易のように聞こえますが、速記文字のイロハから習い始めて、千に近い略符号（長い言葉を纏めて一字で現わす）の全部を覚え尽し、扨、演説者の音に伴れてスラスラと指先が動くようになるまでの苦心と云うものは、到底拙い筆に現わし得ない、並々ならぬ努力を払わねばなりません。その間の、緻密なそして単調な勉強に堪兼て、中絶してしまう生徒の多さを考える時、一寸とした職業へのあこがれから、この仕事を志願する人に対して、しみじみ忠告したい気持になります。そして又、速記して来たものを、巧く反文しなければならないその手際の難さを、どうお察し頂きましょうかしら？　自分に全く無知識な問題にブッカッた時など、反文の苦しさに泣かされながら、仮令浅くとも広い方面を識って置く事の必要を痛感して、不断の勉強を続け続け、どうやらこの業に携わり得る人となって、それぞれ速記の需用に応じて出かけて行くようになるのですが、その速記料金——需用者側から受くべきことと大体を申上げて擱筆致しましょう。

普通の講話講演類は、一時間以内十円、専門的に属する講演はやはり一時間で十五円、特に速記者二人を要するものや、反文を急ぐものになりますと、一時間速記して二十円から三十円と云う標準であります。

初出　『女人芸術』一一月号、女人芸術社、一九二八年

＊1——軈て：やがて。まもなく。そのうち。かれこれ。身をもってすぐに応じる意を表す国字。

［読者投稿欄］

小学教員は講談社の社員也

佐藤季子

私《わたし》は東京市内《とうきょうしない》の小学校教員《しょうがっこうきょういん》です。そして大日本《だいにっぽん》×弁会《べんかい》××社《しゃ》の店員《てんいん》であります。月給《げっきゅう》は貧乏《びんぼう》な市民《しみん》の税金《ぜいきん》からもらって居《お》ります。×談社《だんしゃ》からは一文《もん》も貰《もら》いませんが仕事《しごと》をさせられて居《お》ります。私《わたし》だけかと思《おも》ったらそうでありません。東京大阪《とうきょうおおさか》はもとより全国津々浦々《ぜんこくつつうら》の小学校教員《しょうがっこうきょういん》は×談社《だんしゃ》のロボットにさせられました。

それはこうです。国定《こくてい》の図画帖《ずがちょう》は御承知《ごしょうち》の通《とお》り貧弱《ひんじゃく》なもので一寸眼《ちょっとめ》のあいた人《ひと》は、何《なん》とか内容《よう》に改善《かいぜん》を加《くわ》えたいと思《おも》う位《くらい》です。××社長《しゃちょう》は茲《ここ》に眼《め》をつけて、「自習画帖《じしゅうがちょう》」という子供《こども》にすかれそうな画帖《がちょう》を小学生相手《しょうがくせいあいて》に編集《へんしゅう》して全国《ぜんこく》の小学生《しょうがくせい》に売《う》りつけようとしたのです。一冊《さつ》二十銭《せん》のを学校《がっこう》では十九銭位《せんくらい》に値引《ねびき》して私共《わたしども》の手《て》を通《つう》じて子供《こども》に押売《おしうり》させたのです。

押売《おしうり》の方法《ほうほう》はこうです。美《うつく》しい本《ほん》を私《わたし》が教壇《きょうだん》の上《うえ》から見《み》せびらかして、縁日商人《えんにちしょうにん》のように内容《ないよう》を説明《せつめい》して子供《こども》にほしがらせて、買《か》いたい人《ひと》はお金《かね》は何時《いつ》でもよいから、手《て》をあげなさい。

そして手《て》をあげた子供《こども》に渡《わた》してやるのです。子供《こども》は先生《せんせい》がいい本《ほん》だと言《い》ったからと家庭《かてい》でねだってお金《かね》をもってくるのです。

此不景気《このふけいき》の時《とき》、広告費《こうこくひ》をつかわず、売残品《うりのこりひん》をこしらえず、集金率《しゅうきんりつ》百パーセントの店員《てんいん》として私《わたし》は不良《ふりょう》だと見《み》えて僅《わず》か二十冊《さつ》しか売《う》りませんでしたが。成績《せいせき》のよい店員《てんいん》は受持生徒《うけもちせいと》七十人全《にんぜん》部《ぶ》の注文《ちゅうもん》をまとめて校長《こうちょう》にほめられました。

処《ところ》が問題《もんだい》が起《おこ》りました。

金《かね》をもってくる日《ひ》になって私《わたし》の受持《うけもち》の児童《じどう》は、「自習画帖《じしゅうがちょう》」へ手紙《てがみ》をつけて返《かえ》して来《き》ました。宛名《あてな》は受持《うけもち》の私《わたし》と校長宛《こうちょうあて》になって居《い》ました。文面《ぶんめん》は次《つぎ》の通《とお》りです。

「いつも子供《こども》が御厄介《ごやっかい》になります、わけのわからない子《こ》をほんとに御骨折《おほねおり》のことと、感謝《かんしゃ》いたして居《お》ります。

次《つぎ》に実《じつ》は今朝《けさ》子供《こども》が学校《がっこう》へお金《かね》をもって行《ゆ》くから十九銭《せん》くれろとのことでいろいろきき正《ただ》しますと×談社《だんしゃ》の自習画帖《じしゅうがちょう》を買《か》うのだからと言《い》うのです。学校《がっこう》には国定《こくてい》の画帖《がちょう》があるからいらないといいますと、だれそれさんもだれそれさんも買《か》ったと言《い》って泣《な》き出《だ》してしまいました。まことに先生《せんせい》は親切《しんせつ》におっしゃって下《くだ》さったのでしょうが、私共《わたしども》では月々《つきづき》の保護者会費《ほごしゃかいひ》もとどこおりがちですので、たとえよい本《ほん》でもお上《かみ》できめた以外《いがい》のものは買《か》ってやりたくも買《か》えません。どうぞこの事《こと》を御考《おかんが》え下《くだ》さいまして、お金持《かねもち》の子供《こども》なみにいろいろ買《か》わせないように御願《おねが》いしたいと存《ぞん》じます。先生方《せんせいがた》は押売《おしうり》と御考《おかんが》えにならないでしょうが、幼《おさ》ない子供《こども》に特《とく》に先生《せんせい》がいろいろすすめることは、結果《けっか》からみて押売《おしうり》と言《い》われてもしかたないことになるのではないかと存《ぞん》じます。どうかそう言《い》うことのないように何分《なにぶん》よろしく御願《おねが》いいたします。月日《がっにち》」

校長《こうちょう》は苦《にが》い顔《かお》して教員会議《きょういんかいぎ》でこの手紙《てがみ》をよみあげました。苦《にが》い顔《かお》をする筈《はず》です。市《し》と府《ふ》の学《がく》務課《むか》の上司《じょうし》から×談社《だんしゃ》の誰某《だれそれ》を紹介《しょうかい》するという名刺《めいし》をもって来《き》た男《おとこ》を私達《わたしたち》に紹介《しょうかい》してそして売《う》らせたのです。校長《こうちょう》は自分《じぶん》の首《くび》を恐《おそ》れて視学《しがく》の言《い》うことをきき視学《しがく》は更《さら》に上級《じょうきゅう》の監督官《かんとくかん》におどかされ文部省《もんぶしょう》は政党《せいとう》におどかされ政党《せいとう》は資本家《しほんか》の手先《てさき》となって居《い》るからです。若《も》し校長《こうちょう》がそうした紹介《しょうかい》を受《う》けつけなかったら、校長《こうちょう》は何《なに》かの場合《ばあい》にことごとに上長《じょうちょう》からいじめられることはわかって居《お》ります。ですから校長《こうちょう》は私達《わたしたち》を店員《てんいん》にせずには置《お》けないのです。ことに此不景気《このふけいき》で教員《きょういん》の減俸《げんぽう》とか、馘首《かくしゅ》とか言《い》われて居《い》る時《とき》ほんとに私達《わたしたち》はなさけなくなってしまいます。

私《わたし》は此事《このこと》について、×談社《だんしゃ》のことと、校長《こうちょう》のことを、東京《とうきょう》の二大新聞《だいしんぶん》の投書欄《とうしょらん》に書《か》きましたがもう一ケ月《げつ》になるのに掲載《けいさい》してくれません。後《あと》から気《き》がついたことですが×談社《だんしゃ》は新聞社《しんぶんしゃ》の大広告主《だいこうこくしゅ》で、新聞社《しんぶんしゃ》の財政《ざいせい》を左右《さゆう》する力《ちから》をもって居《い》るのですから、掲載《けいさい》しないのもあたり前《まえ》でした、かくして二大新聞《だいしんぶん》は完全《かんぜん》にブルジョアのものであるということを教《おし》えられました。

皆《みな》さん私達《わたしたち》はもう何《なに》も信《しん》ずるものはありません。ただ自分達《じぶんたち》の団結《だんけつ》の力《ちから》で一日《にち》も早《は》やくこうした不都合《ふつごう》な社会《しゃかい》をたおすことだけが子供《こども》たちのためになすべき唯一《ゆいいつ》の道《みち》だと存《ぞん》じます。

小学教員は講談社の社員也

初出　『女人芸術』七月号、女人芸術社、一九三一年

［小説］

検束のある小説

大田洋子

1

へんぽんと舞う牡丹雪――白痴娘の熱心な踊り見たいだ。雪を浴びて、家政婦井上タミは、公園に添った河端を歩いていた。蒼いゴム引きのような広い水面に、ぼたぼたと雪の粉が吸いついている。

一時間程前に派出先きから、労働過剰で、折れ釘のようになって会へ帰って見ると、会長は彼女を待ちうけていた。二百人もの家政婦が大かた出払っていて、会長にとっては、景気のよすぎる現象だった。

だからタミもお茶一杯のまないで、すぐ次の申込者の家へ回されるように、万端の取引き事務が済んでいた。

使われる者と、使うものとの差別が、恐ろしくはっきりしている城のような家で、朝六時から、夜の一時近くまで、二十日ねずみのように働き抜いて来たのだから、彼女は今、実際二週間のただ十分間でもいいから、休息が欲しかった。しかし、理由はどうでも、それを断ろうものならあとのたたりが怖いのだ。すぐしっぺ返しに、伝染病の処だの、子供の大勢居るうちだのへやられる風習があるのだったから。

そこでは、彼女等の収入の二割をはねるのだから莫大なものがふところへ入るくせに、恩着せがましく、彼女等を相手に、小資本家風な感情遊戯にも耽っているのだ。

タミは素直をよそおって外へ出た。さっきまでいた家でさんざよごした割烹着や、ベッチン[*1]足袋や、寝巻きを、そのまま入れた粗末なバスケットをぶらさげて外へ出たタミの頬へ、粉雪がじんじんと降りかかった。

タミは歩き乍ら一枚の葉書を読んだ。さっき会長は、向うで書き入れて貰う成績表の印刷物を――雇主の家で彼女等が微塵も油断したりなまけたり出来ないように、帰るときにはちゃんと各項へ記入して貰って来るのだ。それは奴隷のようによく働く女を一人でも多く養成し、会を隆盛にする目的だ――入れた封筒を渡して、一旦外へ出してから、事務が追っかけて来て、端書を渡すには渡してよこしたのだが。端書を読んで見れば、それがトリックだと云うことも分るし、それにもう今更ら渡して貰ったって必要な時機はすぎているではないか。

肋骨カリエスの良人が、どうも体が悪いから、二三日通勤にして貰うようにと、書いて五六日も前に出しているのだ。良人は、よくよくでなければ、そう云うことを頼まない男だ。どこからでも自由に風の入る歪んだ四畳半の二階に、煎餅でも投げたように、横たわっている良人の所へ、タミはすぐとぶように帰って行き度かった。

だがそう云う良人の妻であるが故に、昂奮の通りに泳いではいけなかった。行動を正しく決定しなければ――タミは習慣的にそう思った。

大型の青いタクシーがタミを笑うように疾走した。白狐の衿巻きをうず高く肩に巻いた若い令嬢が大理石のような横顔を見せていた。そして四ツ角に、浮彫のような別な若い女が現れて、曲って行った。白い顔と、紅殻いろの防寒用コートを、紫の雨傘が、雪にもつれる花火のようだった。タミの美に対する思想はやはり今、マンネリズムだ。だから彼女は寂びしくやる瀬なさそうに吐息を洩した。生れた時の嬰児のやわらかな肉かいには、階級に依る差はなかった。胎盤から離れて外気に触れた時、そこに階級の門が、地獄よりも物凄い形で待ち設けていただけだ。

二十年の生活は糸のように細く、あぶなかった。貧乏は一つの弱少的な型を女にきざんでくれる。生活の裏書きであるみすぼらしさや、色気なさは、もしかしたら一生涯、自分に対して女を感じる男を一人も作らないのかも知れない。良人は、工場の鉄粉を内臓のあらゆる細部へまで密着させた、笑わない男だった。そして遂々、涙の出るような解雇手当と、立派すぎる位の肋骨カリエスとを持って馘にされて来た。それから、いっさいで四十円程の荒っぽく冷酷な手術を受けた良人は、病院の門を出るが早いか、二人の家には帰らないでまっすぐにしかも何か情熱でいっぱいになったような眼を輝かせて、同志たちのかくれ家へ行ってしまった。

『浮気丈けはしないでね』タミもそこいらの女心と同じように、結婚の相手にそう云う願いを持つ女だった。すると彼女の心を覗きでもしたように良人は云うのだった。

『お前以外の女を愛するようなことはめったにないが、運動だけは目的が達するまでは、止さないよ』と云った。

『え、体をこわさないようにして、しっかりね。私にも教えて下さいね』タミは宿命を感じ、自分達の昇ってゆく階段の方向を感じた。

途中、内密で道草が食えないように、印刷物には、出発時間が記入してあるし、先方へ着いた時間もいやでも正確に書いて貰って来なければならない。タミはむずむずするような苦痛をじっと抑えて良人を無視した。

2

タミはその無数な窓から、ほうずきのような灯の洩れている石灰色のアパートメントの中へ吸われて行った。方々でまごついて、やっと三階へ上ってゆけたが、洋室なんか初めてだったから、とにかく映画で見た常識程度で、ドアをこつこつと二つばかり打って見た。そして、内側からの返事を聞かないで、ぽっかり開いた扉の中へ体を辷り込ませた。

先ず電気ストーブの沈んだ明るさが、入陽の様にタミの眼を射た。

人気のない妙に黄いろっぽい部屋だ。左奥に、大きなシングル・ベットが、二つくっ付けておいてある。装飾と云えば、クリーム色の壁に、巧みに選ばれたグロッス[*2]の絵が一枚、押ピンで留めてあるきりだった。タミは誰もいない部屋の中へ入って来た事が不気味だった。だが、間もなく壁際の寝台の上で、派手やかな色彩が動いた。

よく見ると、まだうら若い娘が、しなやかな細い毛らしい断髪の頭を、うつ伏せにして、柚子色のスタンドの笠から洩れる灯を浴びて寝ているのだ。黄いろいピジャマを着た細い身体と、本を支えていたらしい、ふくらみのある二の腕が乱れたのだ。

娘は、蒼味をふくんで剃刀のようによく切れた眼でタミを見た。

『ああ、家政婦会から来てくれたの』

『はい、大変遅くなりまして、済みません。何も気がつきませんから、教えて下さいませ』

『いいえ、私が病人ですが、大した事もありませんの。唯人手がないので傍にいてるだけ貰えばいいんです。外は何か降っていて？』

『雪が降っていますのよ。お寒くありませんか』

『いいえ。そう？　雪じゃあ本当に気の毒なんだけど、今すぐお使いに行ってくれない？』

娘はタミの持って来たバスケットに眼を走らせたが、急がしく
『其のバスケット、ちょっと私に貸してくれない？　先方へ届けて貰うものを、濡れると困るから、その中へ入れてって下されば都合がいいんですの』

『ええ、お使い下さいまし』タミは隅の方へしゃがんで、中のものをとり出した。

『どうぞ』

『あなたの物は戸棚の中へ入れておいてね』

娘は寝台から飛び降りると、戸棚のカーテンをひらいて、トランクの鍵をあけた。そして中から、雑誌を重ねて包んだ位のものを取り出してバスケットに詰めた。

『これには、鍵はないんですか？』

『毀れてしまってございませんが。済みません』

『そう。じゃ、是を持ってね、××停留所で降りるのよ。そしたらトンネル長屋って云うのを訊いて、細い長い露路がありますから、真すぐと入って行ったら、ずっと入って行ったら、左側のお終いから、二軒目に福田って家があります。そこへこれをちゃんと届けて下さいね』

娘はびっこだった。そして支那風の断髪の前髪が、リリアン[*3]ののれんのように垂れているが、

その影に小さな三ヶ月形の傷跡がある。娘はそんな、因縁づきか何かのような欠点を、いくつも持っている癖に街の小娘によくある、小芝居じみた、キザな表情を使う娘でもなかった。その代りに、光りの鋭い強い美しさが、小麦色の肌を持った全身に溢れていた。娘は少し不安げにタミを見た。

『大丈夫で御ざいます。すぐに行ってまいります』

『間違のないように渡したら、すぐ帰って来て下さいね』

娘は、恋文を他人に頼む人妻のように、飽くまで不安げだった。タミは早く行って来てこの曰くのありそうな小娘に安心させてやりたかった。タミは娘に愛情を感じたからだ。

タミが出て行こうとして、ドアに近づいた時、外からノックする音がした。娘が近づいてドアを開けた。

『あなたなの？』

『起きてもいいのかね。気分はどう？』

入って来た三十五六の紳士は、小児的善良さをもった豪奢な男だった。彼はいきなり娘を引きよせて抱きしめた。だのに、男の腕の下にある娘の顔には感興が現れない。タミはその無遠慮な厚顔ましい抱擁のしぶりに、目を見張った。長い間、遠ざけられた異性への情感がむくむくと乳房のあたりで虫のように動くのだった。

『家政婦の人が来てくれているのよ。井上さんて云うの。この方は野口さん』

『そう？　名前は？』

『タミと申しますの』

『おタミさんか。この駄々っ子をどうぞよろしく』

男は眼尻に皺を寄せてにやにや笑った。今は割にきっちりとしまった躰付をしているが、この階級の男は今に見ろ、太いいやしげな首と、八ツ頭のような頭蓋骨に変化してしまうだろうから。没落的な風貌が、もはや彼の紫色を帯びた唇や、ぜいたくな男に特有な躰臭に構成されかけているではないか。

だが、いったい、この若い娘とはどう云う関係なんだろう？　恋仲なのか。まさかこの聡明な顔を持った小娘が恋の相手にこの男を選ぶ筈はない。娘は不良少女なのかも知れない。金持ちの男から、手練手管で金をとることを合理的に考案し、実行している女の一人でもあるのだろうか。それにしては、娘の態度が男に対して粗雑すぎる。甘さがなさすぎるではないか。まあ、それは何れにしろ、自分が同情すべき筋合いのものではないに決っている。とにかく命令通りに使いに行って来よう。

『お嬢さま、すぐに行ってまいりましょうか』

『ああ、いえ?!』と娘はさえ切り『それはもうよござんす。あとでまた』と少しろうばいしたようだった。

『なに?』と男は優しく娘の肩に手を掛けた。

『買物を頼もうと思ったんですけど。気が変ったから――』

『行って貰ったらどうだ。俺が来たからって、気を変えなくてもいいよ。おタミさん、これはこんなに若いが、お嬢さんじゃないんだ。俺の奥さんだよ』

『あら、左様でございましたか』と、タミは赤い顔をした。

娘は逃げるように、ベッドへ行って横になった。

『おや、足をどうかしたのかい。びっこを引いたね』

『昨日から少し変なのよ。腫物が引くまではこうなんですって。薬をのまなくちゃ。井上さん、テーブルの上の粉の薬を下さいな』

『大変だね。痛いだろう』

『ええ、痛いわ』

娘は男に向って非常に簡単にしかものを云わない。深い眼の中が青く燃えるように熱をもっていて、その態度や動きは熱情的な部分と、活然とした部分とが、はっきり分れ、自由に働きかけていた。

薬はみんな、婦人科のものだ。

『私、恥かしい病気なのよ』

薬と湯とを持って枕元に来たタミに、娘はあっさり笑って云った。

『私ももう、一人前の女になったわね』

と、口尻を釣って男にも笑って見せた。

『ギロチンへ上る時は、あんな気持ちがするかも知れないわ。何しろ高い、はしご見たいなところへ人を乗っけて、白い幕を引いて顔をちゃんとかくすの。そしてお医者ったら、降りる時に、転ばないように起きて下さいって、毎日同じことを云うのよ。転ぶ人が屹度あるのね。私も一度、どしんところんで見てやろうかしら』

娘はからからと笑った。それは、相手の男の非衛生に挑戦した罵りに違いなかった。

野口は匂いの強い葉巻をくわえて、あいての方の寝台へ浅く腰掛け、派手な模様ものの靴下を覗かせた右足を、新子のベッドへかけている。

『まったくお前をそんな病気にしてすまなかった。飲みすぎて、躰が弱ってたんで、出てきやがったのさ。それはそれとして、俺は新しい自動車を買ったよ。この型だ』

彼はポケットから、カタログをとり出した。

『うんむ。結構ね。私には何の関りもない。真新しい健康な躰に病気がうつったことよりも、関係のないことだわ』

娘は見向きもしなかった。

『まあそう云うなよ。わざとうつしたんじゃないやね。無礼なことを云ってすまん。御免だ。御免だ』

『二人の対立は非常にはっきりしてるわね。今晩はいつ迄いるの』

『いつまででもいる。邪魔になるのかい』

『そうでもないけど。又熱が出そうだから』

『熱が出ると、俺がいない方がいいの。驚いたね。でも今、計って御覧』

野口は体温計を彼女の腋の下へ入れた。タミは手持ちぶさたで、馴れない椅子に、空虚な顔をして、板のように腰かけていた。不思議な雰囲気に対しても、タミは別に興味もなかった。こう云う情景は、ブルジョア文化の静脈の中に、いくらでも点在していることなのだから。野口は娘の枕元に落ちている本をとって、脊の文字を読むと苦笑した。

『共産主義のＡＢＣ[*4]だ？　どこでこんなものを拾って来たんだい。女の道のＡＢＣでも読んでもらいたいね。どれ、もういいだろう』

彼は体温計をとり出し、娘の髪を撫でた。

『ほう！　九度あるぜ、九度。おい、新子、こんなにひどい熱が出てるのに、どうしてうろうろ起きていたんだね』

タミが氷を買いに出て戻って見ると、男は火のような娘を、玩具のように抱いていた。

3

野口の帰ってゆく靴音が、廊下の向うへ遠のいて、五分も経たないうちに、新子は、かくれん坊の子供見たいに顔を上げた。

『困ったわ！　もう十一時でしょう？　今晩の内にどうしても、届けなくちゃならないんだのに』

『行ってまいりますわ、私は、夜の夜半でも平気で歩きつけていますから』

『そうですか、だったら済みませんが、行って来て頂こうかしら』

ガラスの破片のような娘の眼が、急に丸みをおびて微笑した。

外はこまかい雪が降っていて真っ白だった。タミは教えられた通りにして、此の家の前までやって来た。と、タミはびっくりして、その家から出て来た男と眼を合せた。紛れもなく良人の安井なのだ。

『ま!!　あなたじゃないの、よう！』

『何だ？』やせた長身の、安井は、怒ったように肩をいからせた。タミが、うろうろと自分を探しでも来たように思ったらしかった。

実はね、とタミは一ぶ始終を話した。

『そうかい。じゃあ早く届けて、さっさとお帰り。よけいな事を云わないように。いつでも自分で自分を訓練することだ』

偶然妙なところで、良人に会ったからと云って、すぐそれに驚いて声を大きくしたりすることを、安井は嬉しく思っていないのだ。

『ええ、じゃあ、あなたはあのアパートの女の人を御存知？』

『あああ、わるい立場にいて非常に誤解されてるが、あの人は、ああやって経済的に助力するより外にないと思っている人だ』

『でも不良少女見たいなところもあってよ』

『目的のための手段だ。あれでいいよ。あの人は有名な共産主義者の娘で監獄で生れ、同時に母を失った人なんだよ。どん底から、独りであそこまで上って来た女だ』

『そう。えらいのね』タミは少しすねた。

『病気は？』

『大丈夫。早く行かないか』

覚悟は常にしているものの、面と向えばやはり情炎が燃え立った。

『大事にしていてね！　あなた――』タミは、眼で愛撫を求めた。

と、安井は白っぽい暗闇の中で彼女を羽交いじめにした。そして彼は突きのけるように冷く云った。

『さあ、早く用事をしろよ。又ゆっくり逢うからね』

強い良人に対して、タミは涙一てき見せるわけにゆかなかった。女を捨て際の色魔みたいに、タミは一度も良人を振返らなかった。

その家の中では、まだ四五人の男達が、熱心に何か語り、鉄筆を持った男が、タミから品物を受けとって眼を光らせた。

タミの胸もときめいて来た。

4

爛々と眼を光らした若い労働者が、狼藉者のように、新子の部屋へ飛び込んで来た。

『又、尾行だ！　これを預っておいてくれ』

青年は、無産者新聞を数枚、折りたたんで束にしたのを、かくしから引き出して、新子に渡した。

『だいじょうぶ！　じゃ、これを持っておいでよ』

新子は、がさりと氷のうを額から落して起き上ると、素早く、枕の下から紙入れを出して、幾枚かの札を青年に押しつけた。

『いいのかい』

『よくなくても、そっちは要るじゃないか。さあさあ、はやくさ』

『有難い、気をつけててくれ。スパイがとび込むかも知れないぜ』

青年は、脱走者の如く、再び走り去った。

タミは、はっきり新子の存在価値を見た。

灯がついて、部屋はまた、山吹いろの灯の靄がかかった。医者が来て彼女の腕に血のような色の注射液を打ち、懐中電灯で、体のずっと下部の方を診て行った。

入れ違いに、野口がふらっとアルコールの匂いをまき乍ら這入って来た。高価なしゃれものにはふさわしい、だがふざけた、色模様のハンカチで先ず、彼は帽子をとったひたいを押えてから、新子に近づいて行った。

『いやよ。くさい。』がさがさと氷の袋をはねて新子は向うを向いてしまった。

『いいったら、こっちィおむきよ。妬いてるのかい』

『ええ妬いてるの。アッハッハッハッハッハ。あァあ。紅はタンジュで、白粉はコッティの緑。香水は金ツル――アッハッハ』

『何を云ってんだい？　ね、何だい、気がふれたのかい』

『洋服の腕に、それだけみんな喰っついてるってことなの。ほら、だらしのない』

『おや、本当についてるね。矢鱈無しょうにくらいついて来るんだもの。香水は金ツルかい？　あの踊り子の奴』

『辛いわ、踊り子たちも。金持ちの奴等にイヤでも紅や白粉を喰っつけて、一枚でもよけい稼ごうとするんだ。そうしなければ、生きてゆけないんだから』

『何を憎まれ口許り利いてるの』

その時、はげしいノックが扉をふるわせた。

タミは扉を細目に開けた。貴婦人型の、ヒステリックな二つの目が、ぎろりと光った。

『新子さんはあなた？　違います？　じゃあ新子さんを一寸呼んで下さい。私、野口』

その女は銀狐の毛皮を肩にまとったまま、宝石の輝く白い指を、ドアに掛けて突っ立った。

『御病気で動けないんですの。どうぞお入り下さいますように仰言ってます』タミは不愛想に云った。

『動けなくても、男は引っぱり込めるのね』

女は成金の女房としか思えない言葉を、よく通る声で叫び乍ら入って来た。

『嘘つき!!　別れた、別れたって、よく人をだましていたのね。毎日々々、株主総会だ、宴会だって、ここが会場なんですか？　よってぼッ』野口夫人は先ず良人の胸を突き動かした。

『新子さん！　初めてお目にかかります。どうも野口が、いろいろお世話になってすみません。お礼を申しますよ』

新子の二倍もあるような、巨きな躰の夫人は、新子のベッドへにじり寄った。新子は、だまって頭を、下げるように動かしただけだった。夫人は眼を釣り、毒草のように蒼ざめた。

『あなたは、これから野口をどうする積りです。私があるってことを知って盗ったのでしょうからね。返事をして下さい』

どう云う積りか新子はだまっていた。

『病気がよくなってからにしてやったらどうだね。今日は俺と一緒に帰ろうよ。今帰ろうとしていたところなんだ』

と、野口が白っぱくれた顔で云った。

『よけいなお世話よ。人が病気で寝てる時は一日も家にいないくせに。この人だけが可愛いいの。この人が何か云うまでは帰るものですか。ね、新子さん、私の良人をどうする積りなの？』

夫人は新子の夜着の衿をはねた。そして肩をつかんだ手をヤケに振り動かした。

『お止しになって下さい』

タミは走り寄って夫人を引き離そうとした。

『何をするの。あなたは何？　下女でしょう？』

『下女ならどうなんです。どいて頂くわ』

タミは力を入れて夫人をしりぞけた。

『下女のくせに何を邪魔するのさあ。お前だって野口に食べさせて貰ってるんじゃないか。新子さん、どうするのか、それを聞かしたらいいでしょう』

と、新子はベッドの上にはね返って起きた。発熱のためにピジャマの衿の間から、湯気が立った。

『どうするか、分らないですよ。野口さんがここにいる間は私のものだし。だけどこの扉から一歩出てゆくと、私はすぐ本を開いて、どんどん読めますからね。何にもかけがえのないものではないわ。無論、恋ではないのね。それから何を聞き度いんですか』

『まあ、何て、何て図々しいッ。二人で勝手にするがいい。私はすぐ出て行くから。あなた！　子供を頼みますよ』

『私、何も子供に関係はありませんことよ。野口さんをたとえ要るにしても、子供が欲しいわけはないわ。責め道具に、子供を使うこと、ないでしょう』

『なにィ！　何ですって？　淫売婦！　毒婦。淫売ッ、淫売ッ』

夫人は新子の肩を突き倒した。

『お互いさま。家の中の女は一生涯の淫売ですよ。私はぜひこうしなければならないから斯うしているんだわ。一生涯、やきもちを妬いて死んでゆく、ブルジョアの女とは、少し違うの、野口さんのような非科学的な男を、誰が恋の相手になんか――』

野口夫人は、化粧品荒れのした細長い顔を引き釣った。中年の金持の女の躰内に燃えさかる情欲が、中間で裂け、黒こげになっている。そのさまをタミは小気味がよかった。

『馬鹿ッ! こんな女にだまされて。あなたってば、口惜しい、口惜しい。何も私云えないからよけい口惜しいッ』

野口は葉巻も捨てて、つかみかかって来る夫人を支えている。

と、案内も乞わないでノック一つしないで、すうっと扉があいた。

佩剣だ。佩剣の音を乱して三人の警官が、無礼にも乱入して来たのだ。

野口夫妻が、真っさきに蒼くなり、一つにかたまった。

『南新子と云うのは――』

と一人が尋ねた時、新子が、私よ、と云ったにも拘らず、あれですよ! と野口が助言したではないか。

『不穏文書を出せ、ちゃんとここにあることを、突きとめて来たんだぞ』

『どこにもないと云ったって、どうせ、ひっくり返してさがすんでしょう? せいぜい探せばいいわ』

『この女が何かしたんですか。私は斯う云うものですが。この女の親戚のものを家で使っているので、一寸見舞いに来てやったので。何も関係はないです』

『はあ、なるほど。×銀行支配人、野口秀春氏ですね。間違いないですね。この女は、左翼運動の手先きを働いているんですよ。そちらは奥さんですね。じゃあ、お引き取り下さい』

野口は夫人を伴って活然と出て行った。タミは新子の眼の中を見た。だが彼女は、眉一つ動かさず、一言の抗議も申出でない。ただ
『あなたも早くお帰りなさい』

と、タミをふり返った。

『いかん。出ることはならん。同じ仲間だろう』

『出ないよ。同じ仲間だ。あんたたちのすることはこの通りなんだね。今に、あばいてやるから』

タミは警官をにらみ据えた。

『ふふむ。おい、お前は今の金持ちの世話になっていたんだろう？　うまく逃げやがったなあ。しかし、薄情なものじゃないか』

陽に焼けた四角な顔の警官は、帽子のあご紐をしめながら感心していた。

『男の手先きに使われて、金持ちの奴からはいい喰いものにされて、ざまを見ろ』

警官も、夜の女の部屋で、緊張を失って饒舌だ。

『喰物にされてるなあ、自分たちでしょう。支配階級のいい喰物にされて、いったい、あんた方は、どれだけのことを、彼奴等にして貰ってるの。しっかり眼をあいて、肚を据えて、ちゃんと、見なおしなさいなね』

新子はオレンジ色の毛糸の首巻きを肩に引っかけた。熱のために、ぼーっと上気した顔に、凄惨な怒気が血走っていた。

『さあ、連れていらっしゃいよ。油を売らないで――』

初出　『女人芸術』三月号、女人芸術社、一九三〇年

＊1――ベッチン：綿ビロードのこと。
＊2――グロッス：風刺画家のジョージ・グロス。
＊3――リリアン：細かく編みこまれた手芸用のひも。リリヤン。
＊4――共産主義のABC：共産主義の入門書の意。

大田洋子（おおた・ようこ）　一九〇三（明治三六）～一九六三（昭和三八）年

広島県生れ。本名は初子。二二歳のとき歯医者と結婚するが、妻子があるのを偽っていたことが発覚し出奔する。尾道、大阪などで女給をしながら文壇進出の機をうかがう。『女人芸術』に「聖母のいる黄昏」が載り作家生活に入る。一九三九年に「海女」が、翌年には「桜の国」が懸賞小説で入選する。一九四五年、疎開先の広島で原子爆弾投下により被爆。以降、『屍の街』『人間襤褸』「半人間」など原爆文学を書き続けた。

［実話］

廓日記

松村清子

×月《がつ》×日《にち》

「こう不景気《ふけいき》じゃ、全《まった》くやりきれねえ。いつも言《い》う事《こと》だが皆《みな》もっと商売《しょうばい》に身《み》を入《い》れて呉《く》れなきゃ困《こま》るよ、高《たか》い金《かね》をかけて、食《く》わして着《き》せてさ、俺《おれ》あ損《そん》をするためにお前達《まえたち》に高《たか》い金《かね》をかけているのじゃねえんだぞ。」

月末《げつまつ》の計算日《けいさんび》になると、楼主《ろうしゅ》はきまって一同《どう》を集《あつ》めて言《い》う。

こう不景気《ふけいき》じゃ、全《まった》くお互《たが》い様《さま》で………。誰《だれ》の帳面《ちょうめん》も何《なん》とみじめな事《こと》よ。

一番《ばん》よく売《う》っている三千代《みちよ》さんの、前借金《ぜんしゃくきん》に入《はい》った金《かね》は二円《えん》六十銭也《せんなり》だ。

三百円《えん》からの売《う》り上《あ》げで二円《えん》六十銭《せん》とは、廓《くるわ》のソロバンは特別《とくべつ》なカラクリがあるらしい、今《こん》月《げつ》も又借《またか》りこしだ。

働《はたら》き初《はじ》めてから一年半《ねんはん》の間《あいだ》、前借金《ぜんしゃくきん》に繰《く》り込《こ》まれたのは五ケ月《げつ》だけ、後《あと》は皆借《みなか》りこしだ。此《こ》の調子《ちょうし》だと腰《こし》がまがって杖《つえ》をつきながらお女郎《じょろう》さんだ。

乙姫《おとひめ》さんが部屋《へや》の窓《まど》によりかかって手紙《てがみ》を書《か》いている。私《わたし》の姿《すがた》を見《み》るとチラリと目《め》で笑《わら》って又鉛筆《またえんぴつ》のシンをなめている、なんてしおらしい人《ひと》だろう。

乙姫《おとひめ》さんは店中《みせじゅう》でも一番《ばん》お線香《せんこう》[*1]が売《う》れなくて、いつも楼主《ろうしゅ》から毒《どく》づかれている人《ひと》だ。青白《あおじろ》い横顔《よこがお》を見《み》つめていると、ふと目頭《めがしら》が熱《あつ》くなって二人《ふたり》で心中《しんじゅう》でもしたい気持《きもち》が込《こ》み上《あ》げて来《く》る。

いったい楼主《ろうしゅ》ってどんな気持《きもち》で女郎屋《じょろうや》なんてしているのだろう、損《そん》ばかりする商売《しょうばい》なら、さっさと止《や》めて終《しま》えばいいのに……そしてこの可哀想《かあいそう》な私達《わたしたち》をみんな親許《おやもと》へ帰《かえ》して終《しま》えばいい……………。

×月《がっ》×日《にち》

「何《なん》でえ、このカスオヤマ奴《め》、生意気《なまいき》な事《こと》を言《い》やがるねえ、お茶《ちゃ》を引《ひ》かすと可哀想《かあいそう》だと思《おも》って来《き》てやりゃいい気《き》になりやがって、女郎《じょろう》なんて人間《にんげん》のクズだって事《こと》を知《し》らねえのかい、大《おお》きな面《つら》をしやがって、恥《はじ》を知《し》れ、馬鹿野郎《ばかやろう》。」

今夜《こんや》で十日《か》ばかり続《つづ》けて遊《あそ》びに来《き》たKがくるりと起《お》き上《あ》がると、私《わたし》の胸《むね》をもってひきずり起《おこ》しながら言《い》った。

「何《な》んだ禿頭奴《はげあたまめ》、腰《こし》がまがっていて女郎買《じょろか》いに来《き》やがって、お前《まえ》こそ恥《はじ》を知《し》れ。」

Kは孫程《まごほど》も年《とし》の違《ちが》う私《わたし》をとらえて、あらゆる無理無体《むりむたい》を、言《い》って来《き》た。

けれど花《はな》*2の売《う》り上《あ》げが少《すく》いと又楼主《またろうしゅ》の苦《にが》い顔《かお》を見《み》なきゃならないし、いとしいお母《かあ》さんの許《もと》へいつまでも帰《かえ》れない、と思《おも》えばこそ私《わたし》は今日《きょう》まで辛棒強《しんぼうづよ》く忍《しの》んで来《き》た、今夜《こんや》だってKが余《あま》りに無《む》ずかしい、事《こと》ばかり要求《ようきゅう》するので一言《ひとこと》私《わたし》が、

「そんな事無理《ことむり》だわ。」

と言《い》っただけが此《こ》の男《おとこ》に

「カス女郎《じょろう》、人間《にんげん》のクズ、馬鹿野郎《ばかやろう》。」

の暴言《ぼうげん》を吐《は》かすに至《いた》ったのである。

「気《き》に入《い》らなきゃ来《き》て貰《もら》わなくてもいいよ、お茶《ちゃ》を引《ひ》いたって大《おお》きにお世話様《せわさま》だ、私《わた》しゃお客《きゃく》の少《すく》ない方《ほう》が身体《からだ》が楽《らく》でいいんだからね。」

口惜《くや》しまぎれに言《い》い返《かえ》したものの、雨《あめ》の様《よう》に涙《なみだ》が流《なが》れて来《く》る。

此《こ》の男《おとこ》の気嫌《きげん》を損《そん》じぬために私《わたし》は十日間《かかん》の間《あいだ》、毎夜毎晩《まいよまいばん》×××、軽業師《かるわざし》みたいにキリキリ舞《まい》をさせられて来《き》た。

絶対《ぜったい》に自分《じぶん》の言《い》い分《ぶん》を通《とお》す事《こと》は此《こ》の社会《しゃかい》では出来《でき》ない事《こと》だ、たとえ私《わたし》の方《ほう》が正《ただ》しくても悪《わる》いのだから……。

Kのあらあらして乱《みだ》して行《い》った後《あと》の空気《くうき》の中《なか》で、頭《あたま》からすっぽりと蒲団《ふとん》をかむって小供《こども》の様《よう》に、しゃっくり上《あ》げて泣《な》き続《つづ》けた。

ああ本当《ほんとう》に、殺《ころ》されたって、娼妓《しょうぎ》なんてするものじゃない。

×月《がつ》×日《にち》

事務所《じむしょ》の二階《かい》で、午後《ご》一時《じ》から署長《しょちょう》さんの有難《ありがた》いお話《はなし》があった。

「貴方方《あなたがた》は、いやしい商売《しょうばい》をしていても、人間《にんげん》として世間《せけん》に少《すこ》しも恥《は》じる事《こと》はない。皆《みな》、それぞれ、事情《じじょう》があって来《き》ているのだから、いつまでも親《おや》のスネカジリをしている娘《むすめ》さん達《たち》よりも、はるかに偉《えら》いのである。

それで貴女方《あなたがた》は、なお一層自分《そうじぶん》と言《い》うものを磨《みが》き上《あ》げねばなりません。親方《おやかた》を大切《たいせつ》に、お客《きゃく》には親切《しんせつ》に、一生懸命働《しょうけんめいはたら》いて、一日《にち》も早《はや》く年《ねん》を明《あ》けて帰《かえ》りなさい。

此《こ》の頃自由廃業《ごろじゆうはいぎょう》＊3をする人が、チョイチョイ他《ほか》の遊廓《ゆうかく》にありますが、あんな事《こと》は人間《にんげん》のする事《こと》じゃない。困《こま》った時《とき》には助《たす》けて貰《もら》って、嫌《いや》になったら止《や》める、これ程義理人情《ほどぎりにんじょう》に外《はず》れた行為《こうい》はありません。

だから皆《みな》さんは……」

やめてお呉《く》れよ、くだらない。私《わたし》はムカムカして来《き》た。

ふんぞり返《かえ》って、演説《えんぜつ》をやっている署長《しょちょう》さんのチョビヒゲを、一本《ぽん》一本《ぽん》ひっこぬいてやりたくなって来《き》た。

さすが署長《しょちょう》だけあって、うまい屁理窟《へりくつ》を知《し》っている。

何《なに》が義理人情《ぎりにんじょう》なんだ。

私達《わたしたち》が楼主《ろうしゅ》から、人間《にんげん》あつかいにされた事《こと》が只《ただ》の一度《ど》だってあったか、犬《いぬ》や猫《ねこ》の様《よう》な仕打《しう》ちをして置《お》きながら、私達《わたしたち》にばかり義理人情《ぎりにんじょう》をまもれと言《い》う、廓《くるわ》の掟《おきて》は何《なん》と上手《じょうず》に定《さだ》められてあることよ。

×月《がつ》×日《にち》

三井寺《みいでら》の晩鐘《ばんしょう》が、わびしく此《こ》のすさんだ女郎屋《じょろや》の軒《のき》なみにも、ふるえながら、ひびいて来《く》る、身《み》も魂《たましい》も、ササラの様《よう》にすりへらした私達《わたしたち》は、あの鐘《かね》をどんなに痛《いた》ましい思《おも》いで聞《き》いていた事《こと》だろう。

「宵闇《よいやみ》せまれば、*4 悩《なや》みは果《は》てなし。」

園子《そのこ》さんの部室《へや》から、せつない歌声《うたごえ》がもれて来《く》る、園子《そのこ》さんは以前《いぜん》カフェーにいたせいか、とても流行歌《りゅうこうか》が上手《じょうず》だ。

「君恋《きみこい》し、思《おも》いはみだれて……。」

もう大分《だいぶ》暗《くら》くなって来《き》た。もう三十分《ぷん》もすれば又店《またみせ》へずらりと並《なら》んでひやかし客《きゃく》のなぐさみにならなければならない。

「遊《あそ》んで行《い》って下《くだ》さいね。」

「ネ、チョットだけ……。」

「待《ま》ってたのよ、ずい分久《ぶんひさ》しぶりね、もう他《ほか》に良《よ》いのが出来《でき》たのかと、恨《うら》んでいたわ。」

こんな言葉《ことば》を聞《き》かせてやると、男達《おとこたち》はとても喜《よろこ》んで
「ジャ、チョットだけだよ。」

と、トントンと梯子段《はしごだん》を上《あが》って行《ゆ》く。

男《おとこ》って変《へん》な動物《どうぶつ》だ全《まった》く。後《うしろ》からペロリと舌《した》を出《だ》したって、ゲンコで打《ぶ》つまねをしたって、知《し》らないのだからナア。

×月《がつ》×日《にち》
Mの持《も》って来《き》た戦旗《せんき》って雑誌《ざつし》に、女工《じょこう》さん達《たち》がデモをやりながら、とってもない気焔《きえん》を上《あ》げて、×旗《はた》を高《たか》く掲《かか》げている写真《しゃしん》がのっていた。

私《わたし》は女工《じょこう》さんが羨《うら》やましくなった。

私達《わたしたち》だって…………、廓中《くるわじゅう》の娼妓達《しょうぎたち》が×旗《はた》を立《た》てて、ワッショイ、ワッショイで出《で》て終《しま》ったら、さぞ愉快《ゆかい》だろうに。

「大津中《おおつじゅう》で戦旗《せんき》を読《よ》んでいるのは、俺《おれ》くらいのものだろう、どいつも、こいつも、政友会《せいゆうかい》を神様《かみさま》の様《よう》に思《おも》っているのだからなア。」

Mはとても戦旗《せんき》を読《よ》んでいる事《こと》が、誇《ほこ》りであるらしい、戦旗《せんき》を、かかえて、労働服《ろうどうふく》を着《き》て、ハンチングを目深《まぶか》にかむれば一人前《いちにんまえ》の社会主義者《しゃかいしゅぎしゃ》と思《おも》っているのだから、可愛《かわい》い人《ひと》である。

それにMは一度《ど》も私《わたし》を、勝駒《かつこま》、なんて呼《よ》んだ事《こと》はない。「我《わ》が同志《どうし》よ。」って言《い》う、プロレタリアは皆俺《みなおれ》の兄弟《きょうだい》だと言《い》う、其《そ》れで女郎買《じょろうか》いに来《く》るのだから世話《せわ》はない、でも愉快《ゆかい》な人《ひと》だ。

ブルジョア面《づら》をして、ズボンの皺《しわ》を気《き》にしたり、テカテカと頭《あたま》にポマードをつけて、すましている男《おとこ》より、こんな人《ひと》と話《はな》していると、其《そ》の瞬間《しゅんかん》だけでも苦痛《くつう》を忘《わす》れる。

「俺《おれ》がプロだと知《し》っていながらひどいや。」Mのこぼすのも聞《き》かない振《ふり》をして「ねえさん、お酒持《さけも》って来《き》て。」

頭《あたま》の先《さき》から足《あし》の先《さき》まで、しびれ切《き》って自由《じゆう》にならなくなるまで飲《の》むつもりでいたけれど、嫌《いや》に苦《にが》いばかりで一本《ぽん》のとくりを半分以上《はんぶんいじょう》も残《のこ》した。

女工《じょこう》さんよ。

ウンとガンバって、戦《たたか》ってお呉《く》れ。

だまって絞《しぼ》られていれば模範職工《もはんしょっこう》とか女工《じょこう》とか、有難《ありがた》いまやかしの名前《なまえ》を呉《く》れるだろうが、そんなもの、けとばして起《た》ち上《あが》ってお呉《く》れ、ストライキも、どしどしやればいい、デモで町中《まちじゅう》ねり歩《ある》いて、プロレタリアの意気《いき》を示《しめ》してお呉《く》れ。

泥水《どろみず》の中《なか》であがいている女《おんな》にも、階級意識《かいきゅういしき》は十二分《ぶん》にあるのだから……。

×月《がつ》×日《にち》
今夜《こんや》はとうとうお茶引《ちゃひ》き。四畳半《じょうはん》の部室《へや》で一人《ひとり》ウンと手足《てあし》をのばして寝《ね》る。

床《とこ》の間《ま》の置時計《おきどけい》がきっちり三時《じ》をさしている、お母《かあ》さんは今頃《いまごろ》どんな夢路《ゆめじ》をたどっているか知《し》ら。

こうして一人《ひとり》で寝《ね》ていると、しみじみと自分《じぶん》の姿《すがた》が、ふり返《かえ》えられて、死《し》んで終《しま》いたい程《ほど》せつない。

ドキドキと光《ひか》る刀《かたな》を持《も》って、活動《かつどう》に出《で》て来《く》る武士《ぶし》みたいに、あたるを幸《さいわ》いに切《き》って捨《す》てたら……………。

あいつも、こいつも、切《き》って捨《すて》てやりたい人間《にんげん》の顔《かお》が、ウヨウヨしている。人間《にんげん》って行《ゆ》きづまって終《しま》うと、ろくな事《こと》を考《かんが》えない。

お母《かあ》さんの手紙《てがみ》には、いつも定《きま》って
「親方《おやかた》を大切《たいせつ》に、無事《ぶじ》に年《ねん》を明《あ》けて一日《にち》も早《はや》く帰《かえ》ってお呉《く》れ、お前《まえ》がヒョンな事《こと》をすると、お母《かあ》さんは生《い》きてはいられません。」

私《わたし》が今《いま》、思《おも》い切《き》って自由廃業《じゆうはいぎょう》でもしたら、いとしいお母《かあ》さんは、首《くび》をくって死《し》ぬだろう、一日《にち》も早《はや》く足《あし》を洗《あら》いたいと思《おも》う心《こころ》と、母《はは》を案《あん》じる心《こころ》とで、私《わたし》の頭《あたま》は、ハレツしそうだ。此《こ》の廓《くるわ》中《じゅう》にでも私《わたし》と同《おな》じ悩《なや》みを、持《も》っている人《ひと》が、幾人《いくにん》もあろうに……。

ああもういっそ、地球《ちきゅう》が一度《ど》に、くつがえって終《しま》えばいいのに。

可哀想《かあいそう》な私《わたし》の、いたいけな魂《たましい》よ。

お前《まえ》はいったい、いつになったら、安心《あんしん》する事《こと》が出来《でき》るのだ。

私《わたし》は余《あま》りに、自己中心《じこちゅうしん》なのか知《し》ら？

いっそ、馬鹿《ばか》になりたい。

此《こ》れが人世《じんせい》と言《い》うものか知《し》ら、憂世《うきよ》とは、けだし、名言《めいげん》、名言《めいげん》。

×月《がつ》×日《にち》
八重野《やえの》さんが腹痛《ふくつう》を起《おこ》して、昨日《きのう》から寝《ね》ている。

「何《なに》か食《た》べた？」と聞《き》くと、

「ウウン」と言《い》ってポロリと涙《なみだ》を流《なが》す。

いくら病気《びょうき》で店《みせ》を休《やす》んだって、食物《くいもの》位《くらい》与《あた》えてやって呉《く》れればいいのに………。

内《うち》の楼主《ろうしゅ》は、店《みせ》を休《やす》むといっさい御飯《ごはん》を食《た》べさせない事《こと》にしている。

こんな人情《にんじょう》の薄《うす》い中《なか》で病気《びょうき》をして、さぞ心細《こころぼそ》い事《こと》だろう。

此《こ》の間《あいだ》、質屋《しちや》から、出《だ》して来《き》たばかりのお召《めし》の袷《あわせ》二枚《まい》を又《また》、おばさんに頼《たの》んで持《も》って行《い》って貰《もら》うと、六円借《えんか》りて来《き》た。

此《こ》の間《あいだ》は八円貸《えんか》したのだが、不景気《ふけいき》だと質《しち》まで安《やす》い。八重野《やえの》さんに親子丼《おやこどんぶり》と、バナナを買《か》う。

残《のこ》りの金《かね》を、紙《かみ》に包《つつ》んでそっと蒲団《ふとん》の下《した》へ入《い》れてやったら、にわかに大声《おおごえ》を上《あ》げて泣《な》き出《だ》して終《しま》った。

「わて、死《し》んでも忘《わす》れしまへん。ほんまに、すんまへん……」

私《わたし》まで泣《な》きたくなって来《き》た。

「なるべく身体《からだ》を大切《たいせつ》にして働《はたら》かなきゃ、自分《じぶん》の損《そん》よ、病気《びょうき》になると、誰《だれ》もツバも吐《は》きかけて呉《く》れないのだからね。」

「あの……此《こ》の二三日《にち》、チョット急《いそ》がしくてお客《きゃく》を取《と》り過《す》ぎたのが、元《もと》だ思《おも》いまんね……。」

八重野《やえの》さんは、さびし相《そう》に、目《め》をうるませた、まだ店《みせ》へ出《で》て一ケ月《げつ》にならないのだから、無《む》理《り》もない。

本当《ほんとう》に廓《くるわ》の女《おんな》は皆《みな》、世《よ》の人《ひと》の知《し》らない、いじらしい心《こころ》を多分《たぶん》に持《も》っている。

部室《へや》の窓《まど》から、青々《あおあお》とした、ビワコを見《み》ていると、訳《わけ》もなく涙《なみだ》が流《なが》れて来《く》る。

此《こ》の廓《くるわ》を、みんな湖水《こすい》の中《なか》へ沈《しず》めて終《しま》えば、胸《むね》がスウット、するだろう。

夕方《ゆうがた》から雨《あめ》が降《ふ》る、晩春《ばんしゅん》の夜《よる》の雨《あめ》は、自殺《じさつ》したくなる程《ほど》、悲《かな》しみを持《も》つ女《おんな》の心《こころ》を、しめつける。

お母《かあ》さんに手紙《てがみ》を書《か》く。

寂《さび》しくなると、妙《みょう》に親《おや》が恋《こい》しくなって来《く》る。

初出　『女人芸術』二月号、女人芸術社、一九三一年

＊1――お線香：芸者の揚げ代の別称。
＊2――花：売春業のこと。
＊3――自由廃業：娼妓や芸妓が抱え主の同意なしに自由意志によって廃業すること。
＊4――宵闇せまれば：作詞時雨音羽、作曲佐々紅華の歌謡曲「君恋し」の冒頭部分。

［小説］

最後の奴隷

平林英子

一

屋上の女給部屋を、女達は「第三天国」[*1]と呼んだ。彼女達は、客を相手に屢々その部屋を話題にした。だが、誰も本当の事を言うものはいないのだ。何時も暗示的に、多少は滑稽味も加えて、男性の好奇心を適度にそそりながら、相手の気持を苛々させる事が、近頃では、悪戯的な快感にまでなっている。

「一度でいいから、その部屋を見せろよ」

「駄目々々、第三天国は男子禁制よ」

「いやに勿体をつけていらいらさせやがるなあ、一体どうなってるんだい？」

「そりゃ素的だわ、一寸言葉では言われないのよ、だって、第三天国には秘密がないんですもの」

「成程ね、秘密のない女人国か！　婦人雑誌的な煽情性だね」

併し、事実は、その部屋に対して、女達は何の関心も持っていはしないのだった。屋上の露台の一隅に温室の様に、据えられて、物乾台と丈比べをしている八畳の女給部屋は、両側が水族館の魚類箱の様に、素通しガラスの窓で出来上っている。天気の好い日、女達は臥そべった儘、飛行機を眺め、時には鳥の影さえ見かけるのだった。そして、深夜の月光は、舞台の照明の様に、酔払った女達を、深い感傷にまで導いた。

片側のざらざらした薄黒い壁には「煙草の火に注意せよ」「屋上すゝの子に塵埃等捨つべからず」等の注意書が装飾画の代理を勤めている。襖のない押入れには、無数の風呂敷包や、みだれ籠や、バスケット等が、三等客車の網棚の様に雑居して、片隅の行李の横には、戸板の様に薄っぺらな布団が、妙に突っ張った格好で積み上げてある。所々の縫目から、鼠色の古綿がはみ出ているのだが、それを修繕する程の「度胸」のある者もいなかった。全く、取り代える事が出来さえすれば、明日にでも捨てたい代物である。

「本当に、みんな少しは片づけましょうよ、これじゃ、まるで女の住んでる様な処じゃないわ」

年嵩の女がぶつぶつ言い乍ら、髪の毛や鯛焼の尻尾を片づけ始めると、他の女達も立ち上って、お役目的に一通りは掃除をする。だがそれは風の日の庭掃除と同じく、直ぐ後から又散らかされて行く。

風呂敷包を取り出して、襦袢の襟を掛け代えている者、古新聞を展げて髪を梳く者、鏡を見詰めて七面鳥の様に表情の研究に余念ない者、寝巻姿のまま悠々とトランプで今晩の運勢を占う者、臥そべってラブレターを何枚も書き崩す者、質札を並べて利子を計算する者、空想する者、喋る者、まさしく第三天国は浮浪人の楽屋だ。

姉はラシャメン
妹は女給さ！
親父じゃ万年町でコラサノサ

一人が唄い出すと、直ぐあとから二三の者が続ける。

犬殺しサイ犬殺しサイ

冷たい金属性の、ヒステリックな合唱だ。

早番で店へ出ている女達は、客がないので、自棄に蓄音機にスピードをかけて、払い切れない月末の呉服屋への借金と、観桜会の訪問着の心配を抹殺しようと努力する。すると、騒々しいジャズは、水蒸気のように「第三天国」にまで上昇し、浸入するのだ。

だが、誰も部屋代を払っているわけではないのだから、お互に我慢しなければならない。そして、その結果は、少し神経質の者だったら、不眠症か痴呆症にでもなって仕舞わねばならない。金回りの良い二三の女達は、こうした「第三天国」の騒音の中から逃げ出して、それぞれに間借りをした。少しばかりの不経済は、職業的なモダニストにとっては、時には却って「経済的」でさえ有り得るかも知れないのだ。

「自分の部屋っていいものよ、こうした酒と唄の中から一歩外へ出ると、全くせいせいするわ、そして、自分の部屋へ帰って畳の上に座ると、まるで素人のように虔ましい気持になっちゃうのよ」

その上、自分達が一日毎に「女給タイプ」に染って行くのは、一日中女給部屋と酒の中にばかり居て、外の自由な伸々した時間を持たないからだと主張するのだった。女達はいつも、「女給タイプ」になる事を、役者が鉛毒を怖れる様に嫌っていた。伝染病院の看護婦の様に、周到な注意と敏感な神経質で、病菌に侵されない様に、常に消毒を怠らない積りだった。だが、職業と言うものは、上等の染料のように、無慈悲にも彼女達を、はっきりした色彩に染上げて仕舞うのだ。異った社界の新鮮な空気を吸う事は、この場合、女達には第一に必要な事でなければならない。どうやら「自分の部屋」と言うものは、肺病患者に日光浴が及ぼす程の効果はありそうだった。だから部屋を借りられない女達は、少しでも閑があると、彼女達の部屋を訪れて、「人間」らしいと言う畳の上の生活にあやかった。

自分の部屋を、自分の部屋をと、女達の願望が、一しきり「部屋」と言うものに集中して行った。「部屋」は恋人の様な魅力をもって、女達の心を惹きつけた。中には、二人で共謀して、若い金持の学生に家を借りさせて、其処の二階を占領しようと計画した者もいた。小遣を節約して間代を貯蓄する者、同棲者をさがす者、そうして、第三天国から女達が、競争的に外へ流れ出そうと準備した頃のある日だった。かねてから、自分の部屋を持っていた一人の女が、一枚の葉書を持って、狼狽《あわ》てて女給部屋へ駆け込んだ。

「一寸、大変よ、警察から呼び出しだわ」

葉書には「×月×日友人の件に就き当署へ出頭せられ度く云々」と書かれてある。カフェー取締りの第一着手として、通勤女給の素行に疑惑の目を向けた警察が、その取調べを開始したのだ。

その日、女は目を泣き腫らして警察から帰って来た。

「ひどいわ、人を馬鹿にしてるわ、いきなり頭から、男が幾人あるって訊くんだもの、そして、あたしが、いくら独りで居るんだって言ってもきかないのよ、仕舞いには階下のおばさん迄呼び出してさ、憎くらしい事を色々言うのよ、色々言ったわ、一寸此処で言えない様な事まで言ったわ」

女は一息に喋ると、鬱憤の捨て場がないとでも言う様に、強く足踏みをした。

翌日、又一人が呼ばれた。だが、この女は亭主持ちだったので、警察の取調べは簡単に済んだ。その代り、彼女は原籍地へ紹介されそうだと言って心配した。田舎に故郷を持つと言う事は、それだけで、彼女を封建的な道徳に縛りつけることだった。都会生活の窮迫と、田舎の封建主義とが、二重に彼女を苦しめるのだ。

「一寸、一寸、警察ではどんな事を訊くの？　あたしんとこへもこんな呼び出しが来たのよ」

好きな男達と気随に逢う為に、独りで下宿をしている年若い女が、断髪の毛を波立たせ乍ら、誰彼となく、経験のある女達の間を回っていた。

総理大臣は、ラジオで「緊縮」[*2]の放送をした。警視総監は、禿頭を帽子で隠して、銀座のカフェーを視察した。婦人雑誌には、有閑婦人のカフェー見学記が、ジャナリズムの波頭に泡立っている。そして、××会館には、一流カフェーの女給代表が「女給税反対」の講演会を開いて気勢を挙げた。

「おうい、みんな集って呉れ！」

店を代表して、警察の訓示を聴きに行って来たコック頭が、裏梯子から首を突き出して怒鳴った。女達は掃除を終えたばかりなので、誰も彼も大儀そうに、不貞腐れた足どりで降りて行った。

「…………………だから、余り外出しないがいいよ、営業中にだ、いいか、営業中に客と外出した処を見つけた場合はだ、如何なる理由ありとも、女給が客を誘惑したものと認めるってんだ。認められるんだから弁解は成り立たないものと思わなけりゃならないね、そしてだ、淫売の意志ありと見て拘留に処すってんだ」

「チェッ！　馬鹿々々しい、何だって又、そんな意地悪を言やがるんだい！」

「営業中って言うと、朝からなんでしょう、まるでひとを禁足する積りなんだよ」

「この世知辛の世の中に、おかしくてそんなお説教がきかれますか？　ってもんだ」

「ふん、客と歩いて淫売か！　よく考え出したもんさ！」

女達は、そうした事の凡てが、コックのせいでもある様に、その場でコックに不平を投げつけた。中には、何時か、活動の帰途、客に言われた言葉を引証して、彼等こそ女給を良い加減に利用するのだと主張するものもいた。

「君達の様な女を、誰が好きで連れてってやるものか、実は、同伴席に這入りたくて一寸利用したまでさ！」

営業時間十二時迄と言う新規定は、客にも女給にも物足りなかった。かっきり十二時にビールを一本注文して――いくらお上の命令だって、買った酒を飲む間も許さねえって法はあるめえ？　そんな筈はなかろう――等と言い乍ら、わざと悠然と腰を据える請負師もある。スペシアル・ルームのカーテンを降して、馴染の芸者と話し込む紳士もあった。十二時になると、店の表を幾人もの巡査が往復した。マスターは営業停止を恐れて街灯を消し、十二時後の客は、こっそりと裏口から帰した。

食堂の正面の壁にいかめしい警視庁の注意書が、風呂屋の衛生規定の様にはられた。そして、それは少からず客の「気分」に影響した。ともすれば女給の収入にまで、悲観的な効果を及ぼすのだった。

「何だ、こんなもの！　折角飲んだ酒も醒めて仕舞うじゃないか」

そしてこの言葉は、同時にチップを置かない口実にも成るのだ。

店は月毎に欠損が続いた。すると、マスターは不景気の連帯責任を、第一に使用人に負わせるのだった。コックもバアデンターも出前持も、給金を二割宛下げられた。女給達は、出銭の廃止によって食物の質を下げられた。

「ええっと、朝の味噌汁の実が全部で金八銭也、すると一人前いくら宛だい？　昼飯が四十銭の塩鱈で、晩飯は十五銭のむきみ汁さ、だから、あとから来るのろまな奴は何にも食えねえんだよ」

フライパンで、油をジイジイさせながら、見習コックが、十五銭のむきみ汁にあぶれた女給を揶揄いながら、帳場のマスターの表情の変化を、寒暖計の様に計って見る。

店では酔っ払いが、近頃の警視庁の取締り規定に就て女給を冷嘲《ひやか》している。

「何だ、君達ゃ知らないのか。近頃警察では懸賞をつけて、一人の不良女給を捉えた者には、金一円也を呉れるんだよ、薄給のお巡りさんたる者、腕によりを掛けずんば非ずさ、要するに、可愛想なは女給でございだ。君達は懸賞付きのお尋ね者なんだからなあ」

いまいましいこの言葉を、無下には否定する事も出来なかった。全市の活動写真館では、毎夜、幾組かの「疑わしい」男女が調べられたから。

「履歴書だの、身分証明だのって、色々めんどう臭い手続きもいらないし金にもなるからと思って女給になったんだけど、近頃しみじみ嫌やんなったわ」

「生きて行く事がめんどう臭いわ、何だかだって……」

「自分一人生きるのにさえ容易じゃないのに、あたしなんか、弟達の仕末までしなきゃあならないんだもの……」

夜、猿股や肌着や腰巻が、半乾きのまま、天井に吊るされてある女給部屋の、部屋一面に敷かれた布団の中へ、豚の子の様にもぐり込んだ一部の女達が、ぶつぶつ語り合った。併し、そんな事には、まるで無関心に、布団の上に座って、財布の金を調べ乍ら、何時迄も首をひねっている女もある。

「ええ、あたし酒井さんを愛してますよ、愛してますとも、うんと愛します」

三角恋愛に気を腐らしている女が、脱ぎかけた着物の下から真赤な長襦袢を見せて、まるで亭主にでも物を言うように、酒臭い呼吸をはあはあさせ乍ら、宙を見詰めている。

「咲ちゃん、いい加減にしてお休みよ、うるさいやね、全く」

「大きなお世話さ。寝ようと起きようとあたしの勝手だい！　だが、あの人はいい男だろう？全くいい男さ！」

この女は東北生れで、声がよかった。酒に酔うと何時迄も床の中で、感傷的な声を出して「おばこ節」[*3]を唄った。

「誰か、一寸便所まで連れてってよ、何だか、体がふらふらして困るからさ、よう」

便所は、一階の一番向う側の隅にあるので、消灯した暗い階段を降りて行くのを、誰も億劫がった。

「面倒臭いね、バルコニーでやっちゃいなさいよ！」

誰かが、舌打ちをして、床の中から怒鳴った。

二

コック場の置時計が十二時を指す頃には、女給達の小型な装飾用腕時計も、それぞれに十二時の前後を示している。すると、「月給取り」のバーテンダーは、待ちかねた様に窓のカーテンを降して仕舞うのだ。コックは、心にもない落着を示して、ストーブの火をおとす。女達は、予算の狂った収入を胸算用しながらエプロンをはずして、テーブルの上を片づけ始める。

外出用の羽織姿で、手に襟巻を持った一人の女給が、電話口で喋っている。

「モシモシ、平和タキシイですか、自働車を一台ね、ええホロよ、何時もの三丁目の蕎麦屋の角へ……」

消灯した店の裏口から、通勤女給の一組が帰って行く。その後を僅かの距離をおいて四人連れの女が続く。彼女達は、巡査の姿に警戒しながら、こそこそと街角へ姿を消した。

蕎麦屋には、約束の京橋辺の材木屋の主人だと言う四十男が、布袋の様な体を堅い椅子に硬ばらせて待っていた。女達が這入ると、正面の階段から、顔見知りの××警部が、ぞろっとした和服姿で、馴染の女給を背後にかばい乍ら降りて来た。四五日前、愛宕山から「不良少年少女に関する有益な話」[*4]を放送した有名な警部である。彼は、フェルト草履を軽く突っかけると、変に間の悪いような、その癖、いやに高圧的な微笑を女達に分配して出て行った。表の舗道には、夜勤巡査が、外套の襟を立てて寒風の中を彷徨している。

入口の戸が鳴って二人連れの男が、あわただしく這入って来た。

「いらっしゃい!」

突然、一人の女給が大声で怒鳴った。そして、狼狽てて首を縮めた。周囲の客の、朗らかな笑声が、食べかけた丼の中から立ち上る湯気にもつれて、四辺を陽気にする。客商売に浸み込んだ者の、時々起る無邪気な錯覚だ。

五人の客を、団子の様に詰め込んだ自動車は、交番の赤い灯火をさけて、辷りの悪い裏路を曲折して、がむしゃらに走った。空には鼠色の雲が重く垂れ下っている。

女達は、新聞によって、昨夜も非常警戒が敷かれた事を承知していた。だが、緊張の直後は緩慢である。女給だって、魚ではないのだから、そう簡単に網になどかかりはしない。万一、ストップを命ぜられた場合にも、既に、言い逃れの方法は充分練ってあるのだ。運転手と車掌は、まるで飾り土偶の様にむっつりと前方を向ききりである。自動車は風の様によく走る。

「洲崎でしたね」

かすれた運転手の声がする。

「あら、違うわ、角海老[*5]よ、吉原でなくちゃ詰んないわ、洲崎なんて、なっちゃいない」

「こら、余計な世話をやくな、大蔵大臣は俺だからな」

「ケチン坊！　いいわ、もうあなたなんかに従いて来やしないから……」

布袋男は、一種典型的な商人だった。彼はチップに置く五十銭銀貨に、いつも故意に唾を吐きつけて女達に渡した。冗談にしては少しアクが強過ぎる、だが、長者名簿に名前が出ていると言うので、マスターにとっては大切な客であった。彼には簡明な持論がある。

「大臣だって博士だって、当節は全く金次第さ、金さえありゃ世間に恐いものは何んにもありゃしない」

同じ大尽遊び[*6]でも、彼の場合、相手は女給に限るのだ、女給は芸者と違って、玉代[*7]がいらないのだから。

自動車を降りると、角刈りに前掛を占めた牛太郎[*8]が、去勢された馬の様な顔をして出迎えた。奥の廊下を渡ると、素足を真赤にした、若いお職が、柄の古臭い錦紗の上着を、長襦袢の上へ袈裟掛けに着て、寒そうに笑釈した。家全体に薄暗い電灯が、不馴れな女客にも心安い落着を与える。

二階の広間に落ちつくと、布袋男の傍へ、例のお職がぴったりと座った。番頭が、正宗の四合瓶を運んで来て、徳利に注ぎ、それを火鉢の銅壺の中へ入れ乍ら、小糠煎餅の様にぽろぽろしたお世辞を言う。タンクの様な体の「やりて婆[*9]」が、馬の靴の様な顔を廊下から突き出して愛想を言う。この老婆は、廊下を歩き乍ら、ひっきりなしに、おいらん達に小言を言い続ける。

「電気を消しな、電気を」

「今消すわ」

小言は更に、次の部屋へ移動してゆく。

「お婆さん、コップに水を、早く……」

「何てざまだえ、そんなざまをするものじゃないよ」

「何でもいいから早く水を！」

向うの部屋からも別の声がきこえる。

「あら！　わたしの紙がないわ、さっき此処に置いた筈だのに――」

「気をつけな、仕末が悪るいからだよ」

午前二時、家全体に渡って、生活の営みが始っている。生の執着、これこそ生きんとする意志のどん詰りの荒廃した「忍耐」である。

女給達は、布袋男の意志を無視して、おいらんを買う事を協議した。番頭が標札の様な木札を裏返しに四枚並べた。一枚宛手に取って見ると、松子、正子、時子、歌子と書いてある。制度だけは、あくまで古風を厳守しても、此処にもモダーンの進出がある。改革はいつも「腹の痛まない」処から出発する。そして、其処で立往生をするものだ。

珍客に買われたおいらん達は、一人ずつ女客の後へ座った。

「寒いでしょう、一緒の座布団へ座りましょうよ」

「あら、そんな事、罰が当ります、お尻が曲りますわ」

窓の下を、新内流しが過ぎ、蕎麦屋の笛が泣き、何か物売りの呼び声が通る。

「お前達は、女同志でいろいろと、身の上話があるだろう。どうして買われたとか、何故女給になったとかな、まあ、ゆっくり話すがいいさ」

　布袋男はお職の手を取って、彼の部屋へ引きあげた。女達は、その後姿を見送って、空虚な笑声で義理笑いをした。

「どうです？　景気は……」

「ええ、とてもひどいんです」

「今は何処でもね、あたし達なんか、まるで駄目よ、昨日なんか遅番で一つしか番を持たないのよ」

　まだ、田舎訛の取れない。おいらん達は、女客との会話には馴れていなかった。女達は布袋男が考えた様な、安価な身の上話等で、お互を誤間化し合いはしなかった。鍋焼を食べながら、唯々不景気の話だけだった。

「時子さん、お座敷だよ」

　やりて婆が障子の外からドラ声を放って女達の会話を中断させた
「あたし達も寝ましょうよ」

　女客は、それぞれに、自分の「相方」から借りた、身丈と柄の違う浴衣を着て、一つ部屋へ枕を並べて寝た。

「おやすみなさい、夜中に回って来るわけにもゆかないわね」

　一番年増らしいおいらんが、布団の裾の方をぽんとたたいて、妙に浮々と冗談を撒いて部屋を出た。

「回らなくてもいいお客なんて、きっと、あの人達嬉しいのよ。世の中の女が共謀して、おいらんの買〆めをやったらどんなもんでしょう。いちんちでいいから、助平な男達を思いきり懲らしてやりたい」

「男なんて、全く意地が汚いやね、むかむかするよ」

誰も寝つかれなかった。自分の亡霊が、長襦袢一つで、野獣の様な男に抱かれる姿が、執念こく頭の中を往復する。筋向うの部屋の障子が開くと、床から這い出した女が、障子の穴を専念に覗く。

「一寸、どんな男？」

「うん、なかなか美男子さ！」

「妬けるよ、あたしにも見せて」

廊下はひっきりなしに人が歩き、何か取り込みのある家の様に、隅々までも騒々しい。部屋々々からは、ささやきが漏れ、まれに笑声が起る。玉の井の淫売の話を語る客の、得意そうな声が一段と高く響く。何かを女に強いているらしい、変態性の男の声がする。すると、寝られぬ床の中で、女客達が興奮して、足をバタバタさせ乍ら憤慨する。新しい客を案内するやりて婆の声、不秩序な騒音の中に、おいらんの草履の音のみがいつも単調で寝むそうだ。

寝不足の瞼をした女客達は、白粉の剝げかかったおいらん達に見送られて、朝帰りの自動車に乗った。路傍の屋台の前には、長襦袢のままの一人のおいらんが、客の朝食の惣菜を買いに来ている。その落莫とした姿に朝日がまぶしい。

遊廓を出ると、街は相変らず昨日の生活の平凡な連続である。自動車が飛び、電車が走る。人間が雑踏する。騒音がもつれる。そして此処にも朝の太陽が燦然と輝いている。

「ああ、やっと娑婆へ出た」

「ふん、シャバか!」

不機嫌に口を噤んでいた女達が、ぶっきら棒に吐き出した。

乱雑、無秩序の生活は、貧困の重荷の下に、益々女給達を絶望的な自棄の世界へ追いやった。一人の女給が、裏の露路口で、金を無心に来た母親に、二三枚の銀貨を渡して来ると、北海道へ病身の老父を残して来た女が、父親からの手紙を、渋い顔で読んでいる。

「でもいいわ、あなたなんか手紙の催促だから悠長なものさあたしとこへは、何しろ六十三の恋人が毎日やって来るんだからね」

店のストーブの前には、月賦払いの反物代を集金に来た呉服屋が、煙草を吹かし乍ら、何時迄も頑張っている。女達は、この呉服屋の暴利振りに不平を抱き乍らも、容易に絶縁出来そうもないのを無念がった。染物屋は頼みもしないのに、新柄見本を矢鱈に展げて、女達の欲望をそそらせ、効果のない時は、他店の女給の注文柄を説明して、購買欲を煽りたてる。既にパトロンに春着を買わせた女は「第三天国」へそれを陳列して、まだ何の目算も立たない者達に観賞を強要する。お座敷の帰途、客と立ち寄る芸者達の衣装も、何時の間にか明るく変っている。街には春が来たのだ。女達は、正月着の残金も済まさないうちに、観桜会の衣装が頭痛の種だった。

いらいらと、体の処置に困る様な日が幾日も続く、そしてそんな日、女達は誰かを口説いて、京浜国道を一息にすっ飛ばすのだ。唐もろこしの様に、髪を赤く縮らせた、超国家的なチャブ屋[*10]の女と、目茶苦茶にダンスでも踊れば、日頃の鬱憤が性急に飛散する。眠れない夜は、品川の「サントク」辺りで飲み明せばよい。そして、翌日は夕方迄熟睡だ。女給部屋の、戸板の布団に厭いた時は、待合の雑魚寝も面白い。凡そ、物事を考えると言う事は身の毒だ！　考えたって、金になるわけのものではない。

一人の客が、受持女給に「会計」を命ずると、周囲の女達は、自分の客を置きざりにして、何気なさそうにたかって行く。番外の恩恵に預ろうと言う下心である。そしてそれは不景気に連れて益々露骨になる。

だが、行き詰ったものは展開させねばならない。一部の女達は、そうした生活の中から少しずつ内省の時を得た。果てしなくもつれて行く生活に、疑問の瞳を向け始めた。そして、徐々に、書物と思考への欲望が動き始めた。

三

蓄音機のジャズは鸚鳥の様に毎日同じ文句を我鳴り立てていた。

昼の客は大部分が学生である。今日も二階の広間のテーブルには、私立H大学に席を置く一人の「思想家」が、資本論[*11]の原書を抱えて、ビールを飲み乍ら、如何に語学の難解なものであるかを、受持の女給に語っている。この男の言葉を聴いていると、語学の解らないものには全然思想がないとでも言う様である。だが、女達は、この男の前で物識顔をする事を遠慮した。多少でも、物の解る様な顔をすると、彼は早速、懐から回覧雑誌の様によれよれになった原稿を取り出して、衒学的な文章を得々と、しかも強制的に読ませ様とする。こうした男の前では、女達は常に警戒的だ。

「どうして女給ってものは、こうも真実性がないのかなあ、余り商売気を出すなよ」

「ご冗談でしょう。あたし達、真実性の安売なんかしないわよ。これでも彼と二人の時にはね……」

暇な日には、二三冊の書物や雑誌が、女給達の間を、そして終いにはコック部屋迄も転々する。

女学校を出たと言う一人の女が、女子大学生の友人から、時々本を借りて来た。

今日も彼女は、女子大学生が、その素晴しい本箱の中から選んでくれた、女給には適当だと言う書物「ヤーマ」[*12]を読んでいた。

美容院通いでもしそうな、縮れ毛の芸術家らしい風彩の青年が、その傍に立って、皮肉な微笑を浮べている。

「君、今頃そんな本読むのかい？　そんな処は、もう現在のロシヤにはありゃしないよ」

女は、何か悪るいものでも見られた様に、狼狽てて本を閉じた。

「そうでしょうか、でも、私読むものがないんですもの、私達は一体何を読んだら好いんです？」

「さあ、モーランの夜開く夜閉すなど[*13]はどうです」

男は其処へ腰をおろしてウイスキーを命じた。そしてくどくどと小説のくだらないことを論じた。変に気を負った、人を小馬鹿にした様な態度である。

「あの、少しロシヤのお話をして頂戴。あなたはきっとご存じでしょう？」

「くだらん事ですよ、そりゃ僕にも、そんな事に興味を持った時代もあったんですがね」

「私ね、近頃よく思うのよ、どんな仕事でもいいから、何かもう少し意義のある仕事がしたいと……」

「僕なんかね、資本家のからくりなんてものはとうに解り切っているんだから、現在では唯それを逆に利用して見ようと思う丈です」

気がついて見れば、彼は「ダイヤモンド」と言う相場の雑誌を持っていた。

「それよりかどっかへ一度愉快な旅行をしようじゃありませんか」

「嫌やな方！　あなたなんかと旅行したら損するわ」

「貞操的にですか。それなら男だって損ですよ」

「そんな馬鹿な事が……」

「いや、君は案外古いですね」

男は、チップを気張って、鳥打ち[*14]を直して出て行った。後で若い女給達が囁き合っている。

「一寸今の男ステッキボーイ[*15]に持ってこいね」

「そう、一寸いい顔してるじゃない？　和製バレンチノ[*16]かハハ……」

一部の女達は、書物を読み、自分の周囲を見回す度びに、自分達の生活態度に益々不満を感じ出した。何か、もっと生甲斐のある生活方法が、何処かになければならない筈だと思った。始めて上京した田舎者が、東京の名所をさがす様に、女達は手がかりのない焦燥に駆られながら、本屋の店頭を漁った。

ある日、よく雑誌等に写真を出される、プロレタリア文士が、その友人に連れられて飲みに来た。二三の女給達は、顔の白粉の濃さを気にしながら、虔しみ深く歓迎した。書物等まるで無関心な朋輩にも、彼が傑れたプロレタリア文士である事を吹聴して、喜びを分担させた。彼は、銀座の帰途で非道《ひど》く酔払っていた。ウイスキーを立て続けに命じながら、手近の女を捉えて無理やりにキッスをしたり名刺を取出しては、誰彼となくばら撒いた。そして、少しばかり肩を張って自分が前科三犯である事を喋りたてた。大部分の女達は、薄気味悪そうに彼のテーブルを離れて行った。

「社会主義の文士って、全く非常識ね、いきなりあたしにキッスするんですもの、あんな奴大嫌いだわ」

一人の女が、侮蔑的な、投げ捨てる様な怒りを撒くと、傍の女が気の毒そうになぐさめた。

「でもね、社会主義って職業《しょうばい》の人だって、皆あんな人ばかりじゃないわ。何時かあたしが、銀座にいた頃よく来た、松村駒三って人なんか、何時も大勢の書生さんが、先生々々で大変よ、それに気前もいいしね」

多少「常識」を持った女達はこの会話を、苦笑して聞き捨てた。

女給部屋へは、講談雑誌と一所に、見馴れない赤表紙の本や、薄いパンフレット等が、次々に持ち込まれた。女達は、女学校出の朋輩に、難しい言葉などの解釈を聞き乍ら、熱心に読み出した。感激して涙ぐむ者さえあった。併し、中には、鼻唄を歌い乍ら、それ等の本を、灰皿の代理にして済ましている女もある。

激しい夕立の日だった。雨をさける為に、三人の長髪の学生が飛び込んで来た。彼等は注文したコーヒー茶碗をテーブルに飾って、何かしきりに議論を始めた。言葉の中からは熱情を帯びた難しい熟語が沢山飛び出した。そして、軈て激しい議論に疲れると、今度は低いバスで、首に力を入れて、元気の良い歌をうたい出した。

春のヴォルガの溢るごと[*17]
歓喜はロシヤに満ちて……………………

一人の女給が、旧友にでも逢った様に、親しそうに彼等のテーブルへ近づいた。

「一寸、あたしにもその歌教えてよ」

学生達は、はっとして歌をやめた。そして、お互に注意深げに瞳で合図し合った。

「君、この歌が何の歌だか知ってるのかい?」

「ええ、解る様な気がするわ」

併し、彼等はスパイにでも対する様な神経質で、女に警戒的な質問をした。女は、変に気真面目に無骨な返答をしている。軈て一人の男が登校用の靴の中から、一枚一銭と二銭の蔵書標を取り出して、獄中の同志の家族を救う為に買って呉れと言い出した。女は、ひどく感傷的になって、帯の間から貰い立ての一円紙幣を出して渡した。自分等には、手の届かない処にある様に考えた、運動と言うものの為にこうも容易に尽す事の出来たのが喜しかったのだ。

「あたしね、弟に仕送りをしなけりゃならないのよ、もっとあげたいけれど、これだけ寄附するわ」

「済みません。僕達、こんな処の女で、あなたの様な物解りのいい人始めて見ましたよ。本当に嬉しいんです」

彼等の間に、一しきり主義者の苦しい生活状態が話題に上った。女は昂奮して、涙ぐみながら言った。

「あの、もし何かの会合でもあって、周囲がうるさかったら、家へいらっしゃいよ、家のスペシアルなら大丈夫よ、昼間は客もないから、あたしがうまくやるわ」

学生達の帰る時、女は早口に訊いた。

「あの、そうした、あなた方の運動は、誰が主導してるんですの？　どう云う方法で皆さんがお働きになるんです？」

「解りませんね、凡ては雲の上の命令なんですから、僕等は唯、歴史的使命の為に、黙って働くだけです」

学生達は、極めて普通の声でそう言った。

「雲の上の命令だって、そんな事何だっていいわ、ああ言う人達の為に使うお金なら」

明るい感激が、わくわくと泉の様に湧き出た。女は、女給部屋へ駆け込んで、糊で突っ張ったエプロンの端で、乱暴に涙を拭った。

感激と、緊張の生活がしばらく続いた。そして、女達はともかくも、自分達が虐げられ、躙られた「階級」に属している事を理解した。何が自分達を自棄と乱倫の生活に追込んだかをも会得した。だが、理屈の上では、自分達が新しい生活への出発をしなければならない事を承知しながらも、進路を見出す手がかりを得ることが出来なかった。彼女達は、店へ来る「主義者[*18]」達に、客の少ない時を選んで、真面目に正面から突き当って行った。彼等こそ、自分達の味方として、必ず手を曳いて呉れるであろう。だが、それ等の希望は片端から裏切られた。

「お前達になど解るものか」

ひどく高圧的に出る学生主義者がいる。自動車の女車掌と、工場の女工以外には全く希望を持たない「主義者」もいる。場所柄も考えずに、運動の話など質問する女給に、キッスを持って応答する若いプロ作家[*19]もいた。

「御自分様では何と思ってお出でも要するに人は君達をたかが売笑婦としか思っちゃいませんよ。第一生活がルンペン[*20]ですからね」

酒臭い呼吸と共に、こんな風に言われると、女達は救われ難い寂寥と侮辱に沈黙せねばならなかった。自分の本心には、二重三重の衣を着せて、お互に騙し合おうとするのが、在来の女給と客との間の取引だったのだ。女給の言葉の中に、真剣な真実を発見する等と言う事は、鮑から真珠を噛み出す程珍しい事である。季節はずれに咲いた花の様な、女給達の真剣さも、結局、相手には理解されなかった。折角動かされ初めた自覚的な生活への情熱も、やがて又少しずつ軌道をはずれ出さねばならなかった。彼女達は、過去の不幸だった自分の生活の経路に、再び絶望的な自棄をさえ感じ出した。

　時代の波に浮動する、流行の一部分を摘み取っては、適度に自分達の生活様式に同化させる事は、彼女達の昔からの「本能」である。そして、女達は、今度も亦、この方法を実行しようとしつつある。相手の客によって、一日のうちに何回も主義の変更をやり、誰にでも迎合的な態度に出て、収入の多くなる方法を実行するのだ。

「君は主義者だってね、一つ僕と議論しようじゃないか。マルクスは事物の過程と言う事に就て言っているが、革命のあとには、どんな建設が用意されてあるんだい?」

　鋳型で造られた様な銀行員が、女給を相手に流行のマルクスを攻撃して、安価な自己満足に瞬間を享楽している。

「お坊っちゃんね、お味噌汁で顔でも洗っていらっしゃいよ」

　女達はこんな面倒臭い議論は、上手に茶化す術を会得していた。

「タワリシチイ」*21

アナーキストだと自称する、金持の青年が、近代劇の色男の様な握手を求める。

「だが、一体君は赤か？　黒か？」*22

「そうね、今日は黒くなりましょうよ、お久しぶりですもの」

常識的に「大衆化された社会主義」は、恰も「貴薬サフラン入り」の仁丹だ。毒にも薬にもなりそうもなかった。都会交響楽と草津節と、浪華小唄と、そして労働歌とが、何の不調和もなく街頭を流れて行く。そして、夜の舗道には、モダンボーイと共に、マルクスボーイが闊歩した。彼等は、髪を五分刈にして、ネクタイをつけない事に時代の尖端を表現した。――主義者の戯画的模型も時代の産物である。


緊縮、不景気の騒音の中で、冷酷に生活の脅威に悩まされている女給達は、今日も、明日も、大衆化された清涼飲料的な「社会主義」を売って生きようとしている。最後の日まで、遂に救われ難い彼女達の「宿命」であろうか。

初出『女人芸術』五月号、女人芸術社、一九三〇年

＊1――第三天国：天国を三つに分けたときに最下層に位置する領域。
＊2――緊縮：緊縮財政政策。国家の支出を引き締め、国全体が節約を志向すること。

＊3――おばこ節：東北に伝わる唄。おばことは未婚の若い娘のこと。
＊4――不良少年少女に関する有益な話：東京の愛宕山は日本のラジオ放送が本格的にはじまったところ。出演したかどうかは不明だが、この時期、警視庁不良少年係主任警部の飯島三安が積極的に発言をしている。不良少年に関する著作も出す。
＊5――角海老：吉原遊郭にあった屋号。
＊6――大尽遊び：遊里で豪遊すること。
＊7――玉代：芸者や遊女などと遊ぶための代金。
＊8――牛太郎：吉原遊郭の客引き男のこと。
＊9――やりて婆：売春婦と客とを仲介する女性。
＊10――チャブ屋：外国人相手の風俗施設。
＊11――資本論：カール・マルクスの代表作。
＊12――ヤーマ：ロシアの作家、アレクサンドル・クープリンの小説で『魔窟』とも訳される。売春街を舞台にしている。
＊13――夜開く夜閉す：フランスの作家、ポール・モーランの小説『夜ひらく』と『夜とざす』。
＊14――鳥打ち：鳥打ち帽子のこと。
＊15――ステッキボーイ：女性の散歩や外出のお供をする男性。
＊16――バレンチノ：イタリア生まれのアメリカの映画俳優。美男スターとして知られる。
＊17――春のヴォルガの溢るごと：「学連の歌」の一節。学生連合会という学生たちの社会思想団体

が「赤旗の歌」の替え歌として、主に学生集会のデモなどで歌った。清水平久郎作詞。
＊18――主義者：ここではマルクス主義者。左翼系運動家のこと。
＊19――プロ作家：プロレタリア作家の略語。
＊20――ルンペン：浮浪者、失業者。
＊21――タワリシチイ：ロシア語で、同志、仲間のこと。
＊22――赤か？ 黒か？：赤は共産主義の、黒はアナキズムのイメージカラー。

平林英子（ひらばやし・えいこ） 一九〇二（明治三五）～二〇〇一（平成一三）年 長野県生れ。中谷孝雄の妻で、本名中谷英子。梶井基次郎や大宅壮一の『青空』グループと接触して啓発される。一九二一年に武者小路実篤に師事して新しき村に入るが、翌年には帰郷し長野新聞社に入社。夫に秘密で送った「谷間の村落」が長谷川時雨主宰の『女人芸術』に掲載され、作家の第一歩を踏み出した。一九三二年には松田解子に誘われ日本プロレタリア作家同盟（ナップ）に参加。戦後は連載小説『夜明けの風』で芸術選奨新人賞を受賞する。この項は腰原哲朗「平林英子論」（『松本大学研究紀要』、二〇〇七年）を参照した。

［小説］

種

壺井　栄

今では建築法に違反しているというほど古い家なので、玄関の戸もそれにつれて古びていた。もく目が浮き出している、老骨のような格子戸の一か所には、せい子たちの親しいある友人が、親しさのあまり馳けこんで来て、勢い余ってへし折ってしまった桟《さん》が一本あった。それほど勢いこんで開けないと、ここの戸は動かないのだと、その友人は自分の粗忽《そこつ》を、あけたての悪いせいにしてしまった。しかし、あけたての悪さだけでなく、大体せい子の家へ出入りする人たちは、皆同じ程に勢いをかけた、いわば血気盛んなあけ方をした。それに馴れているので、時たま戸の引手に両手をそえたような、静かな訪《おとず》れがあると、かえってまごついて、何となく身構えるような気持になることさえあった。そういう訪れは、せい子がそんなことを忘れているような時に、ふいにあるのだった。

その日、せい子は仕事に疲れて身にまとったものをはぎ捨てたいような気になり、足袋《たび》をぬぎかかっていた。玄関の戸がそろそろと開く音に、おや、といそいでまた、こはぜを合しかかると、「ごめん下さい。」と笑いかかったような声がした。

「あ、村田さんのお母さんね。」

せい子はまた足袋をぬぎ捨て、いそいで玄関に出た。その通りであった。黒い絞《しぼ》りの風呂敷包みに、ねずみ色の毛糸のショールを重ねて、胸に抱えこむようにしてお母さんは立っていた。

「さあ、どうぞ。」

遠慮のなさから、突っ立ったままで招じるせい子を、すぐには上らないで見上げるお母さんは、見覚えのある細かい柄の着物に、これも去年のままの笑顔であった。そして、

「また来ましたよ。」

というのだが、秋田訛《なま》りのその発音は、せい子の耳には、まんだくますだよ、と聞きとれた。関西生れのせい子がお母さんの言葉をどうにか理解出来るようになったのは、つい最近のことである。しかし、聞くのは何とか誤魔化せても、それを書くとなると、外国語のようにさっぱり分らないことがあった。いつか、手紙の代筆を頼まれた時、宛名の川崎というのが、カワサグとより受けとれなくてたった一文字に永い時間判断に苦しんだことがあった。

「サグ？　サグってどんな字かくんでしょうね。」

するとお母さんは一緒に困りきった顔をし、小首をかしげて、

「知らんですか。」と不思議そうにいった。そして「カワサグ。」とくりかえしていって、自分の言葉がせい子に通じないことよりも、せい子にそれが分らないことがおかしいという風に、ふっふっと笑うのだが、何べん聞いてもサグは解らなかった。しみが炭であることは前後の言葉で判断出来ても、人の姓はなかなか判じられない。お母さんは、くせであるところの、右手で左手首を持ち上げるようなしぐさでしばらく考えていた。

「ほれ、カワサグのお大師様って、有名なところさ、ありますね、あのカワサグさ。」

それでようやく分ったのだが、そんな風にお母さんの秋田弁は聞きとるにも相当骨が折れた。しかし、彼女はそんなことにかかわりなくなつかしそうに話しかけた。いわゆるずうずう弁というのだろうが、つくらぬその声には少しも濁りを感じさせない美しさがあった。

「お達者だったですかあ、いつもごぶさたしましてね。」

ちんまりとしたからだを前にかがめ、両手を畳につくお母さんの尻上りの声は、娘のように可愛《かわい》らしく、愛情のゆたかさを思わせるものがあった。

せい子が、このお母さんを知ったのはもうずいぶん古いことで、作家であったお母さんの息子の村田清太郎も、せい子の夫である柏原もある団体に籍を置いていたことが、のちのち二人を近づける機縁ともなったのであった。二人と限らず、お互いに大勢知り合ったその一人一人であるといった方が、もっと適切であろう。当時は、ある意味で、多かれ少なかれ人々の心を揺《ゆさ》ぶらずにはおかないような激しい時代であった。そして、そのはげしい渦の中に身を投じたがために、お母さんの息子も、せい子の夫も、その母親や妻と別れて暮さねばならないような出来事さえ生じた。お母さんにしろ、せい子にしろ、そういう世の中の大きな動きを、理論として呑みこんでいたというのではなく、ただ受身な形で、母として、妻としての立場で、その大きな渦の巻き起すあおりを受けていたという存在であった。

事件のあった最初の年、お母さんは、息子に会うためにはるばる北海道から上京して来た。そして、村田の従兄《いとこ》にあたる、つまり、お母さんにとっては甥《おい》である男につれられて行ったのであるが、此処に息子が居るのだという高いコンクリートの塀を見ただけで、気押《けお》されてしまって最初の時には会わずに帰ったという話を、せい子は聞いたことがあった。その時には、まだ直接にお母さんを知ってはいなかった。一年足らずで村田たちがそれぞれ自分の家へ帰って来た時に、お母さんも息子と一緒に暮すために再び上京した。妻のない村田の家族として、その時もう六十であった彼女が、若いものなみの明るい顔をして、再び村田のために留守を守り、暮しのやりくりの中で村田の仲間のために飯を炊いて食べさせる彼女のことをみんな、村田のお母さんと呼んでいた。そんなことからせい子もかげで噂をする時にやはりお母さんといった。誰にでも愛そがよく、その皺の多いちまちまとした顔つき、ことに、何事も喜びにかえてしまうような、笑いをふくんだ声と、素朴な話しぶりは会う人に好感を持たせずにはおかぬものがあった。けれど、せい子が初めてお母さんに会い、言葉をかわしたのは、そういう笑顔《えがお》の彼女ではなく、息子《むすこ》を失くした悲しみを前にして、あからさまな母の姿をした彼女であった。

二月末のその日、村田が心臓麻痺で死亡したということを夕刊で知ったせい子は、はじめ、うろたえてしまった。やがて、まなじりのつり上ってくるような恐れとも、憤りともいいきれぬ複雑な感情のあと、すぐにお母さんのことを思い、あわてて身支度をした。その時はせい子もまたお母さんと同じように、余儀ない二度目の独り暮しの中にあったので、そのこたえ方はひとしおであった。近くに住む知人と一緒に、せい子たちが中央沿線の駅を下りると、夕刊をみたという村田の友人が三四人つれだって、やはりそこへ下りたのに出会った。みな緊張した表情で、言葉少く挨拶《あいさつ》をした。村田の家には既にあふれるばかりに大勢の人が集って来ていて、玄関とも三間きりの小さい家の中で、めいめいに突っ立ったままで奥の方へ顔を向けていた。今のさき、お母さんに引きとられて帰って来たのだという村田の遺骸をとりかこんで、大きな声を出すものはなかった。村田の仕事部屋であった玄関わきの六畳の床の間の前に、彼は寝かされていた。死んで、わが部屋に帰って来た息子の、その枕元に坐りこんで、おうっ、おうっと、唸《うな》るとも呻《うめ》くとも知れぬ声をお母さんはあげていた。そして自分の前に寝ている息子に顔を寄せていったり、頭を撫でたり、心臓麻痺の原因をでも調べるかのように腕をまくって引きよせてみたり、足の方へいざりよってそこをさすったりした。そして、そのたびに、一そうはげしく、おうっ、おうっと切ない声をあげるのだった。息子の大勢の友だちが、自分たち母子《おやこ》のぐるりを取り巻いていることも、まるで気がつかないもののように一心になって、彼女は息子の全身をさすり続けていた。こんな母の悲しみをせい子は考えたこともなかった。そうしてさすりつづけられている村田のふさふさとした多い髪の毛、やつれを見せぬその死顔は、せい子が知っていた頃の村田よりも若返っているようにさえ見られ、この騒ぎをよそに、眠っているように安らかな表情であることに、かえって深い印象を与えられた。

入りかわり立ちかわり人々は集って来て、玄関は外套で足の踏み場もなかった。そして、いつまでも嘆くお母さんの声は何か不安をさえ感じさせた。誰かが相談しあって、

「お母さん、少しあちらでおやすみなさいよ。お疲れになったでしょうから。」

とすすめた。すると急に我にかえったように彼女は普通の声になり、

「いいえ、大丈夫です。ちっとも疲れませんですよ。」

はっきりといい切った。そして暫くは黙って息子の顔を見ていたが、いつの間にかその手を握って、またおう、おうと声をあげた。それは、どうにも押えようのない、腹の底からこみあげてくる嘆きの声であるようであった。誰かが抱くようにして彼女をつれ去り、別間の蒲団《ふとん》に入れても、暫くすると彼女はまた人をかき分けて息子の枕元に坐りに来て息子のからだ中をさすった。そうしてやることで、とまった心臓が甦《よみがえ》りでもするかのように、さすりつづけ、嘆き

つづけた彼女であった。

　そうした彼女の姿を、せい子は毎年春になると思い出させられた。あの時集っていた人たちの顔ぶれは大かた忘れているのだが、あの悲しみ、とだけはいいきれぬ嘆きの姿は、いつが来てもせい子の心にやきついていて離れない。それと共に北海道から来た村田の姉が、花に埋った位牌《いはい》に向って、

「清ちゃん、あんたは仕合せですよ、こうしてお友だちによくして頂いてほんとに仕合せですよ。」

と、泣きながら焼香をしていたその村田と瓜二つの顔も忘れられない。前途のある村田が、若い身で、いわば不遇な死に方をしていながら、あなたは仕合せですよとその肉親にいわせるものは何だろうか。ともすれば若いものたちの中には肉親などというものを第二義的に考えるような傾向のある中で、村田が常にその母親を忘れず、自分のなすべきことの中に母親への頁がちゃんと備えられていたという風な孝行ぶりは有名な話であったが、彼の母や姉を見ていると、村田の一家に流れる血は、愛情深いものであることがわかるような気がした。

　四月の中頃になると、お母さんは北海道へ帰る事になっていた。息子に死なれて自分の家というもののなくなった彼女には、村田の姉の嫁《とつ》ぎ先へゆくしかなかったのだろう。葬式がすんでから間もなく家をたたみ、大森の方にある甥《おい》の家へ引き上げていたお母さんに招かれてゆく

と、彼女はすっかり気持がたてなおったらしく、にこにこしてせい子たちを迎えた。自分に与えられているらしい四畳半の部屋の隅には、小さい机の上一ぱいに、村田の遺骨の白い包みと、それに立てかけてある彼の写真をとりまいて、さまざまの花がところ狭いまでにかざられてあった。彼女は手製の五目ずしでせい子たちをもてなした。そして同じように村田の写真の前にも五目ずしの皿を上げた。上げながらそういうことをする自分を、おかしいですかという風に、みんなの顔を見ながら、ふっふっと笑った。それが非常に無邪気で、まるで飯《まま》ごとをしている子供のように可愛らしく思えて、せい子たちも一緒に笑った。改まった悔み言も出ず、不思議となごやかな空気であった。

次の年には、村田の死目にあえなかった彼の友人たちはほとんど帰って来ていた。せい子の夫である柏原などもその一人であった。留守の間に死んだ村田を偲《しの》ぶために、その翌年の命日にあたる日を選んで、おもにそういう連中ばかりで一緒に御飯を食べようという意味のはがきを受けとって、その日せい子たちは出かけて行った。神田の支那料理屋であった。二階の会場へゆくと、お母さんも来ていて、みんなにとりまかれていることで、てれてでもいるように、おちょぼ口をして窮屈《きゅうくつ》そうに椅子にかけ、右手で左手首をかかえていた。せい子がおじぎをすると、

「おんや、まあ。」

と笑いながら椅子を下りた。

「皆さんが帰って来たといいますもんでね、私もはあ、出て来ましたんですよ。」

それを例の秋田弁まる出しで、目を細めて喜びをのべるお母さんであった。変に咽喉のつまるような思いをのみこんで、せい子は重ねて頭を下げた。村田も生きてさえいれば、こうして相集ることもあるのにと思うと、お母さんの心持を察しられてさり気ない話も出来なかった。しかし彼女は、別にそのことでくよくよ考えるという風もなく息子の友だちの一人一人の動作を柔い眼つきで見ていた。

「早、二年になりますね。」

誰かがそういっても、彼女はその方へ顔をむけ、

「はーい。」

と、尻上りの声でにこにこしているきりであった。宴たけなわになると、十人ぐらいずつに別れた二つのテーブルでは、子供っぽい話のやりとりがはじまり、やがてはじゃん拳《けん》で御馳走を奪い合うような騒ぎ方をした。まるで子供にかえったような有様である。そういう騒ぎを眺めて、彼女も一緒になって笑っていた。その中には自分の息子も一緒にいて、母親である自分をおかしがらせるために、ふざけているかのような、親身《しんみ》な笑いかたをした。口を開けて笑う度に、ゆるんだ義歯ががくがくしていた。けれども、別れて帰る時にはさすがに淋しそうな表情

をした。

「お母さん、長生きしていて下さいね。」

「お母さん、またいらっしゃいよ。」

「ほんとに、また来て下さい。清太郎さんはいなくても、われわれみんな、あなたのむすこですからね。」

口々に慰めるそれらの言葉に、彼女は心もち眉をよせた笑顔で、

「はーい。」

「はーい。」

と、言葉少く答えた。

そして彼女は本当に年毎《としごと》にやって来た。その度に燻製《くんせい》の鯡《にしん》だとか、バターだとか、昆布《こんぶ》など北海道らしい土産《みやげ》をもって、せい子の家をも訪れた。暖い間を北海道で暮し、雪が深くなり出すと東京の息子の処へ来ていたお母さんの習慣は、息子がなくなってからも続けられたのである。初めの間こそ、北海道に雪が降り出すと、東京の息子が呼びよせていたものであろうが、今呼んでくれる息子がいなくなっても、渡り鳥のように東京へ来たくなるのだと彼女はいった。

「長生きをしていて下さい。」

「われわれはあなたのむすこです。」

彼女の心には、それらの言葉が、その場限りのものでなく、大切にしまいこまれていたのかも知れない。だが、東京のむすこたちはどうだろう。勿論、その場限りのなぐさめをいったむすこたちではなかったにちがいない。けれども、世の中の動きは、誰の上にも多かれ少かれ響いて来て、いろいろな形で彼等の境遇に変化を与えて行った。すっかり出直しのつもりで大陸へゆく者もあれば、郷里へ引っこむ者もあり、サラリーマンになったものもあった。病気にまけて斃れたものもまた多かった。

「川井さん死んだですってねえ。」

お母さんは眉をひそめて嘆息した。独りでいた者は結婚し、結婚していた者の中には、十年ぶりで子供が生れるというようなこともあちこちであった。そんな時、お母さんは、

「子供さ、出来たですって、よかったですねえ。」

と、言葉に抑揚をつけて、わがことのように目を細めた。

ここ三四年来の変化はもっとも急で、村田のために集って御飯を食べるというようなことは、人々の心から去ってしまったかのようであった。それでもお母さんは、忘れず春にさきがけてやって来た。そして、大森の親戚の一部屋に、せい子たちを招いた。顔ぶれはだんだん減って行った。それでも十人くらいは集っていた。一昨年のこと、偶然、大森のその親戚の家が、せい子の近くへ引っ越して来たことから、せい子はお母さんと特別に親しくつき合うようになっ

た。そして去年のその日は、一と月も前から、お母さんの生れ故郷である秋田の切りたんぽを御馳走するのだといって、前の日にはせい子の家へ食器などを借りに来た。

「私がね、来る時さ、秋田によって、持って来たですよう、あくた米、白ういのさ。おいすいですよう。それから、北海道の小豆《あずき》、おはぐ（おはぎ）作るですよ。私が畑さ作ってとった小豆ですよう。」

例の尻上りの可愛い声で、自慢たらだらであった。そして、もうその日から、自分の作った手料理を食べて貰う幸福を心で味っているように見えた。

だが、この月集ったのは、せい子夫婦のほかに三人だけであった。しかも、その中の二人は、劇団の仕事をしている人たちで、夜は来られないからと、昼間の中に来て行った。あとの一人である大川が、夕方せい子の家へ誘いに寄ったのであったが、柏原はまだ帰っていず、先に行って貰った。せい子は風邪気味であったので、行くまいと決めていた。柏原はどうしたのか、その日なかなか帰宅しなかった。一時間もたった頃、また大川がやって来た。大川も風邪をひいて、マスクをかけていた。何かいうのだが、少し慌《あわ》て者の上に、かなりひどい吃《ども》りの大川が、マスクをかけての言葉はなかなか聞きとれなかった。自分たちを呼びに来たのだろうとは思ったけれど、いい加減に返事も出来ず、せい子は「え？　え？」と聞きかえした。そうしたことで、やっと気がついたように、大川はからからと声を上げて笑いながら、マスクをはずした。

せい子も笑った。

「柏原、まだ帰らんのですよ。」

「そうですか。——ほれ、あの、あすこ、ね、帰、ったら、せい、子、さんも、ぜひ、来て、下さい。」

大川の吃りは、どどどどというように音を重ねるのではなく、言葉を短く区切っていうたちなので、聞いていると気の毒ではあるが、何かせい子は自分の呼吸がせわしくなるような気がした。彼が多少の公憤を交《まじ》えた口調で、御馳走が山のように作られてあるのに誰も来ないので、お母さんが、非常に淋しそうだということや、昼間来たという二人のことなどをせい子に語り終えるのには、相当の時間がかかった。ちょうど、そこへ柏原が戻って来たので、

「おう。」

と、大川は歓声をあげた。

「今、ね、ほれ、村田の、ね、せい子、さんに、いった、の、ですがね。」

せい子はそのあとをとって、簡単に説明し、自分はあとからゆくからと、そのまま下駄もぬがせずに柏原を出した。つれだって露路の出口あたりではっはっと大川の大きく笑う声が聞えて来た。吃りのせいもあるのか、いつでも無口な大川が、お母さんと向い合って、言葉少なに語っていたさまが思いやられるほど、それは安心したような笑い声であった。せい子は毛糸の

下着などを着こんで、戸締りをした。お母さんの所は歩いて十分とかからない場所であった。行きがけに、表通りの花屋でフリージャを買った。一輪だけ赤いカーネーションを入れて貰った。村田の葬儀のあと、たくさんの花を分けて、お母さんの名で差入れをしたことを、せい子はまた思い出した。その時にも、せい子たちの思いつきで、白いフリージャの中へ一本の赤いカーネーションをさし加えたのだった。

階段を上ってゆくと、大川と柏原の話声が聞えた。

「おんや、すみませんね、ほんとに。」

お母さんは殊更嬉しいという風にせい子を迎えた。六畳の、北窓のカーテンの前に、昔通りの小さな机が置かれ、村田の写真が飾ってあった。その前で七輪をかこみ、珍らしくお銚子《ちょうし》が出ていた。大川も柏原も酒には不馴れで、一本の銚子のあかない中に、真赤になってしまった。そしてお互いの前の小さい盃は、なみなみと注がれたままであった。

「柏原さんも、大川さんも、お酒さ、のまないですね。」

そういうお母さんも、自分にさされた盃をほさずに、そのまま置いてあった。

「清太郎さんは、お酒どうだったのでしょう。」

せい子がそう聞くと、お母さんはふっふっと笑い、

「のまなかったですよ。父さんは好きだったですども、あれはのまなかったですよ。」

そして、清太郎の父が死ぬまで晩酌《ばんしゃく》を楽しみ、そのたびに自分にも盃をくれたけれども、僅か一盃で真赤になっていつも今日のように盃を前に置いていたという若い頃の思い出話を、楽しそうに語って聞かせた。大川も柏原も声を上げて笑った。御馳走は十人でも十五人でも間に合うほど、そこらあたりに並べられてあった。

「秋田米さ、おいすいでしょ。だあくさん食べて下さいよ。はあ、いくらでもね。」

久しぶりの我子に、あれも食え、これも食べろという母親と同じように、お母さんは次から次と運んで来た。食べても食べても御馳走は大して減らなかった。

「どうしましょうね、こんなにたくさん。」

困ったという風に人の好い笑いをした。その笑い方が、せい子にはひどく辛《つら》く感じられた。前の年には、お母さんの運ぶ料理は片っぱしから箸をつけられて、忽ちの中になくなり、それをまた彼女は嬉しそうに見ていた。そんなことをせい子は思い出したのであった。

「おいしいわ、お母さん。とっても。」

そして、「ね」と大川たちの方を向き、何かをねがう気持をこめていった。

「こんな白いお米、めったに食べられないのだから、うんと御馳走になりましょうね。」

だが、男たちは二人ともあまり食べなかった。殊に柏原は少しでも酒をのむと、何も食べられなくなるくせを持っていた。せい子は気が気でなかった。こんな沢山の食べ物が残ったのを、自分たちが帰ってしまったあと、お母さんはどんな気持で片づけるだろうと思うとたまらなかった。少しでもそのお母さんの気持を軽くしたいと思って、一生懸命で食べた。そして、おはぎは重箱につめて貰って帰ることにした。

月のない夜で、外に出ると、外灯のない軒の向い合ったそのあたりは一寸先も分らないほど暗かった。表通りから複雑に入りこんだ細い道を、せい子は大川と柏原のあとについて歩いた。狭い小路を、前の二人は並んで歩いていた。二人とも二重回しを着ているので、後ろのせい子はよけい暗いように思った。両手に、貰った御馳走をもっていることで足もとが気になり、さぐるようにして足を前にすべらせながら歩いた。

「そうかね、重役かね。」

柏原が感慨深そうにいった。昔、自分たちと一緒に仕事をしていた誰彼が、今は全く自分たちとはかけ離れた世界に、顔つきから姿までがそこの雰囲気のものになり切っていて、会って話してみると、そのいうことまでが自分たちとは遠いということを、さっき大川が話したのを、今また柏原が口に出したのであった。

「全く、変れば、変り、ます、ね、はっはっ。」

そう語り合ってはいるが、大川も柏原も、自分から求めて、今では勤めを持っている身であった。変らないといえば、清太郎の、昔のままの写真と、それを守るお母さんの心もちであろう。しかもお母さんはそうして、子に対する唯一つの母親の義務ででもあるかのように、毎年欠かさずにやって来ている。それなのに、みんなお母さんのことをだんだん忘れてゆく。自分にしても、近所住居でなければ、行かないにちがいあるまい。――せい子は現実の中に薄れてゆく人情を見る心もちがした。彼女の記憶の中へ、紺絣《こんがすり》の着物をきてふところをうんとふくらまし、唇を、まるで口笛でもふいているように尖らせて、小柄なからだを飛ぶようにして運んで来ていた村田の姿が浮んで来た。

明るい表通りへさしかかる前に、せい子は肘《ひじ》のところを顔に近づけて、目を押えた。

彼岸近くなるとお母さんはまた暇乞いに来た。

「もう少し暖くなるまで、いらっしゃいよ。」

近所住いから、急に親しくなったせい子は、今年こそはお母さんと一緒に花見でもしようと計画していたのであった。

「けどもさ、北海道さ帰らねば畑がありますからね。私が作らねば、だれも作る人さありませんからね。」

そして、ふっふっと笑うのだった。

「あら、畑まで作るんですか。」

せい子が驚いて聞きかえすと、お母さんは、胸をつき出すようにして、

「はーい。」

と長い返事をした。

「何を作るんですか。」

「何ってさ、何でも。豆さ作るですよ。小豆、ささげ豆、くらかけ豆、みんなよくとれますよ。それから、かぼちゃなんかも、おーいしいのがとれますよう。私が作ると、畑さ草一本立てないですから、何でもよくとれるのさ。やり方一つでね、お茶碗一ぱいの種子さあれば、小豆一斗五升もとりましたよ。」

聞いていると、彼女はもう北海道で畑作りをはじめているように楽しそうであった。

「私、よく働きますよ。じゃがいもでも、大根でも、私の作るもの、みんなよくとれますよ。畑、大事にしますですからね。毎日草とってやりますよ。草立たせとくとこやし食べられてしまってさ、作りもの出来ませんよ。」

そして、その翌日お母さんは東京をたった。

「雪の間だけ、畑作れませんからね――」

そう語ったお母さんであった。

そうして、お母さんは今年もまた東京へやって来たのである。

「お母さん、お丈夫そうですね。」

もう七十になったという彼女を、せい子はつくづくと眺めた。お母さんはやっぱり娘のように、ふっふっと笑い、せい子の言葉を打消すように、片手をふって、

「今年はね、お医者様さ、かかりましたよ。去年までちっとも、何ともなかったですどもね、今年は、味噌《みそ》作りましたよ、そしたら、そのあとで頭さ、しびれるようになりましたものね。もう何ともないですども母さん（村田の姉のこと）だち心配しましてね、立派なお医者様さかかりましてね。そしたらけずあず（血圧）が高いといいましてね。一週間分薬もって汽車さのったですよ。」

聞いて、せい子は内心驚いてしまった。そんなになっても、なお東京に出て来たお母さんに、何となく不安を感じてまじまじと見入った。彼女は、そんなことに構わず、東京へ来たことのよろこびを顔中にみなぎらせて、風呂敷をひろげ小さい包みをいくつも出してせい子の前に並べた。

「今年はお米があいれでねえ、秋田米さもってくること出来ながったですよ。これ、私の作ったもの、小豆、これはうずら豆、これは味噌漬、私の作ったものばっかり、おいしいですよ。」

そして尚も小さい紙包みをひろげ、

「ほれ、去年、あなたほしいっていっていましたね、かぼちゃと、とうもろこしの種子持っ

て来ましたですよ。」

「あら、私の方が忘れていましたわ。」

せい子は去年のことを思い出した。

「私が種子あげますから、作りなさい。」

そういわれて、ぜひお願いします、といった。その約束を忘れないで、はるばる種子をもって来てくれたお母さんの心を、せい子は有りがたく思わずにいられなかった。家が古いだけに、空地は割と充分にとってあるせい子の家はお母さんにいわせると、勿体《もったい》ないほど、土が遊んでいた。

「それだけの土があると、何でも作れますよ。」

お母さんは又硝子戸の外をのぞいていった。

「ほんとね、今年は一つ作って見ましょうね、草を立てないようにして。」

黄色いとうもろこしの種子を掌《てのひら》にのせて、お母さんの口まねでいうせい子に、彼女は我意を得た、とでもいうように、ふっふっと笑いながら、うなずいた。皺《しわ》の多い、ちまちまとしてその顔の、義歯の口もとだけが、妙にかけ離れた若さに見え、せい子はふと、変な気持にとらわれた。

今年ぎりで、もうお母さんは再び東京へ来られなくなるのではないかしら。——

瞬間的に湧き上って来たようなその想念を押えつけるようにして、「お母さん、ほんとに有りがとう。」と、さりげなく彼女は頭をさげた。

初出　『文学者』三月号、文学者、一九四三年
底本　『壺井栄全集』第一巻、文泉堂出版、一九九七年

壺井栄（つぼい・さかえ）　一八九九（明治三二）年〜一九六七（昭和四二）年
香川県生れ。高等小学校卒業後、郵便局や村役場などに勤務。一九二五年、同郷の壺井繁治と結婚。夫の手助けのため戦旗社の事務員をつとめながら、プロレタリア文学運動に参加。「大根の葉」を『文芸』に発表して作家に。庶民性をもつ作風から広い読者を得て旺盛な執筆活動をつづけた。代表作『二十四の瞳』は映画化され一大ブームを巻き起こした。

パラレタリア文学③

［小説］

寄生虫

葉山嘉樹

「吸入をしてくれ」

と云うのが、殆んど唯一の要求だった女の子が、肺炎が快方に向うと云うことが少しずつ分って来た。

「おかゆを持って来てくれ」

「卵の目玉をくれ」

「林檎を卸してくれ」

「蜂の仔を持って来てくれ」

「蜜を持って来うい！」

これが病臥三ヶ月目、由々しくも二年以上を四歳と五歳とを命をかけて戦って来たわが子供である。

肺炎の二ヶ月余の長い苦闘の間に、試に私は駆虫剤を飲ませて見た。驚いたことには、蛔虫と云う奴は、一度にころりと参ってみんな揃って出て来ないことだ。約一ヶ月前ロから一匹大きな奴を引っ張り出した。

「お母あちゃん、咽喉がくるちい」

「よしよし、それじゃ吸入をかけてあげるからね」

その吸入の唾液と一緒に引っ張り出した。

その後も、

「おかゆ持って来うい!」

「卵う持って来うい!」

「蜂の仔を持って来うい!」

と、のべつ幕なしにやられるので、一体、この子に与える栄養は、後残ってる虫がどの位食いやがるんだろう、と思った。

それから年の暮に、知らない間に、この腹に虫を持った肺炎の、瘠せ果てた子は、菓子の代りに駆虫剤を飲んだ。売薬のものだが、それでもとにかく大人の一人分か二人分位をボリボリ噛んでしまったのだった。

後悔は先きに立たず、そんなことをして胃腸をこわしたり何かしたらどうする、と云って心配していると、その翌朝、約一ヶ月前口から引っ張り出した奴と、同一級の蛔虫が二匹便に入っていた。

「この野郎、太え野郎だ。手前が今迄、俺の大切な娘を殺しかけていやがったんだな。さあぬかせ。まだ、手前の仲間が腹ん中に居るかどうか、こら、白ばっくれるな、死んだような面をしていて、それでいて、田圃に放ってやるとノロノロどこかへ這いずり込みやがるんだろう。こら、動いて見ろ」

おしめでとった便を拡げて、窓の下で私は暫く蛔虫に対して、抑え難い憤りを抱いていた。

――この野郎狸寝入りしやがって、いたいけな四つ位の娘の腹ん中で、よくもそんなに脂切って、ノンベラと、ベロリと食い太れたもんだな。この野郎だまされやしないぞ。貴様見たいな強靭な弾力性があれば、きっとゴムの代用品になるわい。こら、動いて見ろ、ちくしょう――

と、その艶々した、血色のいい、その上張り切った蛔虫に向って、私は呪いを浴びせかけた。

その蛔虫が出てから病児は約十時間熟睡した。

そして、

「お粥持って来うい」

「林檎持って来うい」

「吸入してくれえ」

「うんこが出たあい」

うんこが出たい！　それってんで、おしめを用意して火箸見たいに瘠せた足を立ててやった。

「お粥を先きに食べるかい」

と訊くと、

「虫が出るからうんこを先きにするの」

年始の用意に煮た黒豆を、どうでもこうでもくれと云うので盃一杯やったのが下剤となったのか、黒豆の軟便の中に又、大きい奴が二ついたのだった。

三人の医師が肺炎と診断をしたんだから間違いはない。そして症状は明白に肺炎の症状だった。が、どうも怪しいところがあった。いつまで経っても腰が立たないのだ。

まだ、完全に退治したかどうだか分らないが、この六匹の七寸にも余る、眼も鼻もない、あることはあるだろうが、人間にはその恰好さえ見せないではないか。そいつが、四つやそこらの柔かい内臓へ、ヌタヌタと入っていたのでは、娘も辛かったろう。

娘は現に死ぬ程苦しんでいる。足かけ三ケ月を病床に病んでいる。

私は又、そんなこととは知らないものだから、足かけ三ヶ月、これで死んだら俺も死ぬと、最後の預金まで娘の為に費ってしまったのだった。

その上女房は看病疲れで卒倒して、又医者を呼ぶし、無理に無理を重ねて、酒でごまかしているうちに、今度は私自身がおかしくなって来た。

動くのがいやになって来た。

死ぬこと許り考えるようになって来た。

ところが、この蛔虫の姿を見ると私の心に勇気が奮い起きた。

「俺の娘の生命の恢復を横取りしていた奴はこいつ等だった。よし、俺は世の中から蛔虫と云うものを撲滅する運動を起こす。一人の病児のみではなく、一家中全部を殆んど破滅の淵にまで導いたのが、この、ヌルヌルの蛔虫の野郎なんだ」

私はそいつを摘み上げて見ようと思ったが気味が悪かった。

木曽の南端にいて、不便なところで生活や、子等の病苦と戦っているうちに、私の血圧は高くなり、私は膨れ上っちまった。友人たちは私の健康を心配してくれたが、私はくたばったって、もう大した御奉公も出来ない体だから惜しくない、と思っていた。

それにしても、何と云うこの蛔虫と云う奴は厭な奴だろう。四十度も熱を出して苦しんでる時に、こいつは一体、腹ん中で熱いとも何とも思わないんだろうか。ああいい湯加減だ、などと思ってるんだろうか。発熱が続いて、腹が空っぽになって食うものが無くなると、図々しくも咽喉までも登って来やがるじゃないか。何と云う太い野郎だ。

「咽喉が苦しい、咽喉が苦しい」と、指で口の中を掻きまわすから、女房が手を入れて見ると、そいつの尻尾だか頭だか、ええい、貴様に頭なんかあるもんか、あったら両方とも尻尾だ、その尻尾を摑まえて引っ張り出したわけなんだ。見るも汚らわしい胴輪を嵌めてやがる。暇にまかせて磨いてやがると見えて、ピカピカに光ってやがる。何と云う頭、いや尻尾だ。尻尾のくせに頭の恰好をしてやがるじゃないか。栄養を吸いいいように、食道ばかり太く設計しやがったから、だらしのない頭、いや尻尾になっちまったんだ。

これで都合六匹の蛔虫が出て、子供は予後は頗る食欲旺盛であるが油断がならないのである。まだ、腹の中に何匹残っているか分らないからである。

実に、嘔吐を催す、と云うことがあるが、蛔虫が腹の中で、お粥だの、卵の半熟だの、林檎の搾り汁だの、蜂蜜だの、山羊乳だの、蜂の仔だの、と云う風な、親の心を籠めた栄養を、子供でなしに、そいつが泳ぎまわって、吸いとっているかと思うと、私はじっとしていられない憎しみを覚えた。

骨と皮ばかしの子供が、床ずれや、衰弱や、垢や、嘔吐や、あらゆる努力を尽して文字通り死線を越えている時、そいつを腸の中で、下は大腸から上は咽喉までも、餌を漁りに来る蛔虫と云う奴は、こいつ正に人類の敵だ！

今も子供が咳をして、

「虫が咽喉に来た」

と云うから、舌を出して御覧、と云ったが、虫の奴は舌の上になんかのっかって出て来やしないのだ。

「そうかい、よし、そいじゃお待ち、虫の奴、新らしい御馳走を競争で食べようと思って、喉の方まで上って来てるんだよ。こいつを飲んで御覧、この虫下しを」

駆虫剤を飲ませると、それは鎮咳剤を飲ませたかと間違える程、はげしい咳が収まった。

「そら見て見ろ、虫のせいだよ。咳が止ったろう。虫下しを飲ましたから奴等びっくりして下って行っちゃったよ」

と、私は女房に云った。

「そうかしら」

「そうかしらって、現実が証明してるじゃないか、ちゃんと咳が止ったじゃないか、あのいやらしい虫の奴が、咽喉のとこまで出張して来て、うちの子にいろんなものを強請するんだよ。『そら今度は御粥だ』『そら今度は御餅だ』『そら牛乳だ』『蜂蜜だ』『林檎の汁はいやだい』ってのも、虫が云わせるんだぜきっと。林檎汁にはとにかく酸味があるからな。そうだ、やっぱし、昔の人はえらい。お粥に梅干ってものはつきものだったが、こいつは少くとも制虫の効果があるんだ。それをお前は忘れてやらなかったろう。『梅干に栄養なんかない』って。馬鹿が。たとい栄養があろうがあるまいが、俺はあると信じるが、制虫の効果がある以上、虫が吸って行くだけの栄養を子に与えるだけの効果があるじゃないか。お粥と一緒に梅干を食わせるだろう。このいやらしい虫の野郎は尻尾を振って、いいか、二つもある尻尾を振って餌に飛びつくが、どうも酸っぱい。そこが虫の悲しささ。眼を瞑って、口を閉じて、頭を抱えて丸まっちまわあな。そこへ、子供の真実の胃腸は、真実の栄養を摂ろうと云うわけだ。ところが、酸が余り弱すぎると、虫の野郎、どこか下の方に逃げているかどうかしていて、酸の薄くなった時を見計って攻め上って来るんだ。何てったって胃には最も新鮮な御馳走があるんだからな。気をつけなきゃいけないよ。この子を殺す位なら俺が死ぬ、と俺は思ってる位なんだ。俺なんかどうだってかまわないにしたって、この胴輪を嵌めた蛔虫と云う奴は、あらゆる点から宥恕し難いね。四十度の熱を持ってる子供の腸中で、便々と太りやがって、やれ蜜を持って来いだの、何だの、絶対に『梅干を持って来い』とは云わなかったぞ。して見れば、やはり、あれは、虫の奴は、咽喉仏に片手で摑まりながら、ああ云えこう云えって、そそのかしているに違いないのだ。子供も可哀想だ。肺炎とは三ケ月間も闘わなければならないし、それと闘っているうちに虫を湧かした、もしくは大きくした、と云うのは、こいつは親の責任だよ。たとい駆虫剤を飲まさないにしても、——事実は随分飲ませたが、利かないのだった——虫の大きくならないような、食餌療法はとれる筈だったんだ。ちったあ酸過多になってもいいから、三度三度、梅干又は梅干の汁を添えてやることだ。この非常時の大切な栄養を、蛔虫に食わせるなんて、これ以上、これ以上非国家的な話はないんだぞ」

私の長談義をしている間中、咽喉元でいきなり駆虫剤を呑まされた虫共奴が堪りかねて五匹も十匹も、二つもある尻尾を振って逃げ込んだのだろう、子供は、

「ぎゃあっ」

と云う、大きな咳と一緒にすっかり食ったものを嘔出してしまった。

「虫は出たか、虫は出たか」

と、先ずそれを聞きながら首から背筋へかけて出た汚物を拭きとってやり、それから蒲団と寝間着を上の炬燵で暖めて、すっかりとりかえてやった。

これがなかなか簡単に出来る仕事ではないのだ。子供の胃腸の中に長くなっていて、これはすっぱいだの、これはすばらしいだの、この蜂蜜と来た日には純粋なもんじゃないかだの、やはり蜂の仔は缶詰より生の方がうまいよ、身になるよ。山羊乳や牛乳などもどうも大した御馳走じゃないね。梅干って奴ぁいけないよ、ああ云うものを何だって人間の子供は小さいくせに食うんだろう。この俺だって頭を抱えてフラフラになってしまう位だのになあ。なんて、虫の

奴は、虫のいいことを、食道の中で腹一杯になって一休みしながら考えているかも知れないのだ。奴はただ這いずりまわって、食ってさえいりゃいいんだが、こっちはそうは行かない。正月の餅も搗かなきゃならないし、風呂も沸かして子供の頭の虱も——丈夫な三人の子等の——除ってやりたいし、下駄の一足も買ってやり度いし、掃除もしたいし、私は原稿も書きたいし、それが、何匹いるか知らないが、四つになる女の子の、肺炎に乗じて腹に湧いたためにめちゃめちゃに叩きつぶされてしまったのだ。

私は殆んど高血圧で倒れるところまで行った。が、鍼と、灸と、薬とで、引き下して、目前の敵の蛔虫に対抗している。

目前の敵なんかと云って、私の腹ん中にも案外居るかも知れない。が、私は跋扈を許さない。駆虫剤は勿論だが、焼酎も飲めば酒も飲むし、第一、私の腹ん中なんかもし虫が食うんなら一度にどっと食って行ったってちっともおどろきゃしないのだ。

嘔吐物をかえて、蒲団や寝間着を代えてやると、子供は又始めるのだ。

「焼いた餅を持って来い」

「ようし来た」と、子供には答えておいて女房に、

「おい、餅を焼いて、餅って奴は余程虫の好きなものに違いない、よろしい、餅を焼いて、

その代り梅酢をつけてやるんだ。可哀想だ。虫が可哀想なのか、子供が可哀想なのか。もしあれば少し位梅酢に砂糖を入れたっていいが、そんなものはありゃしないだろう。なに、ある白砂糖がある、すこうし、すこうしでよろしい、それを入れて、梅酢で餅を食わせるんだ。いいか、虫が頭を抱えている時に栄養が十分子供に行き亙ろう、と云うもんだ。ただ、虫の奴もしたたかもんだから、よっぽど梅酢をたんと添えてやらんと、頭を抱えて丸くならないだろうと思うんだ。困った事には虫って奴には、抱えようにも手って奴があるかどうか、それが疑問だからね。手は働くものにだけ必要だが、ただ、寄生してる虫には手なんて要りはしないさ。だから、虫に手があるかどうかってことが重要な問題になって来るよ。手があれば頭を抱えるだろうし、なければやっぱりだらりとしているだろうからな。よし、十分に酢を利かして餅を食わしてやれ」

こんな風にして、酢又は梅干、駆虫剤の後適時の飲食は、子供に栄養と共に安眠を与えた。おそらく、虫の奴、頭を抱えてやっぱり寝ているのだろうと思う。

年は代った。

世界情勢や国内情勢は、新聞を読んでる暇がないから、私には子供の容態と、私がだんだん膨れ上って行くのが分るだけだった。

だが、それはあまり面白い容態ではなかった。とにかく長きに過ぎるのだった。四歳の子に五歳の春を病床で赤い足袋だけ買って持たせて迎えさせると云うのも忍びがたいところだった。

それにしても、この衰弱した病児をただでさえ健康に引き戻すのには、一月、二月と寒さに向っていて困難なのだ。その上にあの難物の蛔虫などと云うものが、手もないくせに頭を抱えたりして、腹の中にいるかも知れないと思うと、私の憤りも亦高まって来るのだった。

蛔虫は永遠に私を救い難い憂悶に陥れる。

初出　『ユーモアクラブ』三月号、春陽堂文庫出版、一九四一年
底本　『葉山嘉樹全集』第四巻、筑摩書房、一九七五年

葉山嘉樹（はやま・よしき）　一八九四（明治二七）～一九四五（昭和二〇）年
福岡県生れ。水夫になるために早大高等予科文科を中退。名古屋セメント会社工務係、名古屋新聞社会部記者、古本屋、土木作業員など職を転々としながら、「淫売婦」や『海に生くる人々』を発表することで一躍『文芸戦線』を代表する作家として注目される。プロレタリア文学運動末期は東京から離れ農民生活を目指し、一九四三年には開拓移民として満州に渡るものの帰国の列車内で脳溢血を起こして死亡。女性関係にだらしなかった。

編者解説　言葉の技術

荒木優太

1　道具と道具の連関の先に

プロレタリア文学とは、言葉が届くという奇跡を技術によって下支えできると考える文章実践の総称である。

この定義には、いくつかの補足が必要だ。そもそも言葉は届かないかもしれないという不安がなければプロレタリア文学はない。届かないものと届くものの差を技術的介入の問題だと考える知性がなければプロレタリア文学はない。そして、上からひっぱるのではなく下から支えることでいままで気づかなかったような言葉に出会えるかもしれないと胸躍らせる好奇心がなければプロレタリア文学はない。極言すれば、プロレタリア文学は不安と知性と好奇心の三つ組みでできている。

言葉が身体の活動の発露であるという素朴な事実から出発してみよう。墨をすった硯を横に、半紙に向かって筆を手にとる。小学校に入る前の「私」が母親から平仮名を指南された**宮本百合子「雲母片」**(p.10)の一景だ。お喋りではすでに多くの言葉を使いこなすことができる。「ああちゃま」も使えるし「どろどろ」も使えるし当然「い」も言える。それなのに筆で「い」と書こうとするとなぜか「たどん」ができあがってしまう。炭団《たどん》とは炭のまんじゅうのようなもの。どうしても肩が、腕が、指がいうことをきかない。身体が〈筆―半紙―墨汁〉という新たな書字の技術的系列に慣れないでいるのだ。声帯を顫《ふる》わせるのにくらべてなんと不自由なことか。

献辞として冒頭に掲げられている「明るい時」は、ベルギーの詩人エミール・ヴェルハーレン(Emile Verhaeren)『明るい時』からの引用で、大正一〇(一九二一)年に芸術社から高村光太郎訳が刊行されている。原語はフランス語。該当部分を書き写す。

わかい、気のやさしい春は
庭園に美しい著《ママ》物を著せ
われらの声や言葉を解きほぐして
そのほがらかさの中にひたしてしまふ。

そよ風と木の葉の脣とが
おしゃべりしては、しずかにはらはらと
その光明の音綴《おんせつ》をわれらの中に降らす。

しかしわれらの至上のものは
形ある言葉を避けいとふ。
純なやさしい黙然たる昂奮こそ
一切の言語よりもよく
われらの幸福をそのまことの天に繋ぐ。
あなたの魂のそれは、ひざまづいて、
ただ卒然と、私のの前に、
また私の魂のそれは、ひざまづいて、
しんにやさしく、あなたのの前に。

全文を引いてみると、本文とぴたりと合うことがよく分かる。特に言葉にならない自然の美しさはどんな言語にも翻訳できず、「形ある言葉」は避け嫌わねばならないという命令は、習字に失敗し、母の期待に応えられない自分の情けなさに涙、そうかと思えば呑気にビスケットをほおばる、母娘《おやこ》のほほえましいきらきらした情景を守るために、ぜひとも求められねばならない戒律であるような気がしてくる。

でも、本当にそうか？　プロレタリア文学はそう問いかける。肉親にだけ通じる心の機微、阿吽の呼吸、以心伝心。そんな小さなところで自足して、自分の生を終えていって本当に満足なのか。つたなくたって、平仮名の一文字目がたとえ書けなくったって、まだ出会ったことのない人々に伝えたいこと、伝えるべきことがあるんじゃないか。声が届く範囲よりももっと遠くへ。実際、言葉にならない感動を言葉に託したからこそ、一〇〇年後を生きる我々が「私」の口惜しさや情けなさに心動かされているのだ。

技術であるとは、才能ではないということだ。各人によって異なる生まれつきの能力をいまここで才能と呼んでみるのならば、技術は生まれの差に左右されず、学習と訓練を重ねることで基本的には誰でも同じような能力や結果を再現できる。ある作家が後代に残る古典的な一作を創れるかどうかについて、いえることはほぼないが、筆や万年筆で字を書く方法、タイプライターの打ち方、ブラインドタッチのコツは適切に指南できる。誰彼の差別なくできる。プロレタリア文学は特権的な著者や読者に囲まれず、すべての人々に自らを開こうとする。

届かないかもしれない。そのぶん届いたらきっとなにかが起こるに違いない。だから墨をする、半紙をしく、筆をにぎる。不安と知性と好奇心の三つ組みである。

＊

技術というものを、まずは身体の延長物、道具として捉えることができる。素手でくるみを割れないことはない。でも、ハンマーがあればもっと簡単に割れる。ここでハンマーとは、手がもっている圧力的機能にだけ特化した身体の延長物である。生きた身体の意志をより正確に、より簡易に、より迅速に実現するため、生きてない物が助太刀に入る。

言葉を操るのに声帯さえあればそれで足りるようにみえる。でも、それを遠くにいる人、数万の人々、未来の人間に届けようとすると、どうしたって技術の力を借りなくてはいけなくなる。拡声器や録音機、様々な筆記用具、そもそも文字がそうだ。そして一つの道具的技術は、たいていそれぞれの様式に相応しい道具的連関の系列のなかに組み込まれている。居場所を割り当てられている。筆は筆だけで自存しているのではなく、半紙や硯といった発明品を互いに求めており、その様式は万年筆が手帳やインク壺を求めるのとは別の系列をかたちづくっている。

百合子のエッセイと**小林多喜二「誰かに宛てた記録」**（p.17）をぜひ読みくらべてみてほし

い。この習作は、「蟹工船」の作者としてプロレタリア文学界の一番星のように輝く直前、小林多喜二二五歳の短篇で、二年後に「救援ニュース No.18. 附録」と改題改作される。ただし、両者の読後感は大きく違う。最大の違いは「ニュース」のほうには「記録」を拾った経緯を説明する前書きがないのだ。作中の「小林」によれば、本文の大半を占める「記録」は、小学校近くの文房具屋の前で拾った安西洋紙に書かれた、おそらく女子小学生による作文で、紛失してしまった枚数がかなりあり、しかも残った文章すら「(六字不明)」など保存状態がかんばしくないことがうかがわれる。

作文の内容を要約するとこんな感じだ。小学校に通う「私」は、家庭の事情で実母と離れて暮らさねばならず、実母と義母とのあいだで板挟みになっている。学校での健康調査で栄養失調の診断を受け、実母に助けを求めるも彼女も経済的に苦しいようだ。学校の外ではチリ紙売りをして生計の手伝いをせねばならず、だから授業中は居眠りばかり。作文自体が居眠りの罰として先生に提出するはずの学校の宿題であったことが明かされる。

この作文が野外に漂流していたということは、先生に提出するという本来の目的はきっとしくじっている。少女は自らの手で提出を拒んだのかもしれないし、これを読んだ何者かの手によって破棄されてしまったのかもしれない。言葉はもしかしたら届かないかもしれない。本当にそうだ。強調したいのは、〈安西洋紙―鉛筆―机〉という道具的連関が言葉の届くそのケッまでちゃんと活きるには、提出を受け入れ保存してくれる場所、学校制度や通うのに必要な経済状況——school の語源であるスコラとは暇という意味だ——といったもっと大きなものと連絡しなければならないということだ。道具的連関を正確にたどろうとすればするほど、その連鎖がやがて手のなかに収めておくことのできない、なにか巨大なものに結ばれねばならない。

郵便システムもその巨大なものを代表する一つといっていい。現在ではすっかりマイナーだが、傑作「三等船客」(『中外』一九二一年八月号)で初期プロレタリア文学運動を牽引してきた隠れた実力者、**前田河広一郎**の**「灰色」**(p.32)を見てみよう。前田河は徳冨蘆花に師事し、彼の勧めで様々な職に就きながらアメリカ留学生活をおくった。そのときの経験を題材にしている。アメリカで暮らす日本人の「私」は、ダイレクトメッセージを世界中の富豪に向けて送るための宛名書きの仕事、「筆耕」に就く。ある日、ユダヤ人のハーデンが生活の安定のために筆耕の組合をつくることを提案し、賛成多数で成功するかと思いきや、雇い主のトムソンが登場することで中断をよぎなくされ、最終的にハーデンは解雇されてしまう。

信頼できる物流網、管理された仕分け業務、配達員の勤務といった郵便システムは、一度として出会ったことのない人にまで言葉を届けると約束する。しかも、その範囲はアメリカという一国を超えて全世界へと広がっている。同じようにシステムの一端をになう宛名書きも、英語さえ書ければ何人だろうが構わない。人種は問われない。物を通じて人類はインターナショナルに連帯している。

本作で働いている系列とはなんだろう。〈ペン―インク―卓〉に決まっていると思うかもしれない。ただ、もう少し踏み込むのならば、トムソンは文字が書けないのに書こうとする雇い主なのだから〈労働者―ペン―インク―卓〉であると表記するのがより正確である。もっというと労働者はタダで働くわけもなく一日一ドルか二ドルほどの報酬が目当てなのだから〈貨幣―労働者―ペン―インク―卓〉と系列を伸ばさねばならない。ここにおいて、道具的連関は我々がふだん見聞きする使用の場面から逸して、人間自体を道具として飲み込もうとしている。もっといえば、決まった時間内に同じ姿勢で大量の宛名書きをこなすような、機械的作動とそれを取り囲む経済システムにその身を託している。

＊

書く機械というなら印刷機、特に活版印刷に注目しないわけにはいかない。**山路英世「印刷工の歌」**（p.49）と**武藤直治「新文化印刷所」**（p.57）は、いずれも自身は無学なのに知的な出版物を支えるために働いている印刷工についての創作物だ。

大量の読者に合わせて、書くことと読むことの工業化が進むと、棒状のものを突き立てて線形を描いていく身体の使い方とはまったく別種の動きがでてくる。活版印刷とは木や金属でできた活字を並べて組版を準備して、これにインクを塗って転写する印刷の技術である。印刷工は依頼された原稿を読んで、大量にストックしてある活字棚から今回使うのに必要な活字を拾ってくる。これを文選という。活字は大きさ別に号という単位のもと分類されている。次に拾ってきたものを間違えのないよう順番通りに並べる。植字の工程だ。この版をもとに印刷を行っていく。どんなに機械化されようとその根底にあるのは肉体の労働であることを彼らの不健康そうな顔つきが教えている。活字の鉛をいつも触っているから鉛中毒になることが多かったようだ。

一文選工として働きながら印刷会社での労働争議を材にした『太陽のない街』を発表し、一躍有名プロレタリア作家になった**徳永直**の**「欲しくない指輪」**（p.98）は、印字される紙についても同様の事情があるとさとす。我々はふだん、紙が刃であることを忘れている。製本の女工たちは、工長によって金の指輪を人参に競争させられた結果、作業速度に無理が生じて次々に手を切ってしまう。紙は血に染まる。人間らしいスピードを無視して、機械のそれに近づいていくと、言葉を支えていた物の重みや切れ味が不意に露わになる。

武藤作に「芸術」という言葉がでてくる。印刷工が自分の仕事には芸術的良心が必要なんだと自慢する場面だ。ここでぜひハーデンと老筆耕との論争を思い出してほしい（p.41）。労筆耕は、自分たちの仕事は画家のような芸術に等しく、「普通の土工や電気技手といっしょにするのは一種の侮辱」で、だから労働組合には賛成できないのだという。芸術の自負をもつが故に、字を見るのが嫌になるほど非人間的になった労働環境の改善に失敗し、なにも知らず印刷仕事を請け負っただけなのに役人から罰される不条理にふるえる。その程度のことに反抗することも芸術にはできない。「キレイな油絵や、美しい洋装の令嬢の写真」（p.98）はつごうよく血染めの紙を忘れている。

プロレタリア文学は芸術や美といわれているものの虚飾を徹底的に剝ごうとする。それは視線が下に向いているから、美しいものを支え伝えている物質的な条件を問おうとするからだ。歴史的にプロレタリア文学は政治的主張を大事にしすぎていて芸術的価値に乏しいと非難されてきた。いまそういうことをいう輩に会ったら、こう切り返そう。えっ芸術で腹が膨れるんですか？　プライドがあるのは結構ですけど、もっと求めるべきものがあるんじゃないですか？『ナップ』の読者投稿欄に寄せられた**府川流一「便所闘争」**（p.84）にもあるように、それは精神性をとうとび物質性をひくく見積もる姿勢への敵対心にも通底している。プロレタリア文学で精神という言葉がポジティブに用いられることはほとんどない。プロレタリア文学の仮想敵の一つは、武士は食わねど高楊枝の態度である。対句は衣食足りて礼節を知る。礼節をもって遇してほしくばまずは我々の衣食を満たしなさいとプロレタリア文学は命じる。

自分の手から生まれた文字は、道具を飛び越え、いつのまにか機械的連関にまぎれ、さらには社会のなかの制度やシステムに結ばれていた。自分が生み出したものが思うままにならず、反対にそれに使役されるような逆転現象を難しい用語で疎外という。英語で書くとalienationだから、つまりはエイリアン化と解してもいい。自分が生み出したというのに、いったん外にだしてみれば、思いも寄らなかった異形の化物として返ってくるのだ。機械化した身体の表象は、本来は労働を助けるための機械が、機械の速度に合わせるよう身体を鞭打ってくる疎外の典型的な表現である。

＊

その意味で、謄写版印刷は多くの読者を諦めないまま、手から離れてしまった文字を再び自分の手元に取り戻そうとする両得の技術であったといえるかもしれない。謄写版は、俗称でガリ版と呼ばれる。鉄筆で原紙に字や絵を書くさいにガリガリと音がでるからだ。刻まれた原紙の下に紙を敷いて、上からインクのついたローラーを転がすと印字できる。革命を目指す唯一の政治団体、日本共産党が刊行していた赤旗パンフレットの**阿部鉄男『どうしたら上手に謄写印刷出来るか』**（p.184）を読むと、字の刻み方はもちろん、ビラや伝単で色紙を使うさいの視覚的効果、文字の配置にも特有のノウハウがあったことがうかがえる。敵に利用されないようできるだけ余白をつくるなという教えは、なるほど知恵である。

徳永直の文壇デビューを支えるも、のちにプロレタリア文学運動を大きく裏切っていくことになる**林房雄**の**「謄写版の奇蹟」**(p.68)では、その独特な音が物語内での重要な転調をになっている。政治運動の重要会議で必要なアジテーション用ビラを謄写版で刷るため、佐藤と川村は徹夜で作業にはげむ。佐藤は寝坊してしまい、急いで外にでるも運悪く特高の砂田に見つかってしまう。が、不思議なことに砂田は逮捕のピンチから救ってくれる。佐藤を尾行していた砂田は早朝まで響くガリ版の音とその奥にある政治運動への真剣に胸打たれ、反省のはてに特高の職を辞したのだった。

謄写版の音に耳を傾ける砂田は生まれ故郷の村で幼いころに聞いた機織りの音を思い出す。textが語源的に織物を意味することを連想せざるをえないが、縦糸に横糸を通していく作業と原紙に字を刻んだりローラーを転がしたりするまったく異なる作業がここで結びつくのは、道具が多少複雑になろうとも動力として相変わらず求められる身体のリズミカルな運動が人の原始的な心性に訴えかけるからだ。

多くのビラには、政治運動に参加しよう、ともに敵をやっつけようと書かれている。しかし、プロレタリア文学にとってそのメッセージの文面自体は実のところさして本質的とはいえない。人を真に動かすのは言葉の意味ではなく、言葉を支える技術であり、技術の直接的最終的動力をになう身体のリズムである。その恐るべき言語は、敵対者という言葉を届けるのがもっとも難しいようにみえる宛先ですら心変わりという奇跡を起こしてしまう。プロレタリア文学はそれが分かっている。

立野信之「謄写版」(『文芸春秋』一九三一年年六月号)では、政治運動に熱を入れる息子を心配そうに見守る母親の心変わりが生じる。読み比べてみると面白い。

2　流通網はあるのではない、つくるのである

整理しよう。言葉は技術の力を借りて読者のもとに届く。技術はまず手近なところだと道具として我々の前に現れる。ただし、道具はそれ単体で成立しているのではなく、他の道具と連関し、特有の系列のなかに位置づけられている。このヒントは、道具の系列のなかに道具らしからぬもの、機械との接続を生み、さらには社会で共有されている制度やシステム、約束事といった目にみえないようななにか巨大なものを巻き込んでいることを教えている。

プロレタリア文学は一方では、その仕組みを追いかけ丁寧に教える社会科見学の役割をおう。仕組みが分からなければ効果的な届け方にも精通しないだろうからだ。ただし、これはプロレタリア文学の守りの一側面にすぎない。本当はもっと攻めに使える。

どういうことか。鍵になるのが、連関の系列がそれぞれの道具に相応しい居場所を与えるというところだ。ここには相応しい道具一式や制度やシステムに恵まれなければ、道具本来の力は引き出せないという含意がある。筆だけあってもしょうがない。硯や半紙がなければどうしようもない。そうだそうだ、と思うだろうか？　いや、そうではないのだ、そればかりか、そうでないほうがずっといいのだ、と逆説的に切り返すところに攻めのプロレタリア文学がある。

小林多喜二「誰かに宛てた記録」を思い出そう。貧しき少女の作文は、教師という本来の宛先に届くことかなわず街角を漂流していた。一方の見方でこれは、貧しい者の言葉は決して届かないのかと愚痴りたくもなるような悲劇である。他方で、本来の宛先から逸したことで初めて作文は「小林」という思いも寄らなかったような読者に恵まれてもいる。少女の作文は、作文用の安西洋紙が属す道具的連関、それが導くところの学校制度からあぶれることで、新しい流通を実現してもいるのだ。

割り当てられた居場所から外れていくからこそ、言葉はいっそう強く激しく弾んでいく。プロレタリア文学にはそういう雑草魂がある。名短篇で知られる葉山嘉樹「セメント樽の中の手紙」（『文芸戦線』一九二六年一月号）だってそうだった。それら言葉は既定の流通を横滑り《ドリフト》で進む。横滑りによってコースアウトして行方不明になってしまうかもしれないし、コースアウトによって新たな流通網を開拓するかもしれない。不安は好奇心と表裏一体である。

＊

ドストエフスキー著、**幸徳秋水**訳、**「悪魔」**（p.105）について語るべきことは多い。

本作の訳者である幸徳秋水は、日本の初期社会主義運動を牽引しつつも、明治四四（一九一一）年一月、天皇制にとって危険であるという理由で死刑判決を受けた。これを大逆事件という。以降、日本の政治運動は冬の時代を過ごさねばならないほど大きな影響力をもった。掲載誌『文芸戦線』の説明によると、この遺稿はやはり社会主義者として著名な堺利彦が保管していたもので、それを譲り受けて掲載に至った。

ところで、本作の著者はドストエフスキーではない（!!）。ドストエフスキーに「悪魔」という短篇小説はない。黒川創『暗殺者たち』（新潮社、二〇一三年）は、サンクトペテルブルク大学で「ドストエフスキーと大逆事件」の演目で特別講義をするという体裁の評論的小説だが、民衆に偉そうに説教する僧侶が悪魔によって現世の地獄を案内されるドストエフスキー原作の翻訳小説「僧侶と悪魔」に触れて、ドストエフスキーにそんな小説はなく、初出がアメリカのアナキストであるエマ・ゴールドマンらが刊行していた『マザー・アース』であったこと、さらに真の作者とはドストエフスキーの名を騙ったエマ・ゴールドマン自身なのではないかという推理を展開している――これら詳細は清水正による二〇二二年三月二二日のブログ記事に教わった——。

本当の作者が誰なのかは藪の中だが、「悪魔」にはプロレタリア文学を理解するうえで見逃せない特徴が二つある。

一つは、僧侶が打ち倒されるべき敵役になっていること。キリスト教であれ仏教であれ他の新興宗教であれ、プロレタリア文学において宗教（者）は、現実世界を一変しようとする革命ではなく、ありもしない来世や神様に目を向けさせ、祈りや信心といった偽の救済で民衆をだます欺瞞の塊として語られる。宮本百合子「加護」（一九二〇年）や小林多喜二『不在地主』（一九二九年）などは、貧困問題に対して宗教が結果的にもってしまういやらしさがよくでている。背後には「宗教は民衆のアヘンである」の名文句で知られるカール・マルクスの宗教批判がある。いうまでもなく、この姿勢は、芸術、美、精神性といった偽の解決で満足するなという、礼節後回しの標語と一直線に結びついている。

もう一つ忘れてはならないのは、あらかじめ説明される創作経緯の設定だ。ドストエフスキーが書いたというテイのこの短篇は、彼がペトロパブロフスク要塞の監獄に囚われていたさい、その壁に書かれたのが最初だという。鹿地亘「八月」（『戦旗』一九二九年二月号）や小林多喜二「独房」（『中央公論』一九三一年七月号）など、獄中で出会う消し忘れた言葉に勇気百倍になるのもプロレタリア文学十八番だが、それにしたってこの初出事情はなんとも嘘くさい。短篇小説がまるまる残っているだって？

ここにはやがてプロレタリア文学運動内で大きな注目を集める壁小説のアイディアの予告がある。壁小説とは全文が壁に貼れるくらいの短い小説のことだ。なぜこれが重要だったかというと、忙しい労働者たちにとって長くて難解な小説は読み通すことができず、文学に触れようとすると自然、仕事の合間の休み時間で読めるような短いものに限られてくるからだ。昭和六（一九三一）年前後、プロレタリア文学者たちはこの種の実作を数多く残している。

壁小説のアイディアが示唆しているのは、次のような洞察だ。たとえ、立派な言葉をおくったとしてもそれを受け取る側の環境が整っていなければ言葉は届かない。言葉が届くという奇跡のためには、書く側の技術と同時に、読む側の技術、読字環境の整備もふくんでいなければならない。言葉がどれほど正しかったとしても、それが自動で読まれるわけではない。この論点は、プロレタリア文学の理論家と実作者とのあいだで争われた芸術大衆化論争を背景にしてもいる。

プロレタリア文学は識字能力《リテラシー》を絶対の前提とはみなさない。もしちゃんと書けたとしても、読めない人がいるのかもしれないという不安を手放さない。彼らを責めても仕方ない。メスを入れるべきは、彼らをそのような状態にさせている社会の制度やシステムのほうであり、彼らの読もうという意欲を引き出せていないメディアのデザインや書き方のほうである。プロレタリア文学の代表的な雑誌『戦旗』は、編集部として「文書の書き方について」(一九二九年一一月号)を載せ、必要なことだけ書き、難しい漢字や表現を避けるべしという文章指南を行ったことがある。そこで念頭におかれていたのは小学校もろくにでていない無学な読者だった。小林多喜二は、当時、大衆に人気だった雑誌『キング』や小説家・菊池寛の研究をさかんに勧めた。改行の多い『太陽のない街』の読みやすさは、疲れて帰ってきた労働者がそれでも読めるよう工夫した、いっこの政治であった。

*

プロレタリア文学は、流通というものを届ける側だけでなく受け取る側の受け取りやすさ込みで考えている。そのとき、いま多くの読書人に愛されている書物という言葉のパッケージングは、もしかしたらひどく格式張っていて、ある種の読者にとって最善の届け方とはいえないのかもしれない。実際、書物というには軽くて薄いリーフレットやパンフレットといった軽出版の事業は、多人数で指定されたテキストを一緒に読む読書会の注目とともに、革命理論の啓蒙活動のなかで普及していった。呼応するように、プロレタリア文学では製本へと綴じて/閉じていかないような紙の散在的イメージが印象的に繰り返される。

たとえば、あまり有名ではないが一度だけ芥川賞候補になったこともあるプロレタリア作家、

鈴木清次郎の**「人間売りたし」**（p.114）。職探しに疲弊する山崎は、やっとのことで印刷業者の事務職を見つけるものの、それがストライキの穴埋め役、政治運動への裏切り行為だと知って、なくなく諦める。せっぱつまった山崎は「人間売りたし」という看板を装着したサンドウィッチマンになって街頭に出現。ただちに検挙され、留置場に収監される。獄中の壁にあった政治的な言葉に感化され、闘争を決意し釈放された彼の目にうつったのは、奇行の報道であふれかえった模倣犯たちの大量の「人間売りたし」であった。

サンドウィッチマンとは人間広告の一種で、自らの身体を差し出すことで媒体への掲載料や掲示の許可なしに宣伝を行う。要は就職の売り込みだが、自分の体こそが履歴書なのだといわんばかりのパフォーマンス自体が、人間の尊厳を売り渡しているような痛々しさを上手く要約している。リアリズムを欠いてはいるものの、YouTuberたちの奇矯な振舞いの数々を一方では馬鹿にしつつ、他方ではその剝き出しの実演に好奇のまなざしをつい向けてしまう我々現代人にとって意外な親しみやすさがある。

村田千代「ヤッチョラ」（p.148）。村田は本人の自己紹介によると明治四一（一九〇八）年七月二一日に信州赤穂で生まれ、一九二八年から『婦人公論』や『女人芸術』に投稿を試みていたようだが、あとは詳細不明の無名作家の一人である。この小説では、一〇〇歳を超える老婆が新劇場開演の合図として舞っていた紙片を六五年ほど前に神社の行事かなにかでばら撒かれていたらしいお札の一景と勘違いする。彼女は当時を「ヤッチョラの時代」と呼ぶ。その時代にあって私有財産は意味をもたず、もののあるところへ大勢の人々が集まって食べたり踊ったりするような原始共産制めいた社会があった。現在、曾孫の鉄也が政治運動に参加したことで小学校教員の職を追われ行方不明になっているのも、「ヤッチョラ」さえ到来すれば、きっとなんとかなるはずだと彼女は信じている。マジックワードのように連呼される合言葉がユーモラスであるが、目の前で散らばる紙吹雪が紙の記憶を引き出し本当にあったかどうかも定かではない理想郷をかいま見せるとき、空間だけでなく時間のコースアウトが実現している。

プロレタリア文学のなかでもロシアの自然と戦場に関する描写で稀にみる個性を発揮した**黒島伝治**の**「穴」**(p.159)は、偽札小説である。シベリア出兵の従軍生活のなか、一兵卒の栗島は野戦郵便局で五円札を使うも、それが偽造紙幣だったことが発覚する。憲兵は偽造主を栗島自身なのではないかと疑うが、身に覚えはない。やがて一人の朝鮮人老人が犯人らしいということになり、墓穴を前にした斬撃の私刑が行われるものの、その嫌疑が果たして正しかったかどうか確かめる隙もなく、偽札はすでにロシア中を駆け巡っていた。

電子決済が進んでいるにせよ、ふだん我々がもっとも親しんでいる流通する紙とは紙幣かもしれない。資本主義社会のなかで貨幣は物(商品)との交換可能性を、ひらたくいえば物質的な生活を約束している。だからこそ、偽造という貨幣のハッキング行為は資本主義の穴をつく。

みんなが信用して使えば偽札も立派な貨幣になり、反対に不信用で物を手放さなくなるのなら貨幣はただの紙切れに立ち戻る。特に憲兵が確証もないのに朝鮮人老人を犯人に仕立て上げるのは、やってる風をよそおうため、職務怠慢でクビにならないようにするためのとりつくろいでしかなく、実質的には偽札が千枚流通してようが彼らは問題に感じない。人を力で支配する側でさえ貨幣制度の肝は信用の体系にすぎないことを皮肉にも暴いてしまっている。

　既存の流通網を逆用できるという発想は、芸術派の作風からプロレタリア文学への乗り換えに成功した器用な作家、**片岡鉄兵「アスファルトを往く」**（p.197）にも認められる。本作には神戸の工場でのビラ撒きに出向いた二人組が登場するが、それ以上に本作の主人公はアスファルトでできた全国の道路、都市の下部構造《インフラストラクチャー》である。インフラは支配階級が享楽的な消費行動を満喫したり国民生活を監視しやすくするために舗装され、労働者たちはそうやって酷使されるが、他方でインフラは誰にとっても公平に使えるものでもあり、軍事力さえ手に入れれば、あまねく広がるその整備は支配階級を撃つための、オセロの最後の一手ですべての白を黒にひっくり返すための下準備としても捉えられる。買い物客でにぎわう文化的なストリートは、同時に、ビラや演説によって政治的主張を宣伝できる自由な街頭である。注目すべきは、焦点が個々人ではなく、ある行動を助けたり一定方向に誘導したりする属人性を超えた技術的な下支えにしぼられているということだ。

道路の感性について片岡のと通じ合っている小説に中野重治「交番前」（『プロレタリア芸術』一九二七年一一月号）がある。下部構造の素材の観点でいうと葉山嘉樹「セメント樽の中の手紙」ではもちろんセメントに、同作者「恋と無産者」（一九二九年）ではコンクリートに注目していることも補足したい。

＊

視線が下がっていくと、文学で幅をきかす作者の有名性はうすれ、匿名性の層が浮き上がってくる。街を歩くとき通り過ぎていく男や女の名前を我々は知らない。その極端な現れが、××××「奪え、奪え何でも奪え」（p.215）のような著者名がすべて伏字で隠された獄中からの詩作品だ。市ヶ谷刑務所が政治犯・思想犯を収容していた歴史をふまえると、作者も政治運動で逮捕されたことはうかがえるが、それ以上の詳細は分からない。分からなくて構わない。技術を介して届かないはずの言葉を届けたいというプロレタリア文学の本領は、それが誰の言葉であるのか、という言葉の所有格の要請にすら先立つところにある。言葉が届けばそれでいい。まずは届けなければ。所有格から離れればはなれるほど言葉は共有の財産として人々のあいだにプールされていくし、それを自由に活用できる。

プロレタリア文学はよく物語が類型的だといわれる。だから芸術的でないとも（またか！）。

実際そういうところはある。困窮や圧制の提示↓同じ境遇の仲間との出会い↓連帯による現状変更の努力……のような粗筋をよくみる。ただし、これをビギナー参入誘発的なテンプレートとみなしてみてはどうだろうか。書くこと・読むことに習熟していないビギナーにとって、新しい表現を開拓していく芸術的野心は意味不明でとっつきにくい。そうではなく、かなり単純な要素でもって、これこれこういうふうに配置してやれば文学の型ができる、と提示してやる。すると、これなら自分にもできるかもという気になる。プロレタリア文学の素人っぽさはだから、人々のできるを喚起し応援している。どんな言葉なのかの吟味よりも、言葉がなかったところに言葉が生まれる感動にじいんとしている。

プロレタリア文学はよく「プロ文」と略されるが、だからといって、プロフェショナルの文学であると勘違いしてはいけない。むしろ反対、プロ文はアマチュアリズムに積極的に開かれた文芸ジャンルである。府川「便所闘争」や**佐藤季子「小学教員は講談社の社員也」**(p.270)をはじめとした読者投稿が無類に面白いのは、たまたまではない。なお、佐藤の投稿は、掲載誌『女人芸術』巻頭の目次では佐藤末子「小学教員は××社の社員ではない」と表記されていて、名前はともかく、せっかく社名を伏字で隠したのに本文題名で台無しになっていて笑ってしまう。現在も存続している講談社は、戦前は大日本雄弁会講談社という名のもと雑誌『キング』を刊行していたところで、愛国的・戦意高揚的な出版物を数多く世におくりだしていた。

3　住と性

プロ文は衣食足りて礼節を知るを大事とする、と書いた。ここには人間生活にとって一つの重大な欠落がある。住である。プロ文は住むことを軽視した文学だろうか？

そうであるともいえるし、そうでないともいえる。プロ文主人公の多くは左翼の政治運動に従事している。戦前、非合法時代に入ると特にそれらは弾圧の対象であった。弾圧されることで、住は二つの危機にさらされる。一つは逮捕され、投獄生活をおくるなか長いあいだ帰宅できなくなる。仲間や家族から切り離された孤独感にさいなまれる。もう一つ、弾圧されるということは、特高による尾行がつきまとうことを意味し、彼らに住所をさとられてはならないため居場所を転々としなければならない。定住が奪われてしまうのだ。一人前の住居を構えられないともいえるし、あらゆる場所を我が家にできるともいえる。どちらともいえるというのはそういう理由だ。

このことは、言葉を届ける・受け取るという使命にとって看過できない。たとえば、宛先《アドレス》の失効がそうだ。頻繁に住処を変えなくてはならないということは、言葉をどこに届けたらいいのか分からなくなるということを意味する。せっかく届けても、もう住んでいなかったり長期間空けていたりするのだからがっかりである。或いはまた、定住の禁止とは書庫《アーカイブ》の失効でもある。大量の書類や書物を整理し保存しておく場所は、一定の住所があって初めて成り立つ。ころころと居場所を変えなくてはならないのだとしたらテクストはことごとく携帯可能なものになっていき、分厚さや重さは投げ捨てなければならない。小林多喜二の未完の遺作「党生活者」をいま読むと、そこで行われている闘争なるものが、本棚所有を禁じられた世界での読むこと・書くこととの闘いであったことに気づく。

＊

このように整理してみると、プロレタリア文学にとって女性の問題が、喉にささった魚の骨のような、小さくも、しかし決定的な違和のもとせり上がってくる。家庭での必要に応えて女性が家（住居）に縛りつけられてきた歴史が第一にそうだ。さらに、就職を期待されないということは教育的投資も後回しにされ、識字能力に性差で大きな開きが生まれる。**大野優子「珍らしがられる仕事」**（p.266）でいう「仕事」とは、要は速記、他人の言葉を聞き取って原稿に起こしていく作業を指すが、速記術を習得しても速記者になる婦人が少ないという現実の背後には、女性が家をでて社会で仕事をしていくことの困難があった。

平林たい子「殴る」（p.238）は、それでも自立して仕事に打ち込む女性を描くが、彼女が報われることはない。夫に殴られてばかりいる母をみて、ぎん子は東京に行けば明るい生活が待っているはずだと考える。生家を捨てて上京した春、彼女は電話交換手の仕事を見つけると同時に、土工として働いていた磯吉と夫婦になるものの、生活リズムのちぐはぐからそりが合わなくなり、やがて磯吉もぎん子を殴るようになる。ある日、仕事をクビになったぎん子は、夫が現場監督に殴られているのを目撃し抗議の声を上げるも、次の瞬間、理不尽な暴力をこうむっていたはずの夫に殴られて倒れる。

ぎん子の母親は字が読めないらしく、新聞小説を娘に読んでもらっている。そんなぎん子も女学生との境遇の違いは埋められず、電車の停留場で彼女たちの群れのなかに入るとなんとなく気まずい。夜店で「働く者と資本家との関係」が書かれた「仮名つきのパンフレット」(p.259)を読み同僚に勧めるも、女性交換手同士の連帯には失敗し、母のように家庭内暴力にひれ伏していく。背の低い磯吉の暴力が指を鉈で切り落とした父の反復であることは明らかだ。弱い者が暴力を向けるべきはそこではないだろう、というむかつきとともに、家庭をつくればどこであろうが必ずやこうなるという深い諦念を読者に突きつけてくる。場面によって主語「ぎん子」と「女」を巧みに入れ替えて普遍的な響きを得ようとする名短篇だ。

電話交換手は速記者と同じく、言葉を届けることを助ける仕事である。自分から言葉を発するのではなく、ただ受動的に受け取って受け渡す仕事である。他人の、特に身体の不調や機能不全を介助する職業をケア職といったりするが、これは好奇心という感情にとっての躓きの石となる。というのも、好奇心とは英語でcuriosity、語源的にはcura（配慮）＋-osus（多いこと）、つまり多ケア的な状態を指すからだ。なにかの世話《ケア》に必死にならないでいられるから、つまりケアの独占状態を防ぐから、あれもこれもと拡散しうる自由な気の配り《ケア》ようが確保される。気持ちの余裕がなければ本を読むことはできない。

ケアの格差をめぐって、同じ女性同士であっても無視できない断層が走ることがある。ぎん子と女学生、パンフレットに興味をもてる交換手ともてない交換手だけではないことが、戦後に原爆作家として著名になる**大田洋子「検束のある小説」**（p.274）を読むとよく分かる。会社をクビになり体を悪くしたすえ政治運動にのめり込むようになっていった夫に後ろ髪を引かれながらも、家政婦のタミは新子のアパートに派遣される。新子は有名な共産主義者の娘で、現在は銀行支配人の野口と愛人のような関係を結び、性病に苦しめられつつ、それで得た資金をタミの夫も参加している政治グループのほうに横流ししている。アパートに野口の妻と警官が訪ねてきても彼女は決して動じない。

この小説には三人の女性がでてくる。夫へのケアと仕事でのケア職の選択に迷うタミ、売春を介して政治運動を助ける新子、夫に浮気をされた野口夫人だ。タミは新子に好意を感じており、政治を介してできた両者の絆にくらべると、あくまで個人生活での幸福しか頭にない野口夫人はいささか滑稽に描かれる。タミが二つのケア、二つの「家政」に引き裂かれるのは、もとをただせば政治が弱い者の味方をしないからだ。資本家による自分勝手な雇用調整に歯止めをかけないからだ。だから、自分の体を使ってまで政治に尽力する新子はタミにとっては広い意味での同志のようにみえ、反対に、夫の浮気に怒る野口夫人はなんのジレンマも感じずに愛の生活を選べる点で能天気極まりない。図式的に整理すればそうだ。ただし、ここにはなにか欺瞞めいたもの、「共産主義のＡＢＣ」（p.284）の本がもっている嘘八百がないだろうか。正しい言葉という大義名分のもと、なにか大切なものが踏みにじられてないだろうか。野口夫人にならってタミは、政治に浮気する夫に、もっと私のほうを見て、と叱りつけるべきなのではないか。

プロレタリア文学はしばしばそれを忘れる。忘れてはいけないと思う。

＊

小林多喜二「党生活者」は戦後、作中で登場する女性の描き方をめぐって政治と文学論争という議論を起こした。笠原という女性が特高に追われる「私」をせっかくかくまってくれているというのに、ちょっとでも不満を漏らすと、政治をおろそかにし個人生活を優先していると「私」が説教する場面がある。これがヒューマニズムを蹂躙しているのではないかと非難されたのだ。

戦前の左翼運動には、ハウスキーパー制度があった。前に述べたように左翼運動家は弾圧の対象であったから、その正体を隠すために協力してくれる女性、ハウスキーパーと一緒になって普通の夫婦のフリをしようという作戦が流行った。が、その裏で性暴力が発生してもいた。崇高な使命のために一緒に住まねばならないという命令がそういうことをナアナアにしてしまう。嫌だというと、そんなに個人生活が大事なのか、とすごまれる。政治的なことと個人的なことは、よく政治学のなかで対比的に用いられるが、ハウスキーパー制度が厄介なのは、個人生活のすべてを政治に従属させることで、本来は私的なことのはずなのに政治のためという美名のもとそこで生じた無理難題を個人に押しつけて平然とする欺瞞的な回路を生み出してしまうからだ。

技術で支えながら言葉を届けようとするプロレタリア文学は、かくして、届くか届かないかという不安の先に、届いたってしょうがないという新たな不安を胸になお前進する。掲載誌『女人芸術』で「実話」という括りのもと発表された**「廓日記」**（p.296）の**松村清子**は、同誌にたびたび実話や小説を寄稿していたこと以外は詳細不明の書き手だ。娼婦の日記がそのまま収められているかのようなテイで進むが、そのなかで『戦旗』を読んでいるMという客が登場する。彼は読書の習慣を誇りに思っているらしいが、日記では「プロレタリアは皆俺の兄弟だと言う、其れで女郎買いに来るのだから世話はない」とチクリとやられている。プロレタリア文学を読んでいるからってそんなに偉いんですか、と問われているかのようだ。

平林英子「最後の奴隷」（p.307）は酒飲み屋の女給たちの話だが、ぜひ注目したいのは、女給たちはみな共同住宅のような女給部屋から脱して「自分の部屋」を欲しているというところだ。女性が小説を書こうとするならお金と自分ひとりの部屋をもたなければならないとしばしばいわれる。個室は外からの喧騒を断ち、読書や執筆といった知的作業に必要な集中力を守る。もっといえば自分なるものに向き合うことを可能にする。それを確保されないとき、かけがえないはずの自分というものがある種の類型、タイプに沈没していってしまう。特に歴史的に個室という贅沢に恵まれなかった女性はその弊害を直接にこうむる。繰り返せば、プロレタリア文学が類型的なのは、類型の沼であえぐ人々に手を伸ばそうとして自分自身が汚れてしまうからだ。

作中では、それでも書物と思考の欲望に火がつき、女給部屋には大衆雑誌とともに政治的な書物が持ち込まれる。このごちゃ混ぜは、女給を口説いて平然とする衒学学生やプロレタリア文士、街頭を闊歩するオシャレ男子とマルクス主義者、さらにそこに流れる都会交響曲と労働歌、等々の相容れないはずなのに謎の同居をみせる末尾への一脈に通じる。この無分別よ。片岡鉄兵「アスファルトを往く」に胸ふるわせた読者にとっては、皮肉に響かざるをえない。誰にとっても公平であるが故に逆用にも開かれた道路の思想は、生活を一新させるため言葉にすがった女性たちを翻弄し、混乱させる。政治と文化のちゃんぽんは、彼女たちからみれば現状を変える気なんてさらさらない、ただのファッション的な格好つけでしかない。表題の「最後の奴隷」とは、山川菊栄がドイツの社会主義者アウグスト・ベーベルの言葉として紹介していた「婦人は最後の奴隷である」を念頭にしているようだ。かつて黒人は白人に支配されていた。同じように労働者は資本家に支配されている。ところで、男性に支配された女性の解放はいつになったらやってくるのか?

母親からたどたどしくいろはを教わった娘も、やがては母の聞き取りにくい方言を書き写せるような作家にまで成長するだろう。『二十四の瞳』で有名になる前の**壺井栄**「**種**」(p.336)にでてくる「村田清太郎」とは、小林多喜二のことである。「蟹工船」で名実ともに当代一に輝いたプロレタリア文学者は、昭和八(一九三三)年、スパイに密告されるかたちで逮捕され、警官らの虐待によって殺された。以降、プロレタリア文学運動も停滞をよぎなくされる。昭和一八(一九四三)年発表の本作はだから運動がもう思い出になったような、しかし夭逝した息子の面影はまだ確実に残っている母の毎年の訪問を通じて、なお継承されていくものを問う。もしも希望する革命が最後までとっておかれるのだとしたら、ことは一代では終わらず、世代を超えた持久戦を覚悟しなければならない。清太郎の友人たちは「むすこ」を自認するがやがて村田母のことを忘れていく。対して、せい子は彼女の自作の畑で採れた種を託されることになった。息子を忘れないでという歎願か、はたまた運動の灯を消すなという激励か、なにはともあれなにかが継承されていく。

proletariat とはもともと語源的には財産としては子供しかもてない無産階級を意味していた。子供とはなにか。親になるとはどういうことか。子供すらもてない人々がたくさんいる現代、届いたってしょうがないという新たな不安を新たな好奇心へと繋ぎ直せたところに、次代のプロレタリア文学の種はきっとばら撒かれる。

付記　パラレルでパラサイトなプロ文

パラレタリア文学とは、パラレル（parallel）でパラサイティック（parasitic）なプロレタリア文学を略した編者の造語である。プロ文の運動と並行しながら、かつプロ文が得意とした主題や技法に寄生することで、一方では狡猾に利用し、他方ではプロ文の限界を押し広げるような小説三篇を収録した。

たとえば、「人間失格」の道化的な演技とその悲哀でよく知られる**太宰治**が、高校から大学にかけての若い時分、左翼の政治運動に接近していたことはあまり知られていないかもしれない。五月一日の労働者の祭典、メーデーで仲間と騒ぎをおこそうとする一景を切り取り、のちに「地主一代」という未完の小説にも組み込まれた若書きの**「花火」**（p.89）はそのよい痕跡だろうし、もっと有名なところだと「列車」（『サンデー東奥』一九三三年二月一九日号）には「数年まえ私は或る思想団体にいささかでも関係を持ったことがあって」という一節がある。地元でも有数の地主であった津島家で育った太宰。彼と左翼団体・思想との関係は専門家のあいだでもいまだ決着のつかない論点として残りつづけているが、本作では運動の号令としての花火計画から狂気じみた兄によるナンセンスな花火打ち上げ事件が連想され、これをともに見下すことで、働かなくてもいい階級の主人公と生粋の労働者階級の聴き手とのあいだの仲間意識の合同がはかられる。ただし、主人公が本当に兄を下にみているかどうかは疑問だ。個人の忘れがたいロマンティシズムがプロレタリア文学の隙間に挟み込まれるとき、読者はいつのまにか類型の道を踏み外し、思ってもみないような心情の相乗りを認めることになる。

プロレタリア文学は芸術なるものの自立に疑いの目を向けてきた。芸術はいつだって現実や政治と肩組んでいるはずだった。文学史的にいえばプロレタリア文学に対立して芸術第一主義をになったのが横光利一、川端康成、中河与一などを筆頭にした新感覚派と呼ばれる一群で、彼らはプロレタリア文学の政治第一主義に抗って新しい表現の開拓を目指した……とよく整理される。が、実際はそう単純な話ではない。片岡鉄兵は新感覚派からプロレタリア文学へと鞍替えした作家だったし、武田麟太郎「暴力」(『文芸春秋』一九二九年六月号)や徳永直『太陽のない街』は川端によって激賞され、新感覚派との文体的共振をよく指摘される。また平林たい子「殴る」は発表当時、横光が高く評価していた小説だった。

そんな**横光利一「高架線」**(p.217)は、建設中の高架線下に住んでいるホームレスたちをパトロールしている夜警の高助が、ホームレス増加にともない失職し、自分を邪険にしなかったお倉という若い女を求め、自身もその群れにまぎれていくという話。高助もふくめてほとんどのホームレスたちは喘息を持病としており、いちど発症すると衝立のないその住処ではすぐに周りに伝染して「共通した巨大な器官」(p.233)めいた連動で一体になる。食料を互いに分け合うために飢えを知らない、都市空間のなかに自然発生的にできたスポット的なこのユートピアは、小林多喜二が「蟹工船」を書くさい集団を主人公にしたプロレタリア文学を書かねばならないと意気込んでいたこと、また先立って前田河広一郎が近代芸術とは群の芸術にありと考え代表作「三等船客」を執筆していた、その問題意識の延長線上にあるといえる。政治運動が描かれるわけではない。なのに、健常とはみなされない様々な身体が一箇所に集まる、それだけのことで常識と体制が揺らいでいくその筆致には、いまだくみつくされていない新感覚プロレタリア文学が眠っている。

最後に、横光が一目おいていた**葉山嘉樹**の**「寄生虫」**(p.357)を紹介して締めくくりとしよう。「セメント樽の中の手紙」や『海に生くる人々』で知られる葉山嘉樹は、小林多喜二にならぶもう一方の雄であるが、本作が発表されたのは激しい弾圧のなかプロレタリア文学運動が終息をむかえ、葉山もまた政治にはもう関わらないという転向を果たしていた昭和一六（一九四一）年であり、代表作の血気さかんを忘れたかと思わせるほどの弱気に満ちている。肺寄生虫症に苦しむ娘を看病する父親は、娘の栄養をかすめとっていく寄生虫にむかっ腹を立てている。ただし、栄養を横取りして太ったずうずうしい寄生虫、「太え野郎」の姿は、高血圧で膨れ上がった父親自身の姿と重なるのを認めたとき、死を覚悟したこの父親も、娘にか村落にか国家にか、それとも憎っくき当の寄生虫にか、とにもかくにも、なにかに寄生してその生を維持しているのではないかと考えさせられる。短篇「悪夢」（『週刊朝日』一九二九年三月一日号）では水夫の仕事中にケガしてしまい、船上で足手まといになって他人の労働に寄生するしかない自分を呪う自己嫌悪が描かれていた。

プロ文は住の観点において、重大な亀裂があるのかもしれなかった。葉山の年譜を眺めていると、彼が頻繁に住処を変えていたことが分かる。ただ変えるだけでなく親戚や友人の自宅に転がり込んで厄介にもなる。必然的に葉山文学の舞台は仮（借）宿が多数を占め、長期間の定住を念頭にしていないだけでなく、その物質面もバラックのような隙間や穴の空いた粗末なものに仕上がっている。しかし、だからこそ、その住処は自立できない他者たちを呼び寄せ、奇遇で寄寓な共同生活をはじめさせる。はじめていることを気づかせる。葉山文学は、初期代表作「淫売婦」（『文芸戦線』一九二五年一一月号）のころから、自立できないこと、一人前になれないことを繰り返し描いてきた。一人前になれないということは半人前であるということだ。半人は半分くらい欠けているからこそ、他人を求めるし、他人を受け入れもする。誰かに寄生し、誰かに寄生される。プロレタリア文学の腹の中にはパラレタリア文学が住みついて栄養をねだっている。一人前になったつもりでイキがってんじゃねえ、芸術と政治、敵と味方を分けられると思ってんじゃねえ、こんぐらがったところ――葉山は「こんがらがる」をよく「こんぐらがる」（混暗がる？）と表記する――から目を背けるな、と挑発している。プロレタリア文学を本当の意味で味わうには、ぜひここまで降りてこなければならない。

本書を編むうえで、遅々として進まない作業を辛抱強く見守ってくれた平凡社ライブラリー編集部のみなさま、特に平井瑛子さん、そして塩原淳一朗さん、竹内涼子さんらのお世話になった。感謝。「党生活者」は運動にとって有用な様々な知識のツギハギを「スクラップ・ブック」に喩えた。既存の体系をお勉強するのではなく、自分の必要に合わせて体系をくだき、諸々の屑をカット&ペーストするとき、本はやっと自分の本になる。本選集が読者一人ひとりの新たな切り抜き帖《スクラップブック》の一頁になることを願う。

本書を編むにあたって役立った参考文献

山田清三郎『プロレタリア文化の青春像』新日本出版社、一九八三年
池田浩士編『「大衆」の登場――ヒーローと読者の20〜30年代　文学史を読みかえる②』インパクト出版会、一九九八年
島村輝『臨界の近代日本文学』世織書房、一九九九年
島村輝「「新感覚派」は「感覚」的だったのか？――同時代の表現思想と関連して」『立命館言語文化研究』二二巻四号、立命館大学国際言語文化研究所、二〇一一年
荒俣宏『プロレタリア文学はものすごい』平凡社新書、二〇〇〇年
中田幸子『前田河廣一郎における「アメリカ」』国書刊行会、二〇〇〇年
浦西和彦『著述と書誌　第三巻　年譜　葉山嘉樹伝』和泉書院、二〇〇八年
楜沢健『だからプロレタリア文学――名文・名場面で「いま」を照らしだす17の傑作』勉誠出版、二〇一〇年
楜沢健編『アンソロジー・プロレタリア文学』全五巻、森話社、二〇一三〜二〇二二年
荒木優太『貧しい出版者――政治と文学と紙の屑』フィルムアート社、二〇一七年
荒木優太『仮説的偶然文学論――〈触れ‐合うこと〉の主題系』月曜社、二〇一八年

飯田祐子＋中谷いずみ＋笹尾佳代編著『女性と闘争——雑誌「女人芸術」と一九三〇年前後の文化生産』青弓社、二〇一九年
飯田祐子＋中谷いずみ＋笹尾佳代編著『プロレタリア文学とジェンダー——階級・ナラティブ・インターセクショナリティ』青弓社、二〇二二年
大尾侑子『地下出版のメディア史——エロ・グロ、珍書屋、教養主義』慶應義塾大学出版会、二〇二二年
新藤雄介『読書装置と知のメディア史——近代の書物をめぐる実践』人文書院、二〇二四年

[編者]
荒木優太（あらき・ゆうた）
1987年東京生まれ。在野研究者。明治大学大学院文学研究科日本文学専攻博士前期課程修了。2015年、第59回群像新人評論賞優秀作を受賞。主な著書に『これからのエリック・ホッファーのために――在野研究者の生と心得』（東京書籍）、『仮説的偶然文学論――〈触れ - 合うこと〉の主題系』（月曜社）、『無責任の新体系――きみはウーティスと言わねばならない』（晶文社）、『在野研究ビギナーズ――勝手にはじめる研究生活』（編著、明石書店）、『有島武郎――地人論の最果てへ』（岩波新書）、『貧しい出版者――政治と文学と紙の屑』『転んでもいい主義のあゆみ――日本のプラグマティズム入門』（いずれもフィルムアート社）、『サークル有害論――なぜ小集団は毒されるのか』（集英社新書）、『文豪悶悶日記』（共編著、自由国民社）などがある。

本書に収録した作品のうち、著作権所有者がわからないものがあります。
お心あたりのあるかたはたいへんお手数ですが編集部までご連絡いただきますよう、よろしくお願いいたします。

平凡社ライブラリー 985
プロレタリア文《ぶん》学《がく》セレクション

発行日…………2025年3月5日　初版第1刷

編者……………荒木優太
発行者…………下中順平
発行所…………株式会社平凡社
〒101-0051　東京都千代田区神田神保町3-29
電話　(03)3230-6573[営業]
ホームページ　https://www.heibonsha.co.jp/

印刷・製本……藤原印刷株式会社
DTP…………平凡社制作
装幀……………中垣信夫

ISBN978-4-582-76985-2